自序

四十多年前，我快乐地生活在黄淮平原上豫东地区廻曲河故道岸边的一个小村庄——桥陈村。童年的生活留给我很多难忘的记忆。今天，当我再回到几十年前生活过的陈蔡交界处的那个小村庄，那里的语言、习俗、饮食、人事甚至人们的思维方式都发生了很大的变化。弹指一挥间，同一个村庄里，两个时代的人们生活观念和社会经济状况已是天壤之别，那个淳朴、宁静的人间乐园已变成了充满现代生活气息的热土。

刚走出豫东乡村时，我还是一个十三岁的少年，此后几十年学习、工作、生活的历程中始终存在着那个时代、那个村庄里十几年岁月的印迹。我的道德观念、性格特征、日常行为方式、生活习惯和语言无不脱胎于那个时代、那片土壤。不可否认的是，后来的学习、工作过程也潜移默化地塑造和改变着我。

“逝者如斯夫，不舍昼夜。”从二十世纪六十年代到今天，短短的几十年间，我国的社会经济状况发生了翻天覆地的变化。把那个时代的社会生活状况，那个时代的语言、风俗、饮食、节庆、人物、传说等社会生活的诸方面再现给曾经生活在那个年月的人们，可以引起他们美好的回忆，而未经历过那个时代的人也能从中读出已往岁月留给现代生活的雪泥鸿爪。

从地域的角度看，中州大地是中华文化的策源地之一，生活在中州这片土地上的人淳朴、善良、坚韧、诚信，他们面对生活中的困难所表现出的智慧和勇气，他们坦然面对自身命运起伏的人生态度正是中华民族的性格特征。

回望那个时代，不是向往贫穷，不是怀念落后，而是力图让生活在那个时代的人们道德的芬芳、人性的光辉、生活的智慧，长久滋润后人心田。享受着当下优裕生活的人们通过本书可以一览当年淳朴、宁静、勤俭的社会生活，进而能在心中荡漾起一丝涟漪，则此书意义深远矣。

是为序！

癸卯年季春于驿城田庄雅苑

屐痕点点

JI HEN DIAN DIAN

陈云程 著

中国书籍出版社
China Book Press

图书在版编目（CIP）数据

屐痕点点 / 陈云程著. -- 北京 : 中国书籍出版社,
2024.1

ISBN 978-7-5068-9725-9

Ⅰ. ①屐… Ⅱ. ①陈… Ⅲ. ①回忆录—中国—当代
Ⅳ. ①I251

中国国家版本馆CIP数据核字(2023)第235343号

屐痕点点

陈云程 著

责任编辑 尹 浩
责任印制 孙马飞 马 芝
封面设计 东方美迪
出版发行 中国书籍出版社
地　　址 北京市丰台区三路居路 97 号（邮编：100073）
电　　话 （010）52257143（总编室）　（010）52257140（发行部）
电子邮箱 eo@chinabp.com.cn
经　　销 全国新华书店
印　　刷 廊坊市伍福印刷有限公司
开　　本 710毫米 × 1000毫米 1/16
字　　数 210千字
印　　张 19.75
版　　次 2024 年 5 月第 1 版
印　　次 2024 年 5 月第 1 次印刷
书　　号 ISBN 978-7-5068-9725-9
定　　价 78.00元

目录

中州纪事

中州风物

中州食事

中州传说

中州纪事

菜园子

人民公社期间，位于豫东平原上廻曲河故道岸边的桥陈村分为东、西两个生产队。两个生产队土地参差交错，生产上也互相竞赛。

一九七〇年，两个生产队在庄户上这个地块同时种上了玉米。在地块交界处各划出了一块地，开起了供应社员们日常蔬菜的菜园子。三队的地在西边，四队的地在东边。东队的菜园子有“老把式”皮虎爷打理，西队的菜园子由善于精打细算、心灵手巧、绰号“老巧”的田叔在打理。

这一年风调雨顺，公社引进的良种白玉米推广种植很成功，两个生产队的玉米都获得了前所未有的大丰收。两个生产队在玉米还未成熟时先掰下来一部分嫩玉米分给社员，让小孩子们尝鲜。

开菜园的皮虎爷和“老巧”也开展了竞赛。皮虎爷在种菜的同时，还种了一部分西瓜，让东队的社员吃上了甜蜜的沙瓤西瓜，把西队的小孩子馋得直流口水。“老巧”种了几垄既可生吃，又可炒菜的宴瓜。一尺多长的宴瓜鲜嫩脆爽，略带酸味，口感丰富。小孩子都很喜欢切成段生吃，宴瓜成为西队的娃们炫耀的资本。

西队的菜园小屋坐北朝南，供“老巧”休息或存放农具。

紧邻小屋东边有一口浇菜的水井。井水清冽甘甜。井上安装有一个橛杆式提水装置。一端对着水井悬吊着一个大水桶，橛杆的另一端绑着一块石头做配重。“老巧”用这个橛杆装置提水浇菜很省力。后来大家看到“老巧”发明的这个东西虽然很省力，但把菜地浇一遍，“老巧”也累得大汗淋漓，直喘粗气。于是，生产队就买了一台手摇水车，浇水时抽调两个年轻人帮“老巧”摇水车。水车比老巧的橛杆提水快多啦。水肥供应得足了，老巧侍弄得当，菜园里一片绿莹莹，水灵灵，成为社员们的守望之地。

菜园小屋门前有一块空地，收获的蔬菜堆放在空地上，老巧按每户的人口分给大家。每天中午，老人孩子扤着荆条篮子、麦草篮子到这里分菜。去菜园的田埂小路上，放学后的孩子们蹦蹦跳跳、打打闹闹，采野花，捉蚂蚱，还能吃到新鲜瓜果，到菜园分菜成为孩子们的一大乐事。

菜园小屋门前空地的边上种了几棵杨树，社员们劳动的间隙常常在这里休息闲话。村里的秀才，西队的会计“刺猬”在一棵杨树上用小鱼刀刻了一首打油诗：

公元一九七〇年，
老巧在此开菜园。
东西两队地搭帮，
种的玉米大丰产。

跑反

假日到舞钢市和遂平县交界处的舞钢林场所在的大山里野游，来到一个小山村的农家乐吃饭。看到旁边一座险峻的山峰仿若一座城堡。问农家乐的主人那山峰叫啥名字？农家乐的主人很健谈，他滔滔不绝地讲起了二十世纪四十年代闹土匪时，小山村家家在那座山峰的顶上建石屋，存粮食，躲避土匪的故事来。最后他告诉我：“山顶上是闹土匪时建的一座坚固的石头大寨，每家的石屋都建在寨内，村民叫那个山峰仙人寨。”

听完农家乐主人的讲述，我忽然回忆起了小时候曾祖父曾给我讲的“跑反”的故事。

二十世纪四十年代日本鬼子投降后，我的故乡陷入了国共两党“拉锯”的局面。因为政权不稳定，匪患渐炽，乡亲们不堪其扰，正常的生产生活被打乱。小杆[①]一来，大家东躲西藏，日子过得非常艰难。我家所在的桥陈村东北方向三华里的地方有一个比较大的村庄智王寨，不知道哪朝哪代沿村庄周边建有土寨墙。那时候，这些年代久远的土寨墙已经破败不堪，周边的寨河也几乎淤塞，寨河水仅剩几处小水坑。

① 小杆：以五尺左右长度的白蜡杆子为武器的小股土匪。

智王寨里有钱人多，有个头面人物智八老，家里拥有一些田产，还做些生意。土匪的侵扰让他损失很大。于是智八老联络了智王寨里几个有些威望的人物，提出重修智王寨，准备把智王寨建成青砖外包的寨墙，还要建两个寨门楼子和吊桥，把寨河清淤后注满水，小杆来了，寨里边拉起吊桥，小杆就没有办法进寨抢劫。智八老和几位头面人物初步一算，工程量不小，仅靠智王寨里的力量是修建不起来的。有人提议联系周边几十个村庄一起修建智王寨，修好后，在靠寨墙里侧让参与的外村村民搭建临时的窝棚，小杆来的时候，周边村庄的村民得到消息就可以跑进智王寨躲避几天。小杆走后，村民们还回到原来的家里过正常的日子。村民们后来把跑往智王寨躲小杆叫“跑反”。

由于小杆无恶不作，周边村庄的人们早就不堪其扰。智王寨的头面人物通过亲戚朋友与周边村庄各村族中长者一联络，很快就说成了这件事。

智王寨周边十来个村庄的人有钱出钱，有力出力。不到一年智王寨修好了。除修建了青砖包面的寨墙，东西两个寨门楼子、清淤注水的寨河及对着东西寨门的两个吊桥外，还组建了一个由各村青壮年组成的护寨队，请能工巧匠铸造了四门可以发射铁蛋子的土炮，放置在东西两座寨门楼子上。从早到晚，各村当值的护寨队员手持长矛、木棍在寨墙上巡护观察。在寨门楼子里各村至少留一人当值。小杆来时，跑反的村人跑到吊桥外，须经本村当值的人辨认后才可放下吊桥，放人进入寨内。

有些小杆带有火器，围攻寨子时会放枪。这时候护寨队就会放几响土炮。小杆听到土炮震耳欲聋的响声，感到寨内有一定实力，组织严密，往往很快就跑了。据说，智王寨是那时候方圆几十里内唯一一个未曾被小杆攻打开的寨子。

有实力的小杆围困寨子时间长，有时候长达三四天。跑反的村民就提前在寨墙下自己的窝棚里准备些粮食。小杆围困寨子时，一家人可以在里面生活五六天。据我曾祖父讲，我们村里有一位光棍汉没有家小，也没有田产。后来干脆就一直生活在智王寨里的窝棚内，逢智王集，在集上做些小生意维持生活，直到终老也没有再回到村里。

各个村庄的打更房里都备有一面大铜锣。小杆来的时候，无论早晚，消息会先传递到更房。值守的人一边敲铜锣，一边吆喝：“小杆来啦！快跑！”听到敲锣声或值守人的吆喝声，乡亲们都会放下手中的活计，带着家人跑向智王寨。月黑风高的晚上，铜锣响起，村人也会毫不犹豫地从睡梦中拉扯起孩子和老人奔向智王寨。

附近桑树李村有个卖麻花的，每天在附近村庄游街串巷扤一只麦草篮子卖麻花，十里八村的人都叫他李麻花。李麻花卖麻花的吆喝声清脆悠扬为周边村人熟悉。他一听到有铜锣敲响，也会跑向智王寨，他一边跑，一边叫卖“麻花子……”声音悠扬婉转，余音袅袅，还是和平常一样，人们听不出一丝惊慌。据说，跑反进入智王寨躲小杆，李麻花的麻花生意反而比平时还好。

智王寨西边半里地的地方有一条韦家沟，常年流水潺潺。智王寨西边几个村子的乡亲日常赶智王集都要经过这条沟，步行的就辗转腾挪，蹚水过去，推车的就很麻烦了，尤其是闹杆子跑反的时候，老老少少，急急慌慌，经常有老人孩子摔倒在韦家沟的水里。我的曾祖父多次看到人们跑反时在韦家沟遇到的麻烦，就下决心在韦家沟上修一座砖石小桥。于是他就和几位周边村庄的朋友一起捐资修建了一座砖石结构的小桥。从此，智王寨西边几个村里的乡亲方便多了。跑反经过韦家沟再没有人摔倒在水里了。这座小桥一直到二十世纪八十年代道路改道才废弃不用。

跑反给一代人留下了刻骨铭心的记忆，直到二十世纪七十年代，我的曾祖母还经常念叨：“现在日子多好呀，安安心心种地，家家门不上锁，也不用提心吊胆地跑反，你们要稀罕[①]现在的好日子呀！”

① 稀罕：珍惜。

我少年时代的课外读书生活

我的少年时代是在豫东平原乡间的桥陈村度过的。那时候，不仅物质匮乏，文化活动更是少见。乡村中可找到的读物不多，我少年时代见到啥就读啥，阅读的内容是没有选择的。因为读物少，有些书读了两遍甚至更多，读后印象很深刻。

一、借书

桥陈村一村三姓，三姓很团结。三姓的辈分是历史形成的。有个姓舒的大伯，因为年轻时上过学，解放后曾在乡供销社工作，不知道啥原因后来回到村里种地。因为有学问，还在乡里工作过，他家里就收藏了一些五六十年代出版的书，我常常通过比我大几岁的他儿子借他家收藏的这些书来读。

有一次，我从舒家大哥手中借到一本上海文艺出版社五十年代出版的华东民间故事集，书名《龙灯》。拿到这本书后，如饥似渴地读起来。《龙灯》是当时上海复旦大学中文系主任赵景深教授带领复旦大学中文系五五级和五六级两届本科生中的民间文学小组搜集整理的民间故事。书中的故事很有趣，我借到的这本书后边几十页已经没有了，这本残缺的书最后一个故事叫《窖山寻宝》。传说光泽县的窖山是仙人藏宝的地方，窖山下北溪边一个村庄中的黄老汉打柴时吃过窖山宝窑里流出的米、油和盐。黄老汉虽然知道宝藏的秘密，但他朝夕辛勤劳动不依赖宝藏。黄老汉有两个儿子和一个女儿，他临终时把柴刀给了大儿子，把锄头给了二儿子，让他们上山砍柴，下地种田，靠辛勤劳动过日子。有一年遇到了灾荒，村中的九十七位年轻人因上窖山寻宝而一去不归。黄家两个儿子忘了父亲的临终遗言，也开始了上山寻宝的旅程。他们先后历尽千辛万苦终于找到了宝藏，但因贪恋过多的黄金、白银而变成了黄色和白色的石头人。小妹妹为救两位哥哥，也为了解救灾荒中的村民决定上窖山。我读到这里，这本书后面几十页已经没有了。

我没有看到完整的故事，但我一直觉得勇敢勤劳，不贪恋金银的妹妹一定会救回两位哥哥，寻找到让村民度过灾荒的宝贝。

读过残缺的《龙灯》里这个不完整的故事，几十年来心里一直存着一丝遗憾。

二〇一八年的一天，和负笈英伦的女儿视频聊天谈到了《龙灯》这本书和没有读完《窖山寻宝》这个故事的失落，小女也十分感慨。几天后，我收到了一件快递，打开一看是一本基本完好的旧书《龙灯》。原来，远在伦敦的小女了解到我的读书经历和心中遗憾后，一直挂怀这件事，她在繁重的课业间隙从一个旧书网淘到了这本五十年代的旧书。我拿到这本旧书后，放下所有的事，迫不及待地通读了完整版本。这个遗憾一直到四十多年后的二〇一八年终于释怀。

我从小学三年级起直到上高中离开桥陈村，先后从舒家大哥那儿借到了《大别上山红旗飘》、《苦菜花》、《龙灯》、《西汉的故事》等十几本书。这些书伴我度过了快乐的少年时代。

二、听书

第一次接触冯德英的小说《苦菜花》不是我自己读完的，当时我正在村头的小学上四年级，我的自然和音乐老师是一位刚刚高中毕业来到学校教书的姓李的青年教师，他是村小学老师中学历最高的。刚走出高中校门的李老师观念新，眼界开阔，同学们都喜欢上他的课。他讲课深入浅出，常常采用启发式教学方法。有一次，在自然课中问大家“风是怎样形成的？”同学们都说风是树刮的，他在教室里用了好多种方法造出了风，证明风是空气流动形成的。

冬天的夜晚寒冷又漫长，下晚自习后我一般不回家，常常到李老师办公室，在明亮的玻璃罩煤油灯下听他读书。有一天下午，他告诉我他借到了一本《苦菜花》，是描写胶东人民抗日斗争的小说，晚上可以听他读。下晚自习的铃声一响，我就急忙收拾好书包和自己的煤油灯，来到了李老师寝办合一的办公室。他打开书，琅琅读了起来，娟子、冯德强、冯德刚、柳八爷等一个个驰骋纵横于胶东抗日战场的英雄形象呈现在我的面前……窗外下起了大雪，我们浑然不觉。直到怒吼的狂风拍打窗纸的声音把我们从书中惊醒。天太晚啦，我就和李老师一起在他办公室休息。

听完一遍《苦菜花》，还觉得不过瘾。我很想自己读一遍，可李老师借的书已经归还给书的主人。我想起村中舒家大哥可能藏有这本书。就从他那借到了《苦菜花》这本书，如饥似渴地通读了一遍。娟子、冯德强跃马扬鞭胶东抗日战场的形象至今让我难以忘怀。

三、买书

我上学的时候，小学生中间很流行看连环画。《红灯记》、《奇袭白虎团》、《霓虹灯下的哨兵》……谁要是有一本这样的连环画，在小朋友中间可神气啦。一群小伙伴都要找他借来看，有连环画的小朋友之间还可以互相交换着看。自己有连环画可以反复看，看过后还能给看不懂的小朋友讲解讲解。小伙伴们都特别仰慕打仗或抓特务的解放军或警察。如果谁要有一本带打仗情节的连环画，在小朋友中间就有特别发言权。

三年级放暑假前的一天，同班的一位同学告诉我爬叉皮是一种中药，智王中药店里收购，三十个爬叉皮可以卖一分钱。我得到这个消息精神为之一振，我买连环画的想法有着落啦。

这年暑假期间，每天的黎明和傍晚，我手拿一根竹竿，在村头树林里找爬叉皮。尤其是白天暴雨之后，爬叉会从地下爬出来，是找爬叉的好时机。暴雨刚刚停歇，沟沟坎坎还流着湍急的雨水，我拿着一只小铁铲已经来到小树林中寻找爬叉。爬叉和爬叉皮不同，把找到的爬叉放到瓦盆里，一两个小时后，知了就会从爬叉皮的背上钻出来。大人们做好饭后，把知了埋在灶膛余火中烧熟，饭后就可以享受美味的烤知了，喷香的烤知了很是解馋，还能收获爬叉皮，真是一举两得。

一个暑假我收集了三百多个爬叉皮，到智王中药店卖了一毛多钱。第二天跟着赶崇礼集的曾祖父来到了集上。曾祖父给了我五分钱让我买甜蜜糊子或凉粉。我犹豫了一下，自己走进崇礼公社的新华书店，买了一本连环画《赣江风雷》和一本短篇小说集《枫叶殷红》，把卖爬叉皮的钱和曾祖父给的零食钱花完了。集罢了，虽然我没有吃到甜蜜糊子，但心情很是喜悦，我跟在曾祖父后面兴高采烈地回到家，开始了又一个废寝忘食的快乐读书时光……

《林中响箭》的阅读记忆

五十多年前，我在豫东平原一个乡村小学上学。有一年夏天的一个午后，吃过午饭，我放下碗筷就背起书包走出家门，我并不是到学校学习，而是蹦蹦跳跳地来到廻曲河故道岸边几棵大柳树下等村里的小伙伴一起下河戏水。

来到河岸边大柳树下，同村一位比我大几岁的高年级同学已经坐在河岸边树荫下等游泳的小伙伴，他手中拿着一本在读，书本里的故事情节吸引了他，对于我的到来他毫无察觉，我在他背后大声“啊”了一声，把他吓了一跳，手中的书本滑落下来掉在地上。我看到书的封面上写着《林中响箭》几个字，原来，他刚刚从其他小朋友手中借来了一本儿童短篇小说集《林中响箭》，书的主人让他明天归还，他中午吃过饭赶紧来到这个小伙伴游泳下水的地方，一边等游泳的小伙伴，一边拿出这本刚刚借来的情节生动的故事书读起来。我把他吓了一跳，可是他毫不在乎，赶紧捡起地上的书低下头进入书中的世界。我看他急迫看书没有一丝想游戏的意思，觉得这一定是一本情节曲折动人的好故事书，于是，就凑在他旁边看了起来。原来他正在读这本小说集的第一篇小说，这个短篇小说描写了一位小学生在长白山大森林中与熊瞎子和特务斗智斗勇的故事。

随着书中故事情节展开，我也沉醉其中。游泳的小朋友们来到这里游完泳上学去了……

放学的小伙伴从这里经过，大声喊我们俩，我们理都没理，他们也回家去了……

等到看不清书上的字，我们才发现天快黑了，我这时才觉得自己的脖子扭得又酸又痛，可是这本书还没有看完，我垂头丧气地背着书包往家里走去……

第二天，我找到书的主人，用自己珍藏的五十个杏核换来了那本书一天的阅读时间，终于读完了那本儿童小说集《林中响箭》。

天籁乐音，开启通往外部世界的大门

二十世纪七十年代，位于豫东农村的桥陈村家家装上了一支小广播喇叭。通过一根电线，闭塞的乡村传来了外部世界的声音。这声音让小乡村与外部世界建立了紧密的联系，打开了通往外部世界的大门。

我当时八九岁的年纪。自幼年起，我的耳畔时常飘荡着田间微风的轻吟和绿树林中小鸟的歌唱，小广播喇叭里播音员标准的普通话每天讲述超出我想象的外部世界的新鲜事，隽永清新，闻所未闻。骤然间，我感到世界变得很大很大……

那时候，我正在村里的小学读书，在音乐老师的带领下满怀激情地学习拉二胡。有一天清晨，小广播喇叭里播放了一首二胡独奏曲《赛马》，那广阔的草原上骏马奔驰的场景通过这首曲子展现在我的脑海中，我用自己最大的想象力从那首曲子中幻想着碧绿草原上紧张的赛马场景。

小广播喇叭里先后播出了板胡独奏曲《公社春来早》、笛子独奏曲《扬鞭催马送粮忙》、歌曲《翻身农奴得解放》。这些曲子让我的童年生活绚丽多彩，也激发了我向往广阔世界的童趣和好奇心。

有一天，一位在外地当兵的叔叔给我家带来了一台春雷牌收音机。收音机可以收听更多广播电台，具有更丰富的节目内容，我简直有点欣喜若狂。放学后，假期中，我除了读书、放羊，其他时间都抱着那台收音机听不同的节目。

我最喜欢听的节目就是电影录音剪辑。当时，豫东乡间文化生活落后，一个多月，公社的电影放映队才来大队放一次电影。中央人民广播电台根据广大农村地区看电影困难的情况，编辑制作了很多电影录音剪辑在广播电台播放。看不到电影画面，能听到电影录音剪辑也可以了解电影的大概内容。七十年代末期到八十年代初期，通过那台春雷牌收音机，我收听了一大批世界电影艺术经典影片的电影录音剪辑。《罗马假日》、《魂断蓝桥》、《基督山伯爵》、《苔丝》等电影中的艺术形象通过配音演员精湛的艺术再创作活灵活现地展现在我的脑海里。奥黛丽·赫本、格里高利·派克、英格丽·褒曼、葛丽泰·嘉宝都成了耳熟能详的名字。当时，梦寐以求想看到这些电影的精彩画面，聆听仿佛天籁一样的电影音乐。

正是从那台春雷牌收音机中，我第一次听到了《昨日重现》这首歌，真有“如听仙乐耳暂明”之感。那个记者和国王邂逅重逢的精彩故事让我对外面的世界充满了好奇与幻想。也就是从那时起，我有了走向更广阔世界的冲动……多年后，我才在郑州一个电影院中看到这部经典电影《罗马假日》，一睹奥黛丽·赫本和格里高利·派克的绝代风华。

一九七八年暑假，带着音乐编织的多彩梦想，我走进上蔡高中读书。每天清晨六点，学校大喇叭里准时响起女高音歌唱家马玉涛演唱的《马儿呀！你慢些走》。一听到这首歌响起，同学们立刻清醒了，匆匆洗漱完毕，列队跑操，开始一天紧张的学习生活。直到今天，每当耳畔响起这首《马儿呀！你慢些走》的旋律，我立马精神抖擞，大脑顿时清醒起来。

音乐打开了我走出豫东农村闭塞一隅，走向更广阔世界的大门。在以后的学习、工作和生活中，音乐始终启发着我、鼓舞着我、陪伴着我。莎拉·布莱曼仿若天籁的声音演绎的《斯卡布罗集市》、电影《魂断蓝桥》主题曲《友谊地久天长》，让我感受到世间纯真感情的美好；范吉利斯创作的《航行》、印第安音乐家用排箫演奏的《山鹰之歌》，让我在面对孤独寂寞、面对困难时选择坚持和一往无前；班得瑞的《寂静之声》，让我在面对变幻莫测的大自然时懂得了坦然和包容。

随着岁月的流逝，在音乐的陪伴中我发现生活原来如此绚烂多彩，人生如此丰富而美好！

筑起新草庐　引得金凤来

我奶奶喜欢给人说媒，她认为，能够撮合一百对男女成亲，自己就能成为神仙。周围村庄谁家有小伙子或闺女到了婚嫁年龄，还有经她介绍成功的家庭她都记得清清楚楚。

村里有一位勤勤恳恳一直在村里赶太平车的车把式，老实忠厚，寡言少语。车把式年轻时家境清贫，娶了一位聋哑媳妇。一年后聋哑媳妇为他生了个大胖小子。二十年后，小伙子也和老车把式的爹爹一样成了一位勤劳憨厚的庄稼汉。眼看到了结婚成家的年龄，憨厚的爹和聋哑的娘却一直没有给孩子找到合适的媳妇。

我奶奶也很着急，当时，男孩子因为各种原因找不到对象打寡饭[①]的很多，这个家庭不能就此绝户。她决心帮助这个家庭，她觉得这是自己的义务。

我奶奶从自己了解的周围村里的姑娘中筛选出了一位她自认为合适的对象，经过二十多次往返说和，那年的秋天终于确定了这门婚事。就在奶奶认为大功告成的时候，女方母亲找人捎来口信，年底结婚前，一定要拆掉男方祖上传下来的清朝时盖的三间漏雨的土坯墙淮草房，盖三间

① 打寡饭：男人没有媳妇，独身过一生。

新房才能办婚事。

奶奶听到这个消息，心里非常着急。找到车把式，劝解他说："女方的娘这样回风倒坌[1]的做法确实不好。可是人家是为闺女过门[2]后过日子考虑，咱也要担待人家。咱家这几间几十岁的漏雨破房子确实该翻新了。别担心，结亲的大事没有变化，咱们和乡亲们一起想想办法，大江大河都已经过了，还怕这个小水潭？"虽然这样劝别人，其实这件事奶奶心里一直悬着。情急之下，奶奶想到了用集体的力量帮助这个家庭，她找到当大队干部的武大爷，把这件事的来龙去脉一五一十地讲了一遍。最后，奶奶说："孩子的爹是生产队赶太平车的老把式，老实得很，他娘是聋哑人，遇到事只会着急不会想办法。你是咱们这个村里的当家人，要是不操这份心，几十年后这个家就没有后人了！"

武大爷听到这，斩钉截铁地说："管！一定要把这件事管好！"

桥陈村当时的房屋有三种墙体：用泥叉拓的麦草泥墙；用麦草泥拓成坯再砌筑的土坯墙；最好的是外砖内坯的砖包墙。屋盖也有两种形式：一种是淮草顶；还有一种是瓦接

---

① 回风倒坌：风箱的前后各有二个进气口，进气口上各装有一个活动的小门。风箱杆拉出，风箱前面的进气口封闭，后面的进气口进风；风箱杆推进，风箱后面的进气口封闭，前面的进气口回风。成坌的庄稼活没有做好，需要返工称为倒坌。回风倒坌在豫东农村比喻人办事情不按先前的承诺，做法出现反复。

② 过门：闺女出嫁到男方家称为过门。

檐[①]的屋顶。

武大爷召集生产队的骨干劳动力商量这件事，他告诉大家：“一个好汉三个帮。像这样一心一意在村里劳动的家庭，遇到困难时我们大家一定要伸手帮忙。”

大伙觉得用泥叉拓的麦草泥墙速度快，用料省。盖好后干的却很慢，经一个冬天到春节办喜事时墙体会潮湿，这种方法建造的房屋做新房不合适。村里有很多人家还没有住上外砖内坯的砖包墙房屋，大家帮助他家建这种房屋也不太合适。最后，大伙儿一致决定帮他家建三间土坯墙房屋，速度又快，经济上也不会产生太大矛盾。至于屋顶材料，生产队组织劳动力到韦家沟割些淮草就能解决问题。

我奶奶想到自己家的淮草屋顶还能用几年，就让人把自己家里为翻修淮草房顶备下的屋瓦送了过去，缮到了给小伙子盖的新房顶上。一个月后，一座三间土坯墙瓦接檐的新房盖好了。

到了春节前，按看好的喜日子办喜事那天，几位心灵手

① 砖包墙瓦接檐：砖包墙瓦接檐是桥陈村最独特的一种房屋建筑形式。墙体采用砖和土坯组合砌筑，和砖砌墙体相比提高了建筑的保温性能，同时具有砖墙的美观和防雨功能，比砖墙更经济。和土坯墙相比，外部美观，防雨性能更好，外部的抗外力能力提高很多。瓦接檐是采用淮草做屋面保温材料，在接近房檐部位用传统瓦当代替淮草。这种屋面结构丰富了屋面的造型，提高了屋面的排水能力和耐久性。采用砖包墙瓦接檐这种墙体和屋面组合建造的房屋是六七十年代豫东乡村中常见的房屋形式。

巧的小媳妇把生产队里的太平车[①]装扮成花车，新娘子坐着花车过了门。全村老老少少都参加了迎娶新娘的仪式。我奶奶脸上洋溢着幸福的微笑，心里更是乐开了花。

① 太平车：一种古老的木制四轮车。一般用牲口拉动。这种车靠人力从车后面手动调整方向。使用时，前面一位赶牲口的把式，后面还要有一位抹车调整行车方向的人。二十世纪八十年代之前，是豫东农村的主要生产车辆。

《形短集·端阳前一日浣衣（其一）》赏析

端阳前一日浣衣（其一）

轻罗脱去易村妆，
努力桐阴学浣裳。
忽见小姑拈艾至，
才知明日是端阳。

清末豫东平原乡间出了一位女诗人高芳云，其诗集《形短集》记录了她在豫东农村的生活轨迹。其中一首《形短集·端阳前一日浣衣（其一）》以浅显自然的语言铺陈其事，娓娓道来，讲述了自己由一个身着绮罗的富家千金向一个粗褐短衣的农村妇女身份转换的心路历程。

“轻罗脱去易村妆，努力桐阴学浣裳。”从名门望族的高家千金嫁到贫寒农家的张家后，端午节的前一天，作者脱去了华美的绮罗衣裙，换上了粗布短襟的农家衣裳，在已经初夏的暑热中、在桐树阴下努力学习洗衣服的方法技巧。诗中身份转换是通过两件事来呈现的：一是“易村妆”，衣袂翩翩的绮罗衣服是高门大户的小姐穿的，不适合农家妇女洗衣做饭干粗活，换上粗褐短衣才便于干洗衣做饭的粗活，才便于田间劳作。二是“学浣裳”，出嫁前在娘家时，一个整日在深宅大院内“姊妹共砚读书”，华服美食的富家千金从没有干过洗衣做饭这样的粗活累活，嫁作人妇后，侍奉长辈相夫教子是应有之仪。不会洗衣服，就冒着暑热，在桐树阴下“努力”学习。“努力”说明了自己的主动，身份的转换是自觉自愿的。作者尽力适应着新的家庭，新的人际关系，新的生活方式。

“忽见小姑拈艾至，才知明日是端阳。”正在努力学习洗衣裳时，忽然看见小姑子拿着一些新鲜的艾束走来，细问之下才知道明天正是端午节。

在豫东地区，端午节有在门口插艾束的习俗。暑热渐炽，蚊蝇渐盛，各种毒虫也活跃起来，在家门口等处放上艾束以避毒虫是豫东乡村端午节期间的民俗，更是一种科学的防虫措施。出嫁前，这些活都是由丫鬟仆人去干的，作为小姐的高芳云只知道享受节日的快乐，何曾参与过准备过节的劳作？而初为人妇嫁到张家尚未进入当家做主的状态，还在努力适应这个新的家庭环境，所以连节日的到来都不知道，新媳妇心里的压力于此可见一斑。新家庭过端午节不可能像在高门大户的娘家一样铺张，但具体怎样过端午节，随着与新家庭融合会慢慢适应新家庭的节日习惯。

《端阳前一日浣衣（其一）》整首诗采用白描的手法铺陈其事，但并不让人感到平淡，情节的发展波澜起伏。从脱去绮罗换上农家干活的粗布短衣，在桐树阴下努力学习浣洗衣裳，到拈艾而至的小姑子突然出现，表明端午节的到来，进一步说明新媳妇尚未完全融入这个新家庭。在这些事情表象后面，是一个努力适应新家庭环境自我更新的新媳妇形象。

唐人王建有一首《新嫁娘词三首（其三）》与此诗有异曲同工之妙。

新嫁娘词三首（其三）

三日入厨下，
洗手作羹汤。
未谙姑食性，
先遣小姑尝。

《端阳前一日浣衣（其一）》是诗人真实生活的写照，也是其真性情的表达。诗人农闲拈笔记录自己刚出嫁时的心路历程也许受到了唐人王建这首诗的启发。

辛丑腊月十六午后茶罢草就于田庄雅苑

梧桐树下那群青涩少年

楔子

一千六百多年前的南北朝时期，一直在北朝中央机关工作的陆凯走出机关大门，率领一支部队南征。经过一片梅林，正值梅花怒放。看到盛开的梅花，忽然想起了在南朝工作的历史学家、文学家、《后汉书》作者、好友范晔来。陆凯想把这里春天的气息传达给好朋友范晔，当时，南朝和北朝正处于敌对状态，陆凯是鲜卑族人，效力于北魏，而范晔是汉人，是江南刘宋王朝的臣子。此时的陆凯只想到了友谊，完全没考虑各自所在的阵营。

征途中的陆凯折下一枝梅花，写了一首诗：

折花逢驿使，寄与陇头人。
江南无所有，聊赠一枝春。

寥寥二十字，意蕴深远，超越了国别民族的界限，表现出宏阔的胸襟与真挚的情谊。陆凯将梅花和诗交给信使，寄给了范晔，留下一段传颂千古的佳话。

一千六百多年后的一天，我与老妻羁旅羊城，因新冠疫情困居于斗室。竟日独坐窗前，看天际朝朝暮暮天色变幻。

数日反复，不免心生焦躁。随行老妻宽慰说：“居家我二人，途中我二人，寓居他乡我二人。我二人即全家，全家即我二人。我二人在此家即在此。急啥？安心安心！若需排遣寂寥，可默诵苏学士‘此心安处是吾乡’一百遍。”

顷刻间，内心一片清凉。

百无聊赖之际，思绪回到少年时代。四十年前蔡国故城西北角古老的城墙下，简陋的上蔡高中教室里，热情娴雅的孟娴格老师、睿智豪放的王尚升老师、沉稳严肃的寇遂老师、敦厚慈祥的刘士明老师等几位指引我们踏上求知之路的先生循循善诱给我们讲课的画面，还有梧桐树下一群带着田野气息，刚刚进入城市窗明几净教室的青涩少年萤窗苦读的悠悠往事，倏忽奔来眼底。于是，铺陈笔墨，将所忆高中期间的三两故人和悠悠往事著录于后。一可解羁旅之愁，二则效法古人寄“一枝春”之举，于中秋佳节期间，聊作赠礼，寄与那群当年的青涩少年，以叙同窗厚谊。

一

1978 年，上蔡县开办了重点高中，一群农村孩子进了县城，眼界大开。学校为了丰富同学们的生活，经常包场看电影。时逢根据著名作家李准同名小说改编的电影《大河奔流》首映，学校组织同学们观看了上蔡县首场彩色宽银幕电影《大河奔流》。电影播出后，教英语的寇遂老师在课堂上告诉我们："《大河奔流》这部电影里演记者的几位黄头发蓝眼睛的外国人中有一位是我的俄语老师。"我惊愕地瞪大了眼睛，心想："寇老师真厉害，竟然认识电影中那高鼻子蓝眼睛的洋人……。

78 级 3 班的这群少年高中生是恢复高考后上蔡县通过竞赛和中招考试从全县选拔的第一届重点高中学生。此前，外语尚未列入高考的必考科目，自我们这一届起，外语被列入高考科目。来自全县各乡镇初中的同学们大多没有学过外语，教外语的寇老师给我们选的是初中英语课本。在这个初中课本里，有一篇课文是："Study，Study，And once more study！"从单词到课文，从发音到汉语意义，寇老师给我们讲了整整一节课。下课了，寇老师还在讲台上收拾着教鞭、教案。一位同学右胳膊连续 360° 抡圆了，跳跃着冲出教室，身后留下一串琅琅的声音："日他怼！日他怼！俺们玩死猫日他怼！"讲台上，寇老师一脸愕然，教室里响起哄堂大笑。

多年后，那位边 360° 抡胳膊、边跳跃前行的少年成长为某城市建设系统主要负责人，工作成绩斐然，任职期间让所在城市面貌一新。

据说，寇遂老师后来远赴豫北一所高等院校任教，近年不断忆及这位尊敬的师长，脑海中总是想起辛稼轩《永遇乐·京口北固亭怀古》中的那句话来："廉颇老矣，尚能饭否？"

二

西汉时，上蔡有翟氏望族，当时的翟氏代表性人物是翟方进。汉成帝时，翟方进先后做过京兆尹、御史大夫，最后当上了丞相，赐爵高陵侯。翟方进当时被誉为汉代儒宗。科举制度发端于隋朝的隋炀帝，西汉时若出身寒微是很难进入政界的，然而翟方进出身普通门第却以射策甲科被任为郎进入了中央政府，可见其德才之卓越，以及积极进取努力拼搏之不凡之举。

两千多年后，到了我们上高中时，高考制度恢复了，上蔡高中78级3班里，从上蔡这个绵延两千多年的翟氏家族中来了三位同学，这三位同学在78级3班里被称为“三翟家”。

三翟家中的小弟弟曾和我同桌，这位小翟同学特别聪明。有多聪明呢？反正高中两年下来，数学考试的分数我没有一次超过他。这位整天脸上挂着调皮微笑的小翟同学深得数学老师孟娴格青睐。

有一次数学课，不知道啥原因，孟老师一直皱着眉头提不起精神，课堂气氛也就不是很好。课间休息时，小翟同学走向讲台，脸上挂着一如既往的嬉笑，问了孟老师几个数学问题，孟老师认真讲解完，看到小翟同学那张永久牌笑脸，忍不住说了一句:“真是一张滑稽脸！”说完自己也笑了起来。情绪调整好了，下面的一节课气氛也好了起来。

这位小翟同学大学期间学的是自己最喜欢的数学专业，毕业后在一所高中任教，后来成为一名中学数学高级教师，一直到现在尚在三尺讲台辛勤耕耘。

孟娴格老师后来曾任县教育局主要负责人，再后来到省城一所高校工作了。

三

二十世纪七十年代末，有一批下放到上蔡砖瓦厂劳动的高级知识分子陆续恢复工作。刚刚恢复的上蔡高中很缺少教师，学校领导通过不懈的努力，陆续从这批高级知识分子中礼请了一批人才担任我们的老师。

曾在国家一所数学研究机构工作的一位姓张的学者被学校请来给我们上了一堂数学课。班主任刘士明老师课前给我们介绍说，张老师是研究数学的，水平很高，希望同学们认真听张老师讲课。这位张老师是一位江西老表，一口地道的江西话，对于我们这群刚从乡下来的同学来说，张老师说的话和外语无异。

那堂数学课讲的是“极限”的概念。这位张老师将《庄子·杂篇·天下》中“一尺之棰，日取其半，万世不竭”换成了当时我们最喜欢的东西表达出来。“一个白馍，你今天斗它一半，明天斗它一半，永远吃不完。”可惜的是我们这群土包子当时几乎一句没听明白。下课后，有位同学在回宿舍的路上小声嘀咕：“张老师每天要给我们半个白馍？”

张老师给我们上了唯一的一堂课，从此以后我再也没有见过他。

四

二十世纪七十年代末，电视还是个稀罕物件，刚进入上蔡高中上学时，我还没有见过彩色电视。高中期间，学习很紧张，学校安排有晚自习，当然不会让同学们看电视。当年上蔡高中东边是一家机床厂，这个厂每天晚上在一排用做办公室的平房前放电视节目。我们下晚自习后，电视节目还没有结束。于是，有一些同学就翻过学校东北角两米多高的围墙到机床厂看电视。这种行为是要冒一定风险的，因为学校不允许晚自习结束后学生翻墙到外面看电视。

我和一位从东岸来的同学床铺相邻，经常一起玩，晚自习后经常偷偷翻越围墙到机床厂看电视。那时候，电视台节目很单调，中国还没有拍摄过电视连续剧。当时的中央电视台引进了一部西方科幻题材的电视连续剧《大西洋底来的人》。刚看了一天，学校就把我们翻越的围墙加高到了我们根本无法翻越的高度。我和这位同学急得抓耳挠腮，当晚竟难以入眠。第二天的晚自习后，这位同学神秘兮兮地告诉我，他白天已经获得确切消息，学校大门东边县教育局会议室里面有一台彩色电视，每天晚上放《大西洋底来的人》。于是，我们两人一起下晚自习后偷偷溜出学校，小心翼翼地进入教育局的会议室，果然，主席台的桌子上面一台大彩电正在播放《大西洋底来的人》。会议室里整齐地摆放着一排排椅子，只有四五个人坐在里面看电视。我们悄悄地坐在后面的椅子上，安安稳稳地看到荧幕上出现“再见”两个字才依依不舍地离开。从此以后，我们这对伙伴每天晚自习后都偷偷溜到教育局会议室看电视。我们俩看完了《大西洋底来的人》后，还看了一部根据法国科幻作家儒勒·凡尔纳的同名小说改编的电视连续剧《八十天环游地球》。这两部科学幻想题材的电视剧开阔了我这个刚刚从偏远乡村走出来的懵懂少年的眼界，启迪了我的思维，让我受益至今。

我和这位同学兼同乡还有一件趣事让我难以忘怀。当年，从东岸到上蔡县城每天只有一班公共汽车。如果坐不上公共汽车，进县城上学就很困难。三十多公里的路，需要自己想办法解决交通问题。有一个周末，我们俩都没有坐上公共汽车。于是，我们决定在路边等进上蔡县城拉货的卡车，准备搭顺风车去上学。由于等车时间很长，到达学校时，学生食堂已经关门啦。折腾了一天，实在饿得很，于是我们俩下决心到学校外面找吃的。那时候，上蔡县城的夜晚非常冷清，太阳刚刚落下，沿街店铺基本上都关门下班了。我们俩沿街找了很长时间也没有找到吃的，后来看到只有服务楼还在营业。进去一问，最便宜的肉丝面也需要两毛钱一碗，在学校食堂两毛钱是学生两天的餐费，我们俩踌躇再三，终究抵挡不住腹中饥饿的困扰和肉丝面的诱惑，一人吃了一碗肉丝面。这碗肉丝面不是山珍海味，胜似山珍海味，让我至今回味无穷。

几十年后，有一次到上蔡和几位78级3班的老同学在一家富丽堂皇的酒店餐叙。酒酣耳热之际谈起这件往事，一位多年在上蔡从事城市建设工作的老同学告诉我，随着城市的发展，当年名噪一时的服务楼已经拆除，并于席间当即要了一碗肉丝面让我重温当年滋味。虽然这碗肉丝面汤厚面醇，异香扑鼻，可我再也吃不出当年那般滋味来。原来，让我回味的不仅是当年那碗肉丝面的滋味，更多的是对已往高中生活的怀念和少年时代的一腔情怀。

当年和我一起看电视、吃肉丝面的这位同学后来考入一所医学院校学习，毕业后成为一名医生，如今仍然在无影灯下履行着救死扶伤的天职。

五

我们这届学生刚进上蔡高中时，校园内生长着一排排高大的梧桐树。夏末秋初，这种梧桐树枝头挂的小果子内可以剥出半透明状的一层膜。课余，同学们常常捡拾梧桐树的小果子剥里面的那层膜吃，而且乐此不疲。

梧桐树的浓荫下是我们课间自由快乐的天堂。一个最常做的游戏是叨鸡。我们78级3班叨鸡水平最高的是阿广，阿广叨鸡战无不胜，我们班同学没有谁能超过他。

冬天来了，一场大雪无声无息地飘下。一节课后，校园里已经是白茫茫的一片。阿广穿上了北方地区常见的厚木底苇毛缨子拧成的草鞋，这种鞋冬天穿着很暖和，既可以下雪穿，也可以晴天穿，在北方地区的乡间很流行，据说和历史上著名的谢公屐有些渊源。一下课，脚穿草鞋的阿广就冲出教室，用他厚厚的草鞋底压出了一条三四米长的冰道，同学们排着队站在冰道一端，开始了滑冰游戏，偶尔有人摔个仰八叉，就会引来一波又一波的欢笑。

二十世纪九十年代，阿广在上蔡一家金融机构任负责人，我们有了业务上的往来。有一次，我到他所在单位处理一些业务上的事，中午，阿广联系了一位后来从事城市建设工作的同学一起小聚。其时，阿广联系来的这位仁兄尚在某乡镇任负责人，多年在乡镇工作，养成了豪爽的性格，酒风正，酒量大，枚技高。最重要的是比美酒更浓更醇厚的同窗之情。我本不善饮酒，在两位老同学的关照下，不知不觉间我由浅酌点点到微醺一直到酩酊。

退席出门，开车的师傅问到哪里去，我竟然还用老同学在酒桌上的玩笑话说："一窜西北正南！到平舆。"因为，我原计划还要到平舆办事。车到平舆县城，开车的师傅又问："到哪？"我和同事都不知所以，只好从平舆打道回府。从此留下一段趣谈。

如今，与阿广兄弟已阴阳两隔，斯人已去，犹忆其影。

另一位从事城市建设工作的同学也移居黄河岸边的省城过含饴弄孙的幸福生活去了。而率真诚挚的同窗之谊却随着岁月的流逝愈发醇厚。一人静室独坐，每每念及当年旧事，情不自禁，泪下泗条。

六

地球大师是我们班一位老同学的网名。这位同学学的是物探专业，在一家国家级科研单位从事地球物理研究工作。因发现印度板块和亚洲板块碰撞引起的随州—桐柏—泌阳断裂而成为行业翘楚，在国内他所从事的行业内可称泰山北斗。

四十多年前，地球大师在郑州上学期间所住的宿舍和我的宿舍隔了一条马路。他们学校每到周末在球场放露天电影，他经常在星期六下午邀请我到他们学校和他一起看露天电影。

地球大师毕业后被分配到位于武汉的国家地球物理研究院工作。开始那几年，他具体工作的地点在恩施，到恩施后他写信告诉我，恩施不通火车，也不通汽车，他是从武汉坐直升机到恩施去的。我没坐过直升机，听说他坐直升机去上班，真是羡慕不已。

地球大师久居恩施，对当地的物产、人文地理及独特的土家文化了若指掌，每每聚首，皆绘声绘色详加渲染，竟引我无限遐思。若干年后，从宜昌至恩施高速公路修通，因着地球大师的缘故，我曾数次游历恩施大峡谷、腾龙洞、明清土官制度遗存土司府等恩施景观，我们还曾于滔滔清江畔品我国唯一蒸青绿茶恩施玉露。但从宜昌至恩施的高速公路全程有 39 处隧道，限速 80 千米每小时的交通状况也给我留下很深的印象。有此经历，方理解地球大师当年之不易。

二十年前，地球大师负责一个他们单位在神农架的科研课题，他作为负责人把基地设在神农架林区内的木鱼镇。其时，他盛情邀请几位老同学到神农架去参观游览，有三位 78 级 3 班的同学应邀成行。我们一行三人到达距离木鱼镇还有 40 公里的地方，天就黑了，蜿蜒险峻的山间公路很是危险。他让我们停在一个小饭店旁，他和他的司机开车 40 公里到那里把我们接到木鱼镇。

到了木鱼镇，我们住在地球大师的基地。老同学安排好车辆，陪我们在神农架林区游览了一周。

地球大师如今工作生活在江城武汉，他的业余生活丰富多彩，钓鱼、游泳、收藏皆其所好。十几年前，78 级 3 班同学在上蔡聚会时，地球大师因工作原因未能参加，他曾从网上发来一首诗寄给同学们以表同窗之情。

地球大师在武汉工作生活了多年，但几十年来每逢节假日总是回到驿城。这里是他心中的家园。回到驿城后，地球大师总会移步寒舍，与在驿城的各位老同学茶叙。泥炉汤沸，茗韵澄怀之际，几位老同学放浪形骸，不拘形迹，不言财富，勿论地位，更遑论势焰，惟同窗之情融融焉！

人生至乐，不过如此而已！

七

四十多年前，我在老家豫东农村上小学和初中时，几乎看不到课本外的其他读物。有一年暑假，我曾经每天早晚到村头树林里找爬叉皮，攒了几百只爬叉皮卖到崇礼公社供销社，用卖爬叉皮的钱买了几本画书。这大概是我小学期间拥有的最丰富的课外读物。就是这几本画书，让我在小伙伴中间很是神气了几天。

进入上蔡高中，有一次课间，看到有位城里同学在看一本厚厚的小说，一问才知道是著名英国作家柯南·道尔的侦探小说《福尔摩斯探案集》。凑到旁边看了一会儿，觉得很有意思，于是就想借来看看。这位同学告诉我他也是借别人的书，并且人家限定了时间，我当时很失望。过了两天，这位同学告诉我，他没有看完，但书已经还给人家了，不过他可以把看过的部分讲给我听。我听后真是喜出望外。于是，这位同学利用课间休息时间给我讲了十几个福尔摩斯探案的故事。每一次都讲得口干舌燥，这让我很是不安。但跌宕起伏的情节，福尔摩斯用严密的逻辑推理破案的故事让我对这本书产生了极大的兴趣。两年后，我到郑州上学，在学校图书馆终于借到了全部二册《福尔摩斯探案集》，通读了这部书。

继而，把学校图书馆里阿加莎·克里斯蒂的《东方快车谋杀案》、《尼罗河上的惨案》等多部侦探小说一一借来读了一遍。后来，国内先后引进了一批根据阿加莎·克里斯蒂的侦探小说拍摄的同名电影。大侦探波罗手握烟斗，用推理的方法分析案情的形象一直驻留在我的记忆里。正是受这些文学、电影作品的影响，我也养成了在生活、工作中用逻辑推理的方法来分析判断事物的习惯。

直到现在，这位同学不辞辛苦、在紧张的学习间隙给我讲故事的画面还时常闪现在我的脑海里。

近几十年来，这位老同学和我生活在同一座城市。我们和其他几位上蔡高中78级3班的老同学在工作之余，或跋涉于密林溪谷探访胜迹秘境；或于庭院小池旁设席焚香，共品茗香茶韵；或于江河浪涛间击水遨游；或深入幽幽古刹，闻梵呗声声访道问禅。纵情山水间，神思天地外，几位老同学共同度过了几十年悠游快活的业余生活。

我们曾探访过著名作家吴伯箫笔下的打豹英雄钟殿奎的故乡龙天沟，与老英雄共话当年打豹的壮举；也曾跋涉于流水淙淙的高山湿地，在云蒸霞蔚的百泉寺与老僧释仁福共饮清冽甘甜的白虎泉水；曾徘徊于鸥鹭翔集、游鱼戏石的溱头河畔，寻找著名记者范长江生活的遗迹；曾受上蔡高中78级3班老同学地球大师的邀请畅游神农架秘境；曾驾车穿行于太行山挂壁公路，追寻拍摄电影《鬼子来了》的雪泥鸿爪；曾徜徉于天中海拔最高的“云上村庄”黄石头庄，探寻驿城人津津乐道的猴米传奇；十多个夏季，我们相携到潜藏于深山中的三架山水库的浪涛间畅游；更曾于豫西伏牛山的险峻峰顶遥望豫省最高峰老界岭……

几十年间，我们共同度过了很多令人难以忘怀的快乐时光。情谊若此，夫复何求？

八

仁厚慈祥的刘士明老师驾鹤西去三年多了。我是在刘老师仙逝之后很久才得到这个不幸的消息后，因身体微恙，故未能到刘老师墓前祭拜，至今心存愧疚。

刘老师不仅是向我们传道授业的老师，更是一位心存善念的长者。不仅教我们以知识，而且负担起了更多长辈的责任。一九七九年的暑假期间，上蔡高中在放假后开办了一个补习班，给部分同学补习功课。当时通信不便，通知学生非常不容易。我的老家在与上蔡县相邻的商水县。刘老师辗转奔波，费了很大的周折联系到了家在东岸公社的我姑父，让他口头通知我去学校参加补习班。直到今天，我仍然想象不出刘老师是通过什么方法打听到我姑父家在上蔡县境，并想办法联系上他的。

高中两年间，刘老师既担任我们的班主任，又是我们的语文老师。他上语文课时语调沉稳舒缓，在关键词处语音稍稍拖长予以强调其作用。刘老师讲解《岳阳楼记》和《口技》

两名篇的形象至今让我难以忘怀。

在讲《岳阳楼记》的课堂上，刘老师听到我读“其喜洋洋（Yàng Yàng）者矣”时，面带微笑对我说：“要表达一个具有家国情怀的先贤，在春和景明时，面对‘波澜不惊，上下天光，一碧万顷，沙鸥翔集，锦鳞游泳，岸芷汀兰，郁郁青青’，在长烟一空，皓月千里时，面对‘浮光跃金，静影沉璧，渔歌互答’，这两个情景下‘心旷神怡，宠辱偕忘，把酒临风’的心境，可以读作‘其喜洋洋（Yǎng Yāng）者矣’。”我按刘老师的教导再读这篇课文，果然感觉意境不同。

让我难以忘怀的另一堂课是刘老师给我们讲解选自清代林嗣环所著《虞初新志》里的《口技》这篇文章。在讲这篇课文之前，刘老师先讲了他小时候看口技演出的情形。然后对这篇课文进行了生动的解读。刘老师的这堂课让刚刚从田野中来到县城的我听得一愣一愣的。心想，“一桌、一椅、一扇、一抚尺，二人在用幕布围起来后，在里面弄出恁多稀奇古怪的声音，到底是咋回事里？我咋没有见过里？”这堂语文课后，我一直想寻找机会希望一睹新奇的口技表演。数年后，在中央电视台的《洛桑学艺》这档节目中，我看到了才华横溢的洛桑表演的口技，忆及刘老师当年生动讲解《口技》的画面不禁心生感慨，而我多年来一睹口技表演的心结也终于释怀。

恩师已去，风范长存。他的谆谆教诲至今时常响彻我的耳畔，他敦厚淳朴的形象经常闪现在我的脑海里。

九

上蔡高中的教育不同于其他学校，在注重学生健全人格的培养和提高升学率的同时，还非常注重学生身体素质的培养。两年高中生活，学校除安排有正常的体育课之外，还有早操、课间操和每年的春、秋两季运动会。

我们的体育课老师有两位：余老师和崔老师。进入高二年级，崔老师上体育课时告诉我们，余老师是国家级田径裁判，因为参加河南省运动会的裁判工作，由他来接替余老师给同学们上体育课。

我们的体育课是以当时教育部颁布的《青少年体育锻炼标准》为目标开设的。这个标准把学生按照年龄、性别和身高分为少年组和青年组。我通过一段时间的锻炼，跳远、鞍马项目达到了少年一组的标准，只有 60 米短跑测试两次均没有达到少年一组 9.6 秒的标准。我利用体育课时间加强短跑锻炼，余老师还给我示范了正确的起跑动作。第三次测试，我终于达到了这个标准。余老师给达到标准的同学颁发了相应等级的达标证书。那本深蓝色封面烫金字体的少年一组体育锻炼标准达标证书我保存了二十多年，后来因多次搬家而遗失了。

宋庆喜老师是上蔡高中 78 级 2 班的班主任。除了担任班主任，教 78 级 1 班、78 级 2 班的语文课之外，他还兼管学校的广播站。每天早晨起床时间一到，学校里的大喇叭就会准时播放著名歌唱家马玉涛的代表作《马儿呀！你慢些走》。同学们听到歌声急忙起床洗漱，到操场按班级排队跑操。

两年间，伴随着晨曦初露，马玉涛《马儿呀！你慢些走》的歌声把我们从睡梦中唤醒。自早操始，一天紧张的学习生活拉开帷幕。常年如此，形成了条件反射，直到现在一听到这首歌我的精神就为之一振。

学校对我们的早操和课间操要求很严格，每次做操前学校派人统一检查各班的出操人数。因此班主任督促得很紧，每次课间操后，教导主任李英基老师站在操场边的舞台上强调学校纪律、讲评教室和宿舍卫生检查评比结果，以及早操、课间操检查结果，直到高考前两个月我们的早操和课间操才停下来。

学校的春、秋两季运动会非常隆重，运动会各个比赛项目的成绩都存入了学校档案，如果哪位同学的成绩打破学校记录就会永久记录在学校档案里。运动会前几天，班主任刘士明老师动员同学们积极报名参赛，他还特意让有夺冠可能的同学报自己擅长的比赛项目。运动会当天，刘老师还买了一些面包给参赛同学补充体力。没有报名参赛的同学组成后勤服务小组、通讯报道组、啦啦队参与运动会。

两届运动会，我都被安排在通讯组，没当过一次运动员，但是，积极参与公共事务的集体主义精神却培养出来了。

我国历史上著名的思想家、教育家、被誉为“集大成圣人”

的孔子于二千多年前首开平民教育的先河。孔子在他办的学校里给他的学生开了六门课，就是著名的“礼、乐、射、御、书、数”六艺。其中，“射、御”除了具备当时的实用功能外，还和今天的体育课亦有相似的功能。毛泽东主席也曾提出从“德、智、体”多方面培养青少年的教育方针。七十年代末，恢复高考制度使共和国的人才选拔走上了快速发展的坦途，但也曾出现了基础教育以考大学为唯一目标，美育、体育被学校教育弱化，造成人才美学素质和健康体格的缺失。当年，上蔡高中的体育教育能做到那样完备，让我们这一批学子受益匪浅。

当年的学校领导具有非凡的眼光和先进的教育理念，他们无愧教育家的称号。

十

公元六〇六年，隋朝建立科举制度。这一政策标志着世界上最先进的人才选拔制度在中国诞生。朝为田舍郎，暮登天子堂。科举制度为平民阶层打开了奉献社会、晋身社会精英阶层的大门，而高考制度正是这种人才选拔制度的升级版。一九七八年，是高考制度恢复的第二年，上蔡县因应高考制度建立了重点高中。正是如此机缘，一群来自全县各乡镇不同家庭的翩翩少年聚集于一个充满希望的课堂同窗共读结下深厚情谊。高考制度的恢复，也拓宽了一群胸怀梦想少年的人生道路。

二十世纪七十年代末，我国经济尚处于困难时期，具有远见卓识的上蔡教育界负责人和上蔡高中的领导在开办重点高中的同时，还给我们这届农村学生提供了一个出乎意料的普惠政策，每个学生可以转19斤粗粮换细粮的粮条，入学后，每个班每月还有2元助学金。在当时的社会经济条件下，这两项政策为农村学生提供了强有力的帮助和强烈的精神激励，对这群学子后来的人生道路产生了深远的影响。

我们应该记住他们的名字——我们的校长张彦方，我们的教导主任李英基。

当年那群风华正茂的工程师们

楔子

六年前的一天，我与两位高中同学一起登白云山。蜿蜒的山路上，仰观长空一碧，闲云点点，感觉神清气爽，精力充沛。心情大好之际，脚下生风。一会儿，把那两位同窗远远甩在后面。至一狭窄处，一幼童猛然从我身后跃至前面，先我从狭窄处穿过。孩子的父亲在后面断喝一声："慢点！这孩子怎么和爷爷抢起路来了？"我回头看去，除了孩子的父亲并无其他人。不远处，同行的那两位同学脸上挂着阴阳怪气的冷笑："看啥？找谁？人家叫的爷爷就是你！"

一丝怅然若失的情绪骤然涌上心头。继续前行，登临白云山顶，俯瞰脚下层林尽染，静听耳畔松涛阵阵，心中一时竟涌起碣石之慨来！

壬寅年春天，新冠嚣嚣，常年喧闹的小城一时安静下来。人们困居家中，焦虑不安的情绪萦绕在很多人的心头。我却一如既往地沉浸于平淡的日子，或凭窗听雨；或临池观鱼；或焚香读书；或设席置茶，开汤畅饮。心境淡然而宁静，仿佛新冠疫情远在天际，与我无一丝关联。一日偶读古人《笑林广记》，其所载一事与四十年前我院旧事如出一辙，殊甚惊异。藉此，我院往事，忽来目前。先辈风趣之生活观念，待人接物之艺术，认真工作之态度，奉献社会之精神，不惟后人饭后茶余之谈资，更为我辈楷模。辑以成文，以飨同侪。

单位往事之一

蔡工的预算——只多不少

出生于物质匮乏时代的老妻是在饥饿中成长的。在她关于童年的记忆里，印象最深刻的就是饥饿。正是这样的经历，养成了她做饭盛饭只多不少的习惯。每当饭菜上桌，我总是说：“你做的饭还是蔡工的预算——只多不少呀！”由此引来饭桌上一阵欢声笑语。

八十年代初，我被分配到当时的驻马店地区建筑设计室从事结构设计工作。同一个办公室的蔡工已接近退休年龄。蔡工是湖南人，说着一口湖南方言，他的话我连蒙带猜只能弄明白一半。他在我单位从事工程预算工作。计划经济时代，所有的建设工程都是由计划建设局以设计院出具的项目预算为依据拨款建设的。蔡工工作认真负责，预算精准，他所做的预算在计划建设局有口皆碑。但施工图预算是提交给计划建设主管部门作为拨款依据的，其次才是项目实施单位的参考。

龙山水泥厂改扩建工程是驻马店地区当时的重点建设项目。邓国俊科长是厂里的“老基建”，一俟预算接近出来，邓科长会及时出现在蔡工的办公桌前。“蔡工，预算大概多少？先透透如何？”。此时，蔡工总是一脸祥和的笑容：“只多不少！满意吧？”

一次，邓科长又来到设计室，恰好蔡工不在。有同事给邓科长倒杯水让他坐下休息，并告诉他：“要是问项目的预算，我可以代蔡工告诉你——只多不少。”从此，设计室多了个歇后语：蔡工的预算——只多不少。

单位往事之二

手写双向工程字

陈启荣工程师是南通人，二十世纪八十年代初在我院从事结构设计工作，陈工写得一手好字。那时候，建筑设计室还是计划建设局的一个科室，电脑打字还没发明出来，每逢搞活动写标语全是手工活。计划建设局要写标语，局办公室的同志首先会想到设计室的陈启荣工程师。

陈工不仅欧体楷书写得好，各种美术字同样超群。除此之外，工程制图规范上要求的长仿宋体在设计室无人能比。最绝的是手写双向长仿宋工程字的绝活，不仅在驻马店独有，在全国工程技术人员中也可称一绝。

二十世纪八十年代我国工程设计界全手工制图。《工程制图规范》要求建筑工程图纸应采用长仿宋字体，并且只能向上方向或向左方向标注。这是为了施工技术人员读图方便。

一般设计人员向上标注很好办，向左标注时，要么调整图纸方向，要么调整身体方向，常常很消耗体力。陈工端坐在绘图椅上，向上方向标注如此，向左方向标注亦如此，向左方向标注的数字、字符、文字和向上方向标注的一样标准，在工程设计界堪称一绝。

陈启荣工程师曾用绘图笔手绘一套“床上八段锦”健身操图解，由晒图室晒蓝复制后，分发给设计室全体人员，以资大家在每天上午十点的工间操时锻炼之用。图解中所绘人物栩栩如生，解析八段锦动作精准而且简明，深受设计室同仁欢迎。

陈启荣工程师八十年代中期调回老家南通市建筑设计院工作，临行前赠送我一套六十年代出版的精装十卷本《马克思恩格斯列宁选集》。前年，有位学哲学的朋友谈及此套书版本稀有，我觉得这套书遇到了识者，遂转赠于他。

单位往事之三

拉计算尺快过计算器的靳文炳工程师

二十世纪八十年代初，微机刚刚发明出来，电子计算器还未普及。我院设计计算手段与今天有天壤之别，当时，结构整体分析还仅仅停留在建筑结构科学研究人员的设想中。框架结构的分析一般是把结构体离散为平面框架，采用迭代法，每种荷载工况均分别计算，然后再进行荷载组合，最后根据各个构件的代表性截面的最不利组合内力进行截面计算。过程复杂繁琐，结构设计计算量很大，因而，计算技能是结构设计人员的基本技能。

电子计算器（electronic calculator，而非 electronic computer）出现之前，我院设计人员普遍使用数学用表和计算尺进行计算。为简化计算量，除了力学模型的简化假定外，还有很多计算手册如《静力计算手册》等资料把常用的计算方法、公式的结果用图表的形式列出来，方便设计人员查用。但计算尺仍然是必不可少的案头工具。

靳文炳工程师早年毕业于西安冶金建筑学院结构专业，毕业后在长沙黑色金属设计院从事结构设计工作。二十世纪七十年代中期，调来我院从事结构设计工作。二十世纪八十年代初，我院给设计人员配备了计算器，几乎所有的设计人员都淘汰了计算尺和数学用表，改用了计算器。在长期的结构设计工作中，靳文炳工程师运用计算尺进行计算，练就了一套娴熟的计算尺计算技术。对数函数、三角函数、3 次以内的乘方和开方等常用的函数计算一拉而就，加减乘除更是不在话下，其速度往往比计算器还要快。有年轻的设计人员不服气，找靳工一较高下，往往数字还没完全输入计算器，靳工已经拉出结果。虽然精度比不上计算器，但小数点后的五、六位往往没有了工程意义。一直到二十世纪九十年代靳工退休，他一直使用计算尺进行设计计算。

二〇〇八年的一天，已经年届八旬的靳文炳工程师来到

我办公室。他从手提包中拿出厚厚一叠书稿，告诉我这是他退休后在家中编制的一份混凝土结构截面计算用表的书稿，希望能对青年设计人员有所帮助。看着这份浸满靳工汗水和对设计院真情厚意的书稿，我实在不忍心告诉他事实真相。我满怀敬意收下书稿，言不及义地向他介绍了我院的现状，靳工的脸上呈现出惊喜的神态。

不久之后，靳工又一次来到我的办公室，询问书稿的情况。我不再犹豫，但心怀愧疚地告诉他，现在的结构设计与十几年前的方式方法已经发生了翻天覆地的变化，由于计算机软硬件技术的飞速发展，结构的整体分析已经成为结构设计的日常技术手段，构件和截面设计也不再是结构设计人员的沉重负担。靳工听完我的介绍，失望的眼神转瞬即逝，眼中充满兴奋和希望的光芒。

单位往事之四

不忘旧巢堂前燕

去年的一天，看到《天中晚报》报道溱头河畔的确山县常庄建成了美丽乡村旅游度假区，忽然回忆起一位我院前辈梁兆云工程师来。

梁兆云工程师二十世纪七十年代之前在北京纺织设计院工作，他是我国知名的建筑专家。“文革”期间，梁兆云工程师和北京中直机关一批老干部一起被下放到位于溱头河畔的确山县常庄的五七农场劳动。“文革”后期，我单位逐步开始恢复勘察设计业务，当时院里的技术骨干已经流失殆尽，地革委从确山五七农场请来了一批从北京下放到驻马店劳动的专家充实我院，梁兆云工程师就在其列。能恢复工作从事自己心爱的专业，梁工欣喜不已，工作起来往往废寝忘食。

二十世纪七十年代末期，建筑设计可以参考的资料屈指可数。根据工程建设的需要，我国建设主管部门委托有关行业协会组织建筑界知名专家编著了一套涵盖内容广泛、体现当时先进建筑技术水平的十卷本《建筑设计资料集》。因其内容丰富被我院设计人员戏称为“天书”，梁兆云工程师就是这套书的编委之一。

“文革”结束，梁兆云工程师回到了北京市纺织设计院工作，任总工程师。梁工回到了北京，心系我院。二十世纪八十年代初，我国纺织工业迎来了高速发展期，梁工所在的北京纺织设计院任务饱满，梁工盛情邀请我院在北京设置了驻马店地区建筑设计室北京设计工作组。一方面为我院培养锻炼了一批青年设计骨干，另一方面也增加了我院的收入。

二十世纪九十年代，梁工因病去世，我院派代表专程前往北京吊唁。

二〇一二年，已经成为一位卓有成效的企业家的梁兆云工程师的儿子来到了我院，参观了他父辈曾经工作的建筑设计院。我院组织了和梁兆云工程师一起工作过的老同志与梁工的后人共同座谈，老同志们回顾了当年和梁工一起工作的岁月和设计院老一代艰苦奋斗的历史，气氛热烈，其情融融。当时，梁工的儿子正在河南投资一个项目，他把这个项目的房屋建筑全部交由我院设计，现已建成投入使用。梁兆云工程师与我院的缘分在他逝世后一直延续和发展至今。

单位往事之五

治淮工地上的“杨估计”

一九六五年七月，驻马店与信阳分治，新设立驻马店专区，专员公署设在驻马店镇。根据建设需要，驻马店专员公署组建了建设工程指挥部，指挥部下设工程勘察设计组，这个设计组就是我院的前身。设计组不仅负责建筑工程的勘察设计，水利、电力工程的勘察设计工作也都由这个设计组负责。建筑、水利和电力设计单位分家是后来的事。

驻马店位于淮河流域，解放后，淮河水患严重威胁着该流域人民群众的生命安全，毛主席为此发出了“一定要把淮河修好”的伟大号召，治淮是当时的头等大事。二十世纪六十年代，基本建设项目都是以项目指挥部的形式组织的。专员公署属下设计室工程技术人员，特别是青年工程技术人员长期工作在治淮一线。当时技术人员和工程设备严重不足，工作中，技术人员只有充分发挥自己的聪明才智，克服困难，因陋就简，推动基本建设工程在尊重科学的前提下快速进行。

我院工程师杨天清在治淮工地上是个多面手，长期工作在工程一线，勘察设计施工一肩挑。指挥部大会战的工程组织形式、勘察设备的落后和缺乏等因素，往往制约工程指挥部对工程的预期。杨天清工程师在长期的工程实践中，总结出了淮河上游流域大部分土体的物理力学性质指标的直观判断方法。在来不及进行工程地质勘察的情况下，杨工到现场，手捻土样，“我估计……”于是工程中常用的土体物理力学指标脱口而出，事后通过与工程地质勘察结果比对，误差很小。请杨工现场估计工程地质技术指标成了工程指挥部应急的日常手段。杨工为工程指挥部的组织管理提供了有力的技术支持。“杨估计”也成了大家对工程师杨天清的称呼。

单位往事之六

出版文学作品的水利专家

郭汉生工程师是驻马店市享受国务院特殊津贴的水利专家，曾担任市水利工程局局长。他的专业著作《小型水利工程施工技术》一书曾获得一九八七年全国第二届优秀科技图书三等奖。早年毕业于武汉水利电力学院的郭汉生工程师大学毕业即参与到淮河治理工作中。

郭汉生工程师不仅专业技术突出，而且自大学期间就爱好文学，经常在文学类报刊上发表文学作品。据说，当年著名作家丁玲在其采写的有关治淮工地的报道中曾引用过郭汉生工程师的诗句。

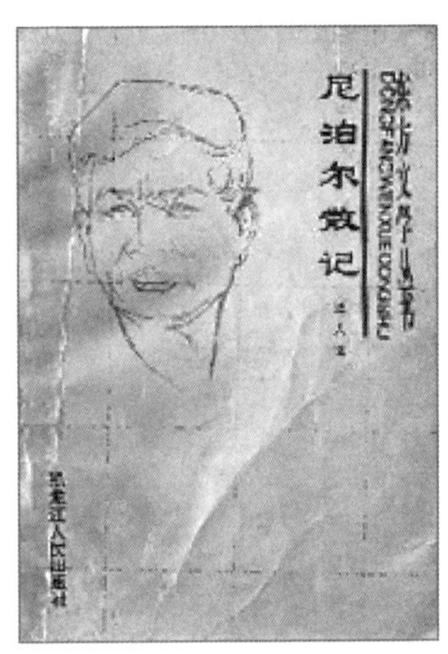

八十年代中期，郭汉生工程师作为河南省援外工程专家组组长赴尼泊尔王国援建逊沙里·莫朗大型灌区工程。在郭汉生工程师的带领下，我院几位青年工程师作为专家组成员也参与了逊莎里·莫朗水利工程的建设工作。在尼泊尔期间，他们与尼泊尔工程技术界和当地人民结下深厚友谊。郭汉生工程师公余之暇笔耕不辍，将在尼泊尔的见闻以散文形式在当时发行量很大的《郑州晚报》连载发表。后由黑龙江人民出版社收入东方文学丛书，结集为《尼泊尔散记》出版发行。

单位往事之七

酸甜味的橘子

我院 20 世纪七八十年代在驻马店行署老办公楼的四楼办公，大楼对面不远处就是建新街，当时的建新街是一个小型露天市场，每天从早晨到中午，街道两侧既有卖蔬菜水果的摊贩，也有副食品公司的肉架子，同时也有卖日常生活用品的小贩。我院员工在下班后或工间休息时常常到建新街转转，采购些水果蔬菜或其他日常用品。

我院给排水专业的张工喜食酸甜味的橘子，见有卖橘子的，总是先问“橘子酸不酸？”原因是她不喜欢纯甜的味道。卖橘子的人往往回答：“不酸！”这时候张工一般不会买这样纯甜味的橘子，弄得卖橘子的小贩莫名其妙。

天长日久，建新街上卖水果的精明小贩摸清了张工买橘子的规律，一看到她出现在水果摊前，马上吆喝起来：“新鲜橘子，有甜的还有酸甜的。”

单位往事之八

行署食堂里的故事

改革开放后，我国基本建设事业飞速发展，我院设计队伍也亟需加强。恢复高考后前几届的高考生从大中专院校毕业后，院里引进了几批大学毕业生充实到我院设计队伍中。这批新人观念先进，视野开阔，理论基础扎实，后来成为我院勘察设计队伍的主力军。当时我院在行署四楼办公，这些刚走出校门的年轻人就在行署办公楼后面的机关食堂就餐。由于设计院的年轻人多，在机关食堂就餐的人有三分之一是我院的年轻人。

办公楼后面有一个简易篮球场，行署机关的年轻人在空闲时间就在篮球场里打篮球，而我院往往参与的人最多。每逢篮球赛，篮球场两侧通往家属区的路上走着的小姑娘总会偷偷往篮球场瞄上几眼，好像在搜寻着自己心仪的宝贝。

那时候刚刚大学毕业的年轻人月工资大多三四十元，生活水平自然高不了，大家肚子里都缺油水。我院一位青年工程师当年刚刚二十岁，身强力壮又爱好运动，食量很大。机关食堂里石师傅做的蒸面条是他的最爱。每逢蒸面条出笼，这位仁兄往往排在打饭队伍的前列。“石师傅，先给我来二两尝尝。”二两下肚，打饭的队伍第一拨还没结束，他排在队尾开始了第二轮。“石师傅，今天吃得有点快，没品出咸淡，再来二两吧。”第二个二两尝过，正式开始吃饭了。“石师傅，今天面条味道不错，我正式吃四两吧！”八两蒸面条吃完，小伙子打了个嗝，犹豫再三。“今天是否再饶点呢？”……

行署机关住房紧张，地直各单位都在前王庄五七旅社为年轻人租房。前王庄五七旅社成了地直机关的青年宿舍楼。喜欢文学的几位年轻人聚在一起办了个山楂树文学社，定期出版文学小报《山楂树》，在地直机关年轻人中免费发行。

《山楂树》的主笔毕业于国内一所名校的中国文学专业，幽默风趣，爱开玩笑。有一年春节，他捣鼓了一副对联贴到机关食堂司务长老王的门上。“大白菜小白菜大小白菜，红萝卜白萝卜红白萝卜”横批“天天如此”。

单位往事之九

昨日辉煌

20 世纪六七十年代，正是物质匮乏时期。技术工作者在勘察设计过程中与今天的设计原则和思路差异很大。从工期和经济两个目标来衡量，节省材料往往比节省人工更有效。因而，工程技术人员选择技术革新路径大多选择节省材料。

驻马店市汽车大修厂生产车间是七十年代我院技术革新的一个代表性工程。该车间为排架结构，由于钢材、水泥等建筑材料供应紧张，我院设计人员创造性地选择了格构式混凝土柱作为排架柱。经行业推荐和行政推广，这种做法在当时成为一种典范之作，全国工程技术界来驻马店参观者络绎不绝。由于接待量过大，驻马店地革委在我院设立了专门的接待机构，负责向参观者介绍该工程的经验。

预应力技术在二十世纪七十年代的建筑工程中迅速发展，我院在预应力技术的推广和应用中始终处于工程技术界的前列。在驻马店地区建筑公司办公楼工程中，我院率先使用先张法预应力现浇楼板技术，在全国范围内亦属领先。遗憾的是，几年前当我听说这座建筑所在的区域即将进行旧城改造赶去拍照时，这座具有标志性意义、代表着当年我国先进工程技术水平的建筑已经荡然无存。

二十世纪七十年代初，工程建设呈现了一个高潮。河南省建设厅为了推动工程建设事业的发展，组织编制了一套《建筑工程标准图集》，参加单位多为部属驻豫勘察设计单位和省直勘察设计院。我院作为地市级设计院由于在新技术推广方面的出色成就，也接到了建设厅交给的编制任务。由我院魏绍轩工程师主持编制的《钢筋混凝土檩条》入选“文革”

中河南省唯一一版建筑工程标准图（YG204）。

往日的辉煌彰显我院几代工程技术人员开拓创新的不懈追求。时代在前进和发展，但是作为从事勘察设计的工程技术人员，具有家国情怀，坚守知识分子的风骨，秉持职业操守，勇于创新，开拓进取的精神永不过时，当代代传承。

饮茶之趣

一、初识茶香

四十多年前的一天，我从小学放学回到家里，看到几年前到外面当解放军的表爷坐在堂屋和我的曾祖父聊天。我和表爷打过招呼，放下书包，觉得口渴，马上就找来我平时喝水的杯子准备喝水。这时候，曾祖父端起他面前桌子上的茶碗往我的玻璃杯子里倒了半杯黄绿色的热水，曾祖父说："这是你表爷带来的好茶叶信阳毛尖泡的茶水，你尝尝，香得很！"我这才看到堂屋靠后墙的八仙桌上放着一个开了口的纸盒，纸盒上印着翠绿色"信阳毛尖"四个大字。每次我从学校得了奖状回家，得到的表扬都是一碗深棕色甜甜的红糖水，从来没有听说过茶叶这两个字。我从曾祖父手里接过玻璃杯先抿了一口，感觉淡淡的苦，淡淡的涩，然后一缕清香在口腔中升起。口渴难耐的我接着一饮而尽，曾祖父和穿军装的表爷哈哈大笑起来。

这是我第一次喝茶，也是我第一次听到茶叶这两个字。第一次喝过信阳毛尖茶，并不觉得特别好喝，可是喝过之后很长时间，口中一直很滋润，淡淡的一缕清香久久不散。

二、品茶之味

十年之后，我来到了豫南一个小城工作，开启了另一种生活。信阳毛尖是河南的历史名茶，苏东坡曾说过：“淮南茶，信阳第一。”信阳毛尖得到苏学士很高的评价，也为信阳茶是历史名茶提供了有力佐证。我生活的小城离信阳不远，小城各单位办公室里每个人日常清一色玻璃杯泡信阳毛尖，并且每天上班泡一杯绿茶不换茶叶一直喝到下班。这种简单粗暴的泡茶方法完全扼杀了信阳毛尖的风味。随着喝茶时间的增长，我添茶置器，所饮茶类渐丰，泡法也日渐繁复，后来还逐渐追求茶形、茶味、茶香和茶之特性。于是，从信阳毛尖茶形的细、圆、光、直，到西湖龙井茶形的扁、平、光、滑，从信阳毛尖味道的熟板栗香到西湖龙井的清幽兰香，条分缕析，细细品味。平常来到办公室上班第一件事，总是先用一套简易的泡茶工具泡我出差时收集到的绿茶，把泡好的茶水装满一玻璃杯后，才坐到办公桌前开始工作。平时出差每到一地，我总是到当地的茶叶市场转转，购买一些当地出产的特色茶叶。我先后在黄山品尝了黄山毛峰、太平猴魁，在井冈山尝到了安吉白茶，在成都喝到了峨眉雪芽，在恩施大峡谷的入口处品尝了我国唯一蒸青绿茶恩施玉露。几年间，我先后品尝了几十种全国各地独具特色的经典绿茶。这期间，祁门红茶、正山小种、英德红茶也曾偶尔饮用。

进入二十世纪九十年代，因工作原因经常到省城出差，公余之暇，趁便到大小茶叶市场转悠。省城茶叶市场中的商户大多来自福建，经营乌龙茶。于是，乌龙茶渐渐成为我的日常茶品，安溪铁观音、武夷山“三坑二涧”的岩茶、广东凤凰单枞、形制独特的漳平水仙都曾置于案头成一时之宠。有一次，在茶城遇到黄茶名品君山银针，也买了一点回来品尝。

二〇〇〇年以后，普洱茶在港台茶商的推动下日渐风行，我也受社会风尚影响转向饮用普洱茶。二〇〇六年以前多饮熟普。二〇〇六年以后转向以生普为主。受同好蛊惑，略有收藏。

三、藏茶之乐

二〇一〇年的一个周末，我正在绿城一个茶馆内一个人喝茶，一位朋友给我打来电话说得知我出差到了绿城，因多日不见，想请我到他的茶室一聚，放松一下心情，也品尝一下他近日寻访到的一款普洱生茶。与我同样好饮的老友相邀，我欣然应约前往那个我十分熟悉的茶室。来到一安静的小院，粉墙黛瓦构筑的独立庭院，疏影横斜，花木摇曳，小池中几只锦鲤悠然嬉戏于碧绿小荷间。明窗净几的室内并无其他陈设，室内正中铺陈着两人的坐席和两人的茶具，坐席靠内侧的墙面上挂一幅省城某艺术学院教授画的枯荷。温暖的阳光透过落地的玻璃窗洒满大半个房间地面，也洋溢在茶席上。

向窗外望去，两只小鸟在流淌着一缕涓涓细流的太湖石旁打闹。入座闲聊，隐隐约约传来古琴曲“鸥鹭忘机”的旋律，未及品茶，我的心绪仿佛已经脱离滚滚红尘，进入一个安静祥和的纯净世界。这位多年的好友与我口叙近情，手中烹水瀹茗，一转眼，已呈上两杯茶烟氤氲的茶汤。我举杯细品，觉得口中微苦轻涩，芬芳醇厚的茶汤充盈口腔，略停片刻则舌底鸣泉，甘冽异常。一杯之后，滋味、芳香、回甘波澜起伏，婉转悠长，感觉口腔中力度有异于以前所饮茶品。朋友看我如沐春风，兴奋地告诉我:“普洱可藏，愿不愿用此茶一试？”我感觉轻松自在，欣然应允。

回到我生活的小城一周后，收到了好友快递过来的一件茶。得到一款自觉得意的好茶，自然要与一众好友分享，众茶友品尝过后，纷纷给予不俗的评价。半年后，这件茶还剩下十多块。热度过去，将剩下的十多块茶放入一纸箱中，置于书房一隅，遂渐渐淡忘了这件事。

十一年后，一位亲戚在广州一所大学读了茶学硕士后在当地找到了工作，她从事自己所热爱的茶学专业。春节回到老家，这位亲戚深谙茶界行情，得知我藏有这些茶后，向我介绍了现在这些茶的行情，我听到一个让我惊讶的数字。于是约定，节后由她帮我把当年不经意放在书房的那些茶出让给更迷恋这种茶品的知音，而我也许可以了却一桩潜藏于心中几十年的心愿。

四十多年前，我的童年时代，生活在豫东廻曲河故道岸边的一个小村庄。杨柳依依，绿野无垠，渔歌悠扬的乡村是我童年快乐的天堂。在这个偏远封闭的乡村，曾祖父读过私塾，具有洞悉乡村社会的真知灼见。他老人家生前的嘉德懿行、高风亮节曾传扬于乡里，也对我影响深远。曾祖父认为，乡村的封闭落后与村人的受教育程度有关。接受良好的教育是乡村走向发展开放之唯一途径，我走出了那个乡村，接受了良好的教育，为纪念我所敬仰的先辈，我从走出那个村庄时就产生了以曾祖父的名义设立奖学金，以鼓励乡村儿童少年接受教育走向广阔世界的愿望，终于，机会出现了。

春节过去之后，回乡过节的人又陆续离开了充满乡情、亲情的家庭回到了各自工作的岗位。我如约把所藏的茶请人带给了从事茶行业的堂妹。不久，收藏了十一年的茶品转换成了一笔现金，从二〇一六年开始运作的以我曾祖父的姓名命名的奖学金的后备资金充实到了理想的数值。潜藏于我心中几十年的愿望终于实现了。这个奖学金暂时以封闭式管理的形式由一个专门的管理小组管理运行。到二〇二二年底，已有十一位品学兼优的少年经奖学金管理小组审查而获奖。

茶让爱茶人的心愿得以实现，茶让识茶者品饮的过程充满乐趣，茶让人生更有意义。

藏酒之忆

——一瓶 67° 衡水老白干的回忆

二〇〇二年出产的一瓶衡水老白干是我收藏的度数最高的一瓶酒，酒精度 67° 。这瓶衡水老白干是我见过的酒精度数最高的白酒。

收藏这瓶酒源于一次旅途，这趟旅途让我对待不完美的社会现象和待人接物的态度发生了变化。每当看到这瓶酒我就提醒自己处事待人要从善良的愿望出发，宽容以应，对社会、对他人多怀感恩之心。

二〇〇三年，驿城一个房地产开发公司因为某项业务的关系邀请我到西安和石家庄出差。其分管业务的张总经理带领公司的总工程师、工程部经理等业务部门管理人员一行六人同行。结束西安的任务后准备前往石家庄。因为从咸阳机场到石家庄机场的飞机是第二天的航班，当天下午我们一行决定到著名的西安大雁塔景区参观。下了出租车前往景区门口还有几十米远，我和张总一行六人沿人行道边走边聊前往景区门口。忽然看到，人行道边上坐着一位衣衫褴褛的乞讨者。乞讨者低着头，面前放着一个无盖纸盒，纸盒里放着一些一元、五角的零钱。张总看到后，从口袋里掏出钱夹，从里面拿出一张十元的人民币，走到乞讨者旁边，把十元人民币放入纸盒中，快速离开。同行者有人说："现在的乞讨者都不是因为贫穷而乞讨，都是在演戏要钱。”张总眼睛望向远方，深情地说：“我的老家并不在驿城，二十世纪四十年代，我的老父亲身无分文，只身从一百多公里外来到驿城谋生，最后在驿城建立了家庭，参加了工作，扎下根来。这其中的过程艰难曲折，难以尽述。其间不知有多少素不相识的人在老父亲困难的时候不求回报伸出援助之手，这个城市接纳了我们一家。宽容地对待社会，以善良之心待人是我们家的传统。放弃尊严蹲在路边要钱的人，境况好不到哪去，我们如果力所能及，能帮助他一下就帮一下吧！”

善良、宽容而乐于助人，这就是《论语》所主张的“仁”吧。看到张总对待乞讨者宽容仁爱的态度。我内心很受震动，也深得教益。从此改变了对待社会、对待他人以及处理类似事情的态度。

第二天，我们从西安抵达石家庄，完成预定的业务计划后，张总说：“我们此行的任务完成得很圆满。河北特产67°衡水老白干是一款久负盛名的白酒。咱们每人带一瓶留作纪念。”他从一个河北名优特产商店买了一件67°衡水老白干，给同行的每个人送了一瓶。

这瓶酒是这次出行的纪念品，这个珍贵的纪念品让我至今铭记这次难忘的旅程，也让我领略了宽容、善良的人性之美，让我对待社会和生活中诸多问题的态度发生了改变。直到今天这瓶酒还保存在我的酒柜中。

邮票面值的变迁和通信的进步

最近几天，在整理旧藏时，看到了两枚面值一分半的邮票。由此，让我联想到近四十年来，科技进步给我们工作和生活中信息交流手段带来的翻天覆地的变化。

中国古代，为了传递敌寇侵犯时的紧急军事报警信号，由国都到边关要塞，沿途每隔一定距离设置一座烽火台，当敌人来犯时，值守的士兵依次点燃烽火台上的狼烟，可以快速地向国都传递信号。这就是当时最快速的信息传递方法。

自从文字出现后，无论是官方的公文还是民间的交流，书信是应用最广泛的远程信息传递手段。政权所及范围，驿站除了满足官民普通书信的传递任务外，针对官府的紧急公文，还能提供及时更换快马和人员的加急递送服务。唐代杜牧那句著名的诗句："一骑红尘妃子笑，无人知是荔枝来。"可以让后世了解那个时代皇家所能享受到的快速寄送服务。不过诗中快马飞驰传递的不是紧急的公文或军情，而是满足皇家奢侈生活的新鲜荔枝。不顾民众疾苦的享乐最终导致"安史之乱"的爆发，战乱导致邮路的阻隔，"烽火连三月，家书抵万金"，从杜工部在"安史之乱"期间创作的诗句中，我们读出的不仅是诗人对家中亲友的牵挂，还有那个时代信息交流不畅产生的困扰。

“青鸟飞去衔红巾”这句李义山的诗句，虽然有传说的成分，但是，人们训练动物代替人传递书信如“飞鸽传书”在古代确实存在并且不乏其例。直到通信技术高度发达的今天，在特殊的情况下，人们仍然保留着驯化动物为人传递信息的原始方法。

二十世纪八十年代之前，不同城市的人们相互之间联系都是靠写信。电话多是摇把子电话，长途靠人工转接，价格很贵也很难打通，并且普通人要到邮电局才能打电话，普通家庭都没有安装电话。

二十世纪八十年代，人们的生活水平和今天相比有天壤之别。人们的收入水平很低。一般的城市有工作的人工资能拿到五六十块钱就让大部分人很羡慕，那就是当时非常高的工资了。当时，寄一封普通信要贴八分钱邮票，超过十二克就算超重了，就要贴两张八分钱邮票。寄包裹是按重量收费，比寄信要便宜些，因为包裹的重量不同，邮寄费算下来可能出现尾数是半分的情况，为适应大量邮寄包裹客户的需要，邮电部发行了一分半面值

一分半面值的邮票

的邮票。

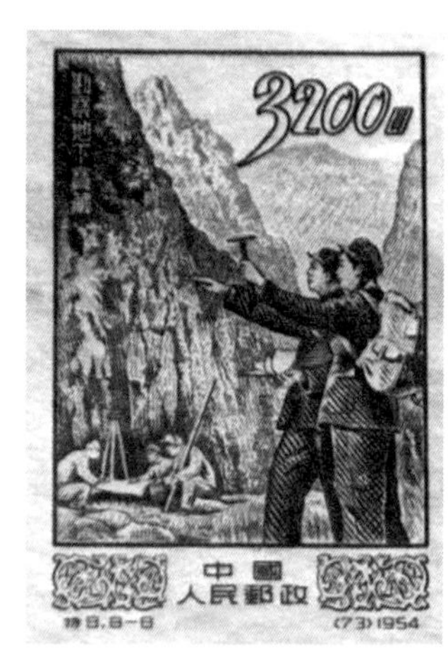

解放初，中国人民邮政沿用旧币面额，折算成新币相当于缩小一万倍。当年，旧时代贫穷生活给我的曾祖母留下了深刻的印迹，她一直把一分钱说成一百钱。因为，新人民币全部面值是十八块八毛八分钱，人民币最大面额是十元，所以，老年人按以前的说法把一分钱说成一百钱在生活中也搞不错。

上图是中国人民邮政一九五四年发行的一张旧币面值叁仟贰佰圆的邮票，如果是新币，这样的面值还真难有用武之地。邮票面值记录着那个时代的社会经济状况。

二十世纪七十年代中期，豫东地区各公社给每个大队安装了一部需人工转接的摇把子电话。那时候，无论农村还是城市的普通家庭都还没有安装有线电话，摇把子电话就是那时候乡村中最现代化的通信工具了。九十年代初期，我国有一所大学的科研团队攻克了程控交换机技术，有线电话走进了家庭，城乡人民的通信方式随之发生了巨大的变化。

如今，手机和网络普及了，远隔千山万水，不光能说话，还能视频聊天。不过，人们之间交流的巨大进步是由书信、有线电话、BP 机通信、普通手机、智能手机一步一步发展来的。网络的出现，极大地方便了人们获取信息的方法和人与人之间信息的交流，现代通信技术彻底改变了我们的生活方式。和几十年前相比，我们日常的行为因智能手机的出现而发生了巨变，智能手机的功能不仅限于信息的交流和传递，还有教育、娱乐、身份的验证、支付方式等方面，由于通信技术的发展而引发了大众生活革命性的变化，这一切都是近几十年来科学技术进步的结果。

见证《商山早行》诗中的枳花、槲叶和季节

一

二〇二三年农历四月，几位友人相约攀登位于驿城西部大别山余脉的大关山。从驿城出发，沿省道南杞线向舞钢市方向行驶六十千米是凤鸣谷，进入凤鸣谷口三千多米，右侧就是大关山。车行四十千米刚过张台镇，公路的左侧出现了一个三四米高的荆棘围成的院落，密植的深绿色小乔木自然形成了围墙，小乔木的枝条上长有一寸多长的尖刺，枝条上开满了白色的花朵。同行的园林工程师说："这就是枳，又称为枸橘，因为枝条上多刺，鸟雀很难在上面立足，乡村里人们都叫它雀不站，是一种芸香科小乔木，黄淮平原乡村里利用其枝条多刺的特点密植用作围墙。这种多刺小乔木春天开白花，秋天结果，中药枳实就是用它的果子加工而成。"

同行者中有一位爱好唐诗的物理学教授，听到园林工程师的介绍，惊讶地说："这难道就是温庭筠《商山早行》中'枳花明驿墙'中的所谓'驿墙'？此前人们多解读为枳花开满驿站的墙壁，今天所见枳是一种小乔木，不是爬藤类植物，白色的枳花开在枳这种小乔木多刺的枝条上，怎么'明驿墙'呢？原来唐朝时驿站也种植多刺的枳来当作围墙呀！"

已故气象学家竺可桢先生有一篇著名的文章《中国近五千年来气候变迁的初步研究》，文中写道，唐朝时，常年平均气温比现在高1~2度，我们见到枳开白花是在农历四月，温庭筠生活的时代气温比现在高，他早春投宿商洛地区的驿站，而这个驿站种植枳作为围墙，枳多刺的枝头开满白花是可能的。

二

早春时节，春寒料峭，万木萧索，绿草尚未萌芽。我们一行人进入凤鸣谷来到大关山脚下，一阵山风袭来，着冬装的一众人皆寒噤不止。攀援而上，山行六七里至一平坦处，众人已是大汗淋漓。大家坐下来休息，物理教授坐的石头旁生长着一棵树，冷风袭来，枯黄的树叶瑟瑟抖动，树上的叶子一部分仍然挂在树枝上。同游的园林工程师说："这就是槲树，是一种落叶乔木，与众不同的是叶子在秋冬季枯萎后并不落下，而是在槲树来年新芽萌发时，上一年的槲叶才从树上落下。小时候，冬季常进山打槲叶，母亲蒸馍时把槲叶铺在蒸馍箧子上既可以防粘连，蒸出来的馍还带有槲叶的清香。"豫东平原长大的物理教授惊喜地说："这就是槲树？这下我明白了！原来'温八叉'的'鸡声茅店月，人迹板桥霜'确是早春之景！"

三

与李商隐齐名、被合称“温李”的温庭筠是一位大才子，多有才呢?《唐才子传》说他:“能走笔成万言，善鼓琴吹笛，云‘有弦即弹，有孔即吹，何必爨桐与柯亭也?’”这位自称能用老奶奶纺车上的线和任一根竹管捣鼓出美妙乐曲的才子，当时绰号‘温八叉’。同一部书中还记载:“每试，压官韵，烛下未尝起草，但笼袖凭几，每一韵一吟而已，场中曰‘温八吟’。又谓八叉手成八韵，名‘温八叉’。”原来唐朝科举考试的时候给每个考生发三根蜡烛，三根蜡烛燃尽，要做成八韵的诗。很多人完不成这件事，但温庭筠在考试时把手笼到袖子里，然后伏在案上，信口吟诵便能作完八韵诗赋，当时人称“温八吟”。又称他一叉手即成一韵，八叉手即能完篇，时人称其“温八叉”。

温庭筠才华横溢，一生却不得志。原来大才子说话放肆，得罪了当权者。据《唐才子传》记载:“出入令狐相国书馆中，待遇甚优。时宣宗喜歌《菩萨蛮》，綯假其新撰进之，戒令勿泻，而遽言于人。綯又尝问‘玉条脱’事，对以出《南华经》，且曰:‘非僻书，相公燮理之暇，亦宜览古。’又有言曰:‘中书省内坐将军。’讥綯无学，由是逐渐疏之。”这下把宰相令狐綯得罪个透。得罪宰相还不算完，据说有一次和宣宗皇帝偶遇，把皇帝也得罪了。唐宣宗微服出游，在一旅店见到了温庭筠，温庭筠不认识唐宣宗，很傲慢地问他：“你是长史、司马这一类的人物吧？”唐宣宗说：“不是。”温庭筠说：“那就是六参、簿尉这一类的官儿了。”唐宣宗很生气，回去后就把温庭筠贬为方城县尉。

才情卓著的温庭筠得罪了皇帝和宰相当不了大官，却有一首诗千古流芳，就是那首《商山早行》：

商山早行

晨起动征铎，客行悲故乡。
鸡声茅店月，人迹板桥霜。
槲叶落山路，枳花明驿墙。
因思杜陵梦，凫雁满回塘。

这首诗，古今皆为人所称颂。

宋代文学家欧阳修所著《六一诗话》记载，有一天，梅尧臣和欧阳修论诗，梅尧臣认为最好的诗，应该是“状难写之景如在目前，含不尽之意见于言外”。欧阳修请他举个例子说明一下，梅尧臣举出了“鸡声茅店月，人迹板桥霜”这句诗。并且说，“道路辛苦，羁旅愁思，岂不见于言外乎？”

古人觉得这首诗意在言外，是最好的诗。今人也都认为是好诗。人教版的初中语文课本把这首诗选入其中。

四

温庭筠《商山早行》最为人所推崇的两句是“鸡声茅店月，人迹板桥霜”。很多人读罢此诗认为这是写秋天的诗句。和我一起登山的那位物理教授听过园林工程师的讲述，为何恍然大悟说《商山早行》是写春天之景呢?

温庭筠原是山西人，但他久居长安杜陵并视之为故乡。因为仕途不顺遂，唐宣宗大中十三年，离开长安赴襄阳投奔另一位朝中大员徐商，途中经过今陕西商洛市东南山阳县与丹凤县交界处的商山时投宿旅舍，这首诗写的是他第二天起早赶路时的所见所感。《商山早行》中“槲叶落山路，枳花明驿墙”，所言枳花唐代是初春开花，诗中“槲叶落山路”中的槲叶是上一年的槲叶。了解“枳花”“槲叶”的生物特性后，这首诗就不会因为“鸡声茅店月，人迹板桥霜”的诗句而误认为是写秋景了。

和今天一样，温庭筠投宿的驿站用枳作围墙，与“枳花明驿墙”的诗句更贴切。

登千年岭有感

一、天子坐明堂

自上古时代起，人类在严酷的自然环境里生存发展，产生了太多的无法应对的困惑和难题，于是便求诸臆想中的上天，芸芸众生谁与上天联络对话呢？巫便产生了。巫是天人之间的使者，是上天在人间的代表，上古时代，巫在部落内有着至高无上的地位。

当社会的精英靠最原始，也是当时最有效的方法——武力征服了一个群体之后，他们力图取代巫在族群中的功能和地位，自己来做上天在人间的代表和使者。限于当时人类认知现实的能力和水平，统治者尚不可能完全否定巫的地位，于是族群中的强者便自诩为上天之子，他们以一种巧妙的方式将自己代表上天的合法性展示给民众，这种方式就是建设明堂作为与上天对话的神圣殿堂，上传人间诸事，下达上天的旨意。随着皇权的确立，巫在社会中虽不能绝迹却渐渐式微。

汉乐府《木兰辞》中有一段描写天子在明堂接见凯旋将士的场景：“……万里赴戎机，关山度若飞。朔气传金柝，寒光照铁衣。将军百战死，壮士十年归。

“归来见天子，天子坐明堂。策勋十二转，赏赐百千强。可汗问所欲，木兰不用尚书郎，愿驰千里足，送儿还故乡……”

天子为何在明堂举行仪式，接见和奖励立功将士呢？天子的目的是告诉臣民，他是上天之子，他的权力是上天授予的，是代表上天的，是绝对的，是合法的。也就是向公众宣示君权神授的观点，借以打消这些战场上立下不世功勋的臣子挑战他权力的想法。

后世，明堂就位于代表人类智慧的最高教育机构中，也有皇帝在皇宫中设置明堂。明清之际，明堂设置在国子监是因为那里的毕业生掌握着国家机器的运转，皇帝每年都会到那里象征性地给走向全国领导岗位的士子们训示一番以强调自己崇高的地位、绝对的权力。皇帝首先让他们相信皇帝权力的绝对性、合法性。如果你有机会到北京国子监去，一定要一睹明堂的风采。

现当代的科学，尤其是医学和气象学等服务于社会的许多门类的知识无不与巫有着千丝万缕的联系。在民间，巫的原始功能至今不绝。在一定的范围内，巫仍然是人们表达对自然和社会无奈的途径。

二、大众爱登山

登山自古就是一项普及率很高的运动。到山上干啥去？历尽千辛万苦，一步步艰难地攀登，最后到达顶峰，结果在山顶上收获不到些许物质财富。

这一现象同样起源于古代的巫权。在蒙昧时代，人们在生产生活中对大自然认知的不足，对自然现象产生的困惑，没有排解的渠道。生产活动、重大事件的裁决，疾病的解抒……都是由能与上天对话，代表上天意志的巫来完成的。随着巫权的逐渐解体，无神论诞生了。不可否认在一些社会阶层，巫之遗风犹存，但已经不是社会主流。但是，民众仍然有登高以接近上天，登临绝顶以俯瞰大地，在大自然中寻求心灵共鸣的欲求，接近上天仍然能为人们带来心灵愉悦。这就是人们登山的源动力！

另外，当今社会，在人们的潜意识里，内心深处难以实现的梦想和生活、工作中的焦虑和疑惑要到高山之巅去排解，到远离竞争激烈的社会生活的大自然中去释放。在旅途中、在艰苦的攀登中、在与大自然的交流中，不良情绪和焦虑得以款款释怀。

周末，来到驻马店市海拔最高的村庄黄石头庄，登临黄石头庄村头的千年岭，游目骋怀，仰望苍穹，因有此感。

庭中老桂花二潮

从参加工作到现在，我工作的单位曾在三个办公场所办公。第一个办公场所是位于驿城解放路行署老办公楼的四楼。一九八五年从那里搬到骏马路第二个办公场所时，单位有了一个独立的小院子。

院子虽小，搬家时还是进行了简单的绿化。沿办公楼的南面种下了一排 1 米多高的桂花树苗。小树苗长得很快，种下的第三年已经长到 2 米多高，到了中秋，桂花树开出了银白色的桂花，芬芳满院。坐在办公室里，桂花的香味充盈其间，给大家带来谈资和兴奋点。

随着单位事业的发展，办公场所从骏马路的办公地点搬到了天中山大道的新办公楼，老院子也逐渐废弃不用了。老办公区里的建筑随着时间的流逝渐渐老化破落，而当初种植的那排桂花树苗已经长成根深叶茂的桂花树。

二〇一二年春天，单位废弃老院子另作他用，那排桂花树也被人移走了大半，仅剩下歪七扭八的几棵。恰逢我搬到一个带小院的新居，于是，报请单位领导批准后就挪了一棵栽植于新居小院中。这棵当年我亲手栽植的树苗在单位伴随我已经三十多年，小树苗早已长成挺拔的桂花树，如今移入庭院中，感觉多了一份亲近感。

哪曾想移入院中的桂花树枝叶日渐稀疏，情急之下，找来了园林处的工程师诊断。园林工程师告诉我，像桂花树这种生长着蜡质树叶的树，移栽时不能像普通树一样剪去太多枝条和树叶，如果修剪得过多，成活率就会降低。原来，给我移栽桂树的工人不懂得桂花树的移栽知识，移栽时对桂花树修剪过度，现在只有精心呵护，严格按工程师的安排浇水施肥，尽量避免桂花树因移栽而死去。在全家人的悉心照料下，二〇一三年的春天，桂花树终于长出了新枝。我悬着的一颗心终于放了下来，寄托着我情感的桂花树终于移栽成功了。

时光飞逝，八年后，当年老桂的树干已经长得有碗口粗了，树冠也郁郁苍苍，比在原生长地愈加枝繁叶茂。

二〇二〇年的春天，春雨潇潇，连月不开。多日后，雨后初晴，忽见老桂枝头丹霞初放，误以为异象，难道老桂在四月里开出了红色的花朵来？有感于此，吟成四句：

三月庭院遍落英，
急雨愈骤碧苔生。
老桂不识节序易，
暮春枝头着新红。

虽一时兴奋，心中不免疑惑，于是来到老桂之下，缘枝索干，仔细观察探究，原来是墙外的蔷薇攀援寄生于桂花树枝头，自此恍然大悟。

到了当年中秋佳节，老桂怒放，满院芬芳，惠及邻舍。因我的小院紧邻小区大门，过往者众。出入小区大门者，首闻桂花飘香，沐浴在桂花的芬芳中，出入大门的众人皆面带春风。

一场飒飒秋雨过后，桂花于两日内凋零。然而，天气转晴后，老桂竟又孕育出新的花苞来，至十一国庆节期间，这株老桂竟于月内二度开放，引来众人赞叹不已。

老桂枝头丹霞初放

中州风物

地名

豫东平原桥陈村前的迴曲河故道上，有一座古老的石板桥，桥墩状如立起的石磙[①]。石桥虽然已多年废弃不用，但桥身依然完整。桥面上两道车辙有十厘米深，是古桥久远历史的印迹。桥墩上斑驳的“陈氏”二字记录了古石桥与陈氏族人密不可分的关系。桥头立着一块古老的石碑，石碑上镌刻着大清光绪二十年重修古桥的能工巧匠和捐资人的名字，看上去已经斑驳模糊，字迹依稀可辨。

陈氏先人清朝早期从杨沟河地方陈塚村移居此地，这座古桥是一个重要的地标，桥陈村的陈氏先人便以自己的姓氏与古石桥这个地标结合把所居住生活的村庄命名为桥陈村。

桥陈村后，有一条小溪，村民称其韦沟，小溪发源于商水和上蔡交界处距桥陈村西北二公里处。在七十年代，韦沟两岸水草丰美，村中的小孩子常到韦沟边薅草、放羊、玩耍。口渴了，就用小铲子在溪水旁边挖一个小坑，转眼间，小坑就灌满了过滤的净水，小孩子撅起屁股趴在小坑边一顿畅饮，甘甜的泉水清凉解渴。薅草、放羊的孩子无忧无虑，心中充满快乐。

① 石磙：一种脱粒用圆形石制脱粒农具，常和落（lào）石配套使用。

据民国五年《淮阳县志》卷之一地舆上·山水所载："韦家沟在县西南自商蔡交错处起，东迳本境废韦家村（今桥陈村东北）北，又东南迳小许村（今徐家沟），又东南迳张家坡（今张坡），又东南迳季坡，又东迳胡吉屯北，又东迤南至王板桥入汾河。"从这段记载说明，韦沟又叫韦家沟，且《淮阳县志》记载的位于桥陈村东北古老的韦家村已经不存在了。韦沟也许与韦家村有着某种联系。

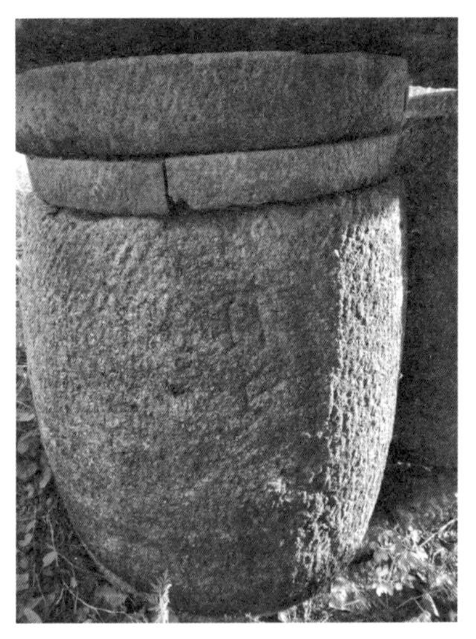

古石桥的桥墩上镌刻着"陈氏"二字

在韦沟北面一公里左右的地方是朱殿下村，满族人入关后，明朝的皇亲国戚为躲避清王朝的追杀，纷纷离京南下逃命，其中有一位王爷带着亲属逃至今商水县南的韦家沟北安顿下来，因为王爷的亲属部下都称王爷为"殿下"，他们的后人为不忘先辈就给村子取名为"朱殿下"。王爷用过的上马石，至今还在朱殿下村大街上摆放着。这块上马石放在村内东西大街的南侧，若两三年没人动它，这块上马石就会没入土中一截，所以，每年村人会将上马石往上挪一挪。他们把上马石当作先祖的化身，认为这座上马石可以保佑朱殿下村人幸福安康，所以每到农历初一、十五，朱殿下村人常在上马石处焚化纸钱以祭奠先人。

如今，位于黄淮平原的豫东地区熟人见面常见的问候语是："吃饭了吗？"生人见面常常问："你哪地方里？"据《民国商水县志》卷五地理志记载："清康熙初改置二十四地方，后增七地方，共三十一地方。各有乡约地方二人，时时稽查户口，勿使容留奸宄，窝藏匪类。又有一百七十三村长，四十六保正，劝谕乡民地方乃以无事……清宣统间分为六区。至民国各区设立保卫总分团。各有团总团长检查匪类，良民赖以安堵焉。"这个乡间常见的问话中，"地方"应该是相当于现在乡一级的行政区。商水县自康熙至宣统一直是划分为三十一地方。当时人们相互了解来处的问答中"地方"一词流传到了今天，但"地方"这个概念已经和本来的概念不一样了。

据《三国志·魏书》记载："陈、蔡之间，土下田良，可省许昌左右诸稻田，并水东下"，"正始二年，乃开广漕渠，每东南有事，大军兴众，泛舟而下，达于江、淮，资食有储而无水害，艾所建也"。位于陈蔡间的商水县自古因黄淮改道，形成很多湖泊和洼地，商水人称这里是"五湖十八坡"。邓艾在这一带开渠多道将县境西部洼地积水引入颍水，将县境东部洼地积水引入溵水汇入淮水，将这些荒芜的洼地改造为良田。邓艾屯田为曹魏政权储存了大量的"资食"，杜绝了这里的水患，为其军事行动提供了物质保证。

邓艾屯田在商水县东半部有很多遗迹。商水县境东部很多村子均以“屯”命名，如胡吉屯、赵吉屯、吴吉屯、李吉屯、毛屯、韩屯、邓屯、郭屯、承屯、位屯、郁屯、肖屯、徐屯等。在这些屯子的东北部还有很多以“营”命名的村子，如毕营、杨营、张营、赵营、勾营、大田营、小田营、范营、韩营、程王营、王营、钱营、梁营。屯和营都是邓艾屯田时的驻扎点，这些驻扎点以其负责人的姓氏或驻扎处的地标特征命名。屯田军士后裔所居之地至今还使用这些地名，同时也从地名角度记录了邓艾屯田这段历史。

迴曲河畔捣衣声

唐代李白的《子夜吴歌·秋歌》中有“长安一片月，万户捣衣声”的句子。这里的捣衣是一种什么活动呢？中国古代民间制作衣服，先将制衣的布帛放置砧上，用棒槌捣平捣软，这就是捣衣的一种。将脏衣放在砧[①]上捶击，然后再清洗，这种清洗衣服的方法也叫捣衣。在明朗的秋天月夜，长安城为啥沉浸在一片此起彼落的砧杵声中呢？

李白这首诗全诗是这样的。

子夜吴歌·秋歌

长安一片月，万户捣衣声。
秋风吹不尽，总是玉关情。
何日平胡虏，良人罢远征。

这是一首盼望平定叛乱，结束战争，思念出征亲人的诗。诗中描写的是在朗月皎洁的秋夜，妻子饱含对远在战场的丈夫的深情思念，为心爱的人浆洗征衣的情景。

一千多年后，二十世纪八十年代前，桥陈村前迴曲河故

---

① 砧：洗衣石。

道的水边，每隔不远距离即放置一块石板，这些石板大多是废弃的落石[①]，也有些是一面平整的石块，这些放在水边的石板都是村里妇女洗衣的石砧。

当年，村人的衣服大多是家人用棉花自己动手用纺车纺线，再用家传的古老织布机织成的土布缝制的。心灵手巧的妇女，还能织出带有不同花纹的手巾，不仅可以用来洗脸洗手，劳动时还可以当作头巾戴在头上，起到防晒和保护头发的作用。用村里历代相传的棉花品种紫花织成的土布不需要染色，紫花天然就是土黄色，很受村人的喜爱。不过这种布也有一个缺点就是易皱不挺括，新衣服使用前需要浆洗。先用小麦淀粉熬成稀浆浸泡，再用清水漂洗，晾半干后用棒槌在石砧上捶打，就能让衣服板正，穿着挺括漂亮。穿过的旧衣服清洗的时候，用棒槌在石砧上捶打，可以除去衣服上的污物。这两种用棒槌在砧上整理清洗衣物的方法是村里祖祖辈辈流传下来的，也就是古代流传至今的捣衣传统。

据说，古代浆洗整理衣物是两个人各持一个棒槌交替在砧上捶打，这种浆洗整理新衣服的方法在二十世纪八十年代之前，豫东平原的乡村中还经常使用。这个场景一般是在庭院里或井台旁边出现。用棒槌在砧上捶打清洗旧衣服则常常是一个人在河边进行。

---

① 落石：落（lào）。打场时挂在石磙后面碾压小麦、谷子、高粱等庄稼穗的三角形石板。这是一种给谷物脱粒的农具。顶部弧形，有圆孔用以与石磙连接。落石损坏后常常被放在水边作为洗衣时用棒槌捶衣的石砧。

桥陈村中流传着一种说法：妇女坐月子的时候，手要是沾水，就会留下手关节疼的病根。每年冬季是村里生孩子的高峰期，刚出生的婴儿尿布特别多，须在河边破冰洗尿布，此时，家里的男人这时候就会放下大男人的架子，端着盛满尿布的洗衣盆，带着铁锨等工具到河边破冰洗尿布，这样做是不会有人笑话的。

一年四季，无论是滴水成冰的寒冬腊月，还是挥汗如雨的盛夏，在地里紧张忙碌了一天的妇女会让男人在家里休息，自己端着盛满一家人衣物的洗衣盆，来到河岸边的石砧边清洗衣物。棒槌击打衣物的声音在河岸边回荡，有节奏的击打声饱含着对家人的深情，也诉说着劳动妇女的勤劳善良、隐忍和顽强。

箍漏锅钉锅

南宋计有功辑撰的《唐诗纪事》录有一位以“负局�钉之业”的隐者诗人胡令能写的几首诗。所谓“负局�钉之业”，大概就是豫东乡村中人们称作箍漏锅钉锅的吧。《唐诗纪事》是这样介绍他的：“令能，圃田隐者，少为负局鍜钉之业。以所居列子之里，家贫，遇茶果必祭列子，以求聪明。或梦人割其腹，以一卷书内之，遂能吟咏，禅学尤邃，世谓胡钉铰者也。贞元、元和间人。”胡令能少年时就游街串巷在乡村中箍漏锅钉锅，做了一个梦，梦见有人把一本书放到他肚子里后，马上就变得聪明有学问了，这故事颇具传奇色彩。

有了学问写的诗如何呢？《唐诗纪事》录有一首：

小儿垂钓

蓬头稚子学垂纶，侧坐莓苔草映身。
路人借问遥招手，怕得鱼惊不应人。

这首诗写的生动有趣，很有生活气息。也许和他家贫，从少年起就背负生活的重担，在民间从事箍漏锅钉锅的生活基础有关。这首诗被选入现在的小学语文课本里。

直到二十世纪八十年代，豫东乡间和唐朝时一样存在着一个箍漏锅钉锅的职业。谚语“没有金刚钻，不敢揽瓷器活”就是来源于这个职业。豫东乡间从事箍漏锅钉锅的人肩挑一副装满锯钉、锤子、金刚钻等工具的担子，走街串巷为村人锔缸、锔盆、箍漏锅。锔缸、锔盆、箍漏锅的材料工具大多是金属的，所以担子很重。箍漏锅钉锅的匠人挑着担子，挂在担子上的金属器件随着他的脚步发出有节奏的“啪！啪！……”的撞击声。一只胳膊搭在扁担上，用手扶着扁担，另一只胳膊和着节奏前后摆动。人还未进入村庄，口中就发出高亢的吆喝声：“箍漏锅——钉锅！锔缸——锔盆！”也许是身上负担太重的缘故，吆喝声的前半句悠长，后半句短促，最后戛然而止。

四十年前，有一个箍漏锅钉锅的匠人经常在廻曲河故道两岸村庄走街串巷为村人补锅锔盆。我家有一口盛粮食的大缸被碰了一条裂缝，我的曾祖父请箍漏锅钉锅的师傅到家里锔缸。五十多岁的箍漏锅钉锅师傅边干活边和我的曾祖父攀谈起来。这位箍漏锅钉锅的师傅自我介绍说他是离桥陈村二十多里的白寺人，听他奶奶讲，他的曾祖母的娘家是桥陈村的，他的爷爷是桥陈村陈姓的外孙。他经常在桥陈村附近村庄为人锔缸、锔盆、箍漏锅，就是因为在桥陈村有亲戚，对桥陈村有一种天然的亲近感。至于在桥陈村和哪一家有亲戚，他已经不知道了。因为他的上辈老人都已经去世了。我的曾祖父听说和桥陈村陈姓是亲戚，很热情地让师傅在我家吃饭，还告诉他，以后只要在附近干活，都要到家里来吃饭，有不方便的地方都可以帮助解决。

从此以后，每次听到“箍漏锅——钉锅！锔缸——锔盆！”的吆喝声，我的曾祖父都热情地邀请这位箍漏锅钉锅的师傅到我家里吃饭，天晚的时候还请他留下来住宿。曾祖父告诉我：“在家百日好，出门一时难。出门在外的手艺人很不容易，不管是哪一家的亲戚，咱能给人方便就要给人方便。”

衣冠简朴古风存

20世纪六七十年代，豫东乡村里还很少有人穿洋布衣服。人们身上都是村里上辈子传下的织布机织出的土布衣服，从种棉花起，经轧花、搓线穗子、纺线、织布到裁剪、缝纫做衣服，所有工序全部由家庭妇女和村中的巧匠完成。

桥陈村里从老辈子传下来一个棉花品种，这种棉花结的棉桃小，产量不高，特点是不生谜虫[①]和棉铃虫。老辈子流传下来的这个棉花品种的名字叫紫花，虽然名字叫紫花，可颜色并不是紫色，而是天然的土黄色。紫花结出的棉花织成布不用染色，村里老老少少大多是穿这种棉花做成的衣服。这大概就是村人割舍不下这种棉花的原因吧。后来，生产队里引进了棉桃大、产量高的棉花新品种，村里人都称为大花，把原来老辈子传下来的紫花称为小花。大花产量高，结的棉花是纯白色，生长过程中病虫害很多，需要多次打农药。那时候，村里种植的其他农作物很少有病虫害，农药主要是用于这种大花，所以直到现在村里人还把农药叫大花药。

棉花成熟后，棉桃会咧开嘴，里面的棉花就露出来了。生产队干部组织女劳力把棉花直接从裂开的棉花桃子里取出

① 谜虫：即蚜虫。

来，村里人把这个工作叫拾花。遇到不好的天气，直接把接近成熟的棉桃摘下来晾在生产队的牲口屋、草料屋里，等到天气晴好，摊晾在生产队场院里在太阳下晒一晒，棉桃经太阳暴晒后就会咧开嘴，棉花就可以取出来了。每到生产队场院里掰棉花，妇女们大多带着孩子来干活，大人们从棉桃里掰棉花，小孩子们在棉花堆里嬉笑打闹，场院里充满欢乐的气氛。

二十世纪六十年代初，村里还有一种人力轧花车，家家用自己家的人力轧花车把棉籽轧出去。后来，村里有了机械轧花机，人力轧花机逐渐消失了。

轧好的棉花可以做棉被或棉衣里面的棉絮，也可以纺线织布。纺线前，要把棉花搓成线穗子才能用纺车纺线。每到冬天的晚饭后，昏黄的油灯下，一家人围坐在方桌周围，有人整理搓棉穗用的一尺来长的棉穗胚子，有人用搓板和梃子[①]将棉穗胚子搓成棉穗。桌子旁边就是纺车，老奶奶是纺线的主角。坐在苫片子[②]上手摇纺车的老奶奶哼唱着古老的歌谣，随着老奶奶的歌声，她手中的一条条棉穗纺成了一只只枣核形的线穗子。

唐朝诗人孟郊在《游子吟》这首诗里，饱含深情地把母爱赋予缝衣的线上：

---

① 梃子：高粱杆梢部最顶端一节结高粱穗部分。常用来纳锅椑。

② 苫片子：一种草编坐具。多用玉米棒子的外皮或麦秆编织而成。

游子吟

慈母手中线，游子身上衣。
临行密密缝，意恐迟迟归。
谁言寸草心，报得三春晖。

豫东乡村里，母亲缝衣的线就是这样用纺车纺出来的。棉线不仅用于缝衣，还能织布。村中每户人家几乎都有一架历经几代人使用的家传织布机。纺好的线经过打落子、染色、经布（挂橛子）、掏杼[1]等多道工序，才能上机织布。特别是经布和掏杼这两道工序是对各色经线进行创造性的组合，以织出各种不同纹样的花布，村中只有很少的心灵手巧的妇女才掌握这些技巧。最后要织出带有漂亮图案的花布，穿梭子织布时，不同纬线的组合也体现了织布妇女的智慧。在村中，人们对能织出新款图案花布的妇女充满羡慕和敬意。

古代传说中聪明、美丽、勤劳善良的织女是老天爷的第七个女儿，她是人们对具有智慧头脑、俊秀容貌、高尚品德劳动妇女形象的寄托和向往。唐代诗人李商隐有一首《海客》描述了诗人理想中的织女形象，诗中写道：

① 杼：织布机上的竹制部件，多种颜色的经线在杼中经过不同顺序的组合可以织出不同花色的布。用专用工具把经线从杼中穿过叫掏杼。《木兰辞》“唧唧复唧唧，木兰当户织。不闻机杼声，唯闻女叹息”中的机杼即此杼。

海客乘槎上紫氛，星娥罢织一相闻。

只应不惮牵牛妒，聊以支机石赠君。

织布机不仅能织出各种图案的花布，还能织不同花色图案和各种款式的手巾、围巾、腰带等织物。劳动妇女勤劳的特点和卓越的创造性在纺线织布过程中得到了充分的体现。

在豫东乡村中，男人们日常除了穿紫花织成的上衣，大多还是穿黑色或藏青色的衣裤。单色的布也能用靛或石榴皮染出深色衣料来，染色的蓝靛就是从野生植物板蓝中提取出来的。

战国末期儒学家荀况的著作《劝学》中有"青，取之于蓝而青于蓝"的句子。这里的青，是指靛青这种染料，蓝是指提取靛青的蓝草。由此看来，从蓝草中提取染料染色的方法在战国时期就有了。明清时期北京西郊有个蓝靛厂，是专门为皇宫生产染料的工厂，那时候皇家也是用蓝靛印染织物。在豫东乡村中，直到二十世纪七十年代村人还在用从板蓝中提取蓝靛做染料印染手工织出的土棉布。

在豫东乡村中，蓝靛染出的颜色被村民称为真色。真色衣物洗涤时不掉色而且无毒无害，虽然工艺繁琐，仍然深受村人喜爱。后来逐渐普及的化工染料染出的布在清洗时掉色，而且存在污染，虽然成本低，工艺简单，村民们还是不大接受这种方法印染的衣物。

板蓝的叶中含有蓝靛染料。从野地里割一些野生的板蓝，在染缸内用清水浸泡后，用木棍在染缸中搅拌，捞出其茎秆。发酵沉淀几天后，舀出上面的清水，下面的沉淀物就是染棉布的染料。村人们把这种从板蓝中提取的染料称为靛蓝。用靛蓝揉搓棉布，再经漂洗就把白色的棉布染成了蓝色。乡村里还时常有卖印版的小贩，印版上雕刻有花纹图案，把印版铺在要染色的棉布上，在花纹处涂上石灰膏，这样的棉布再用蓝靛染色，石灰处就出现了棉布底色的花纹。几十年前，村里家家户户房屋套间的小门上几乎都挂着这种规则排列的圆环形点状图案的印花棉布门帘。这种印染工艺和南方少数民族的蜡染工艺所用材料不同，但有很多相似之处。

石榴皮染出的棉布是黑色的。把白色的棉布放入煮好的石榴皮水中浸泡半天，然后捞出棉布，在廻曲河边用河里的黑泥揉搓后，再经漂洗，棉布就染成了黑色。

村中织布机织出的土棉布很粗糙，经浆洗整理后才柔软平整。上浆整理棉布衣物这个工艺历史上很早就有，唐代很多诗人如李白、杜甫、王建等都有关于捣衣的诗传世。如诗人王建的《捣衣曲》就生动再现了劳动妇女捣衣的情形：

捣衣曲

月明中庭捣衣石，掩帷下堂来捣帛。
妇姑相对神力生，双揎白腕调杵声。
高楼敲玉节会成，家家不睡皆起听。
秋天丁丁复冻冻，玉钗低昂衣带动。

夜深月落冷如刀，湿著一双纤手痛。
回编易裂看生熟，鸳鸯纹成水波曲。
重烧熨斗帖两头，与郎裁作迎寒裘。

诗中描写的秋夜婆媳两代人在庭院中捣衣的画面虽然已千年有余，但和豫东乡村中20世纪六七十年代捣衣的情形相比基本没有变化。二人配合，在庭院中支起捣衣石，把布料或衣物浆洗后，在半干的状态下经折叠在捣衣石上用棒槌交替敲击，经过捣衣工艺处理后，土棉布挺括平整，用来为家人裁剪缝制的衣服更有型。

唐代时，棉花还没有传入中国，当时的衣物是更粗糙的麻织品。经这样的捣衣工艺后布料或衣物就变得平整柔软，穿着更舒适、更有型。

给棉布上浆用的粉子是小麦粉。每年新麦收获后，每一家都会用小磨拐粉子用于全家一年浆洗布料和衣服，拐粉子就是从小麦中提取淀粉。小石磨不经常使用，拐粉子时，周围亲邻大多事先约好，每家都在同一天进行，把拐粉子的小石磨支在水井旁边，逐家使用，拐完粉子，小磨清洗后就撤除收藏起来明年再用。

从种紫花、纺线、织布、浆洗，到裁剪缝纫衣物，桥陈村保留着古老的传统。现代的生活方式已经发生了很大的变化，走进村中，偶然碰到老人身着手工棉布衣服，仿佛回到了遥远的古代社会，细细品味，乡间古风犹存。

打夯号子

二〇一六年，中央电视台播出了一部关于川江号子的纪录片。这档节目介绍了重庆市有位热爱传统文化的人，根据历史资料在嘉陵江上重现了民国时嘉陵江上船夫和拉纤的人喊着川江号子逆水行舟的场景。这位有心人还将川江号子成功申请为国家级非物质文化遗产。看到这档节目，我老家豫东农村建房拓墙打地基时喊的打夯号子顷刻萦绕在我的耳畔。

一个冬天的清晨，一阵铿锵有力的号子把八岁的我从睡梦中唤醒。伴随着打夯号子，是一阵“咚、咚……”的震动。我从床上爬起来，穿起衣服走到院里。看到五六个人正在我家院子的大门处打夯。原来，我家要改建大门，曾祖父和生产队干部商量好，请了会盖房的几位乡邻来我家帮忙盖大门楼[①]。

村里盖房第一步就是打地基。由一位精通盖房工序的负责人带领，先根据房屋主人的要求定好位，放好线，再向下开挖到不曾挠动的土层，接下来，为了房屋的稳固就要行夯了。一块规整的石块上固定了一根木棍，周围绑上三四根绳

① 大门楼：豫东农村，人们把带有墙体、形成一间房屋的大门称为大门楼。

子就组装成了一架夯。

掌夯的人负责领唱打夯号子，拉绳子的众人根据掌夯人的号子发力，口中还要应和着掌夯人的号子。掌夯人的号子和手中搦着的木棍控制着夯的落点和前进的方向。诙谐幽默的号子声中，有指令，有褒扬，还有善意的批评，有对建房主人的祝福，有对参与建房者的鼓励，还有插科打诨的幽默。掌夯人掌控着现场的局面，观察着工程的进展和各个拉绳子的打夯人的情况，打夯号子由掌夯人随时创作出来。

打夯开始的时候，前几句号子都是自老祖宗传下来的多年不变的一句:“(掌夯人)抬起来咱们的夯呀!（打夯众人和)嗨吆!（掌夯人)夯夯摞稳当呀!（打夯众人和)嗨呀!……”接下来，就看掌夯人临场发挥了。

掌夯人一般就是这个建房工程的负责人，建房的一应程序均由他负责。

我家的大门楼原来是一间淮草[①]顶的土房。屋顶漏雨，墙体裂缝。曾祖父一直想建一座更好一些的大门楼。经过几个月的准备，和生产队干部协商后，请来了金荣大爷[②]等五六位建房老师儿[③]。带头的就是金荣大爷。十天后，一座砖包墙瓦接檐的大门楼立起来了。面对廻曲河故道，每到夏

① 淮草：多年生草本植物，收割后晒干作为屋面保温、防水材料，也可作为编织蓑衣的材料。

② 大爷：村中古风，即大伯。

③ 老师（shěn）儿：指有一定技能的人。

天，这间大门楼下穿堂风吹过，坐在里面顿觉清凉。我家的大门楼又成了乡亲们收工后“喷空儿”的一个好场子。

雨具

一、泥屐子

唐代大诗人李白有一首很著名的诗《梦游天姥吟留别》。诗中有“谢公宿处今尚在，渌水荡漾清猿啼。脚著谢公屐，身登青云梯”的句子。这里的谢公是指南北朝时期山水田园诗人谢灵运。《宋书》卷六十七《谢灵运列传》记载：“……登蹑常著木屐，上山则去前齿，下山去其后齿。”谢灵运喜游山陟岭，他制作了一种前后齿可装卸的木屐，后人称这种特制的木屐为“谢公屐”。诗人李白追忆的就是宋书所记载的谢灵运的能活动前后齿的登山木屐。

东晋和南北朝时期的士族谢氏，出自陈郡阳夏，也就是现在的周口太康县。直到 20 世纪六七十年代，豫东平原乡村人家下雨天还在穿木制泥屐子，泥屐子和谢公屐同源于豫东太康、商水一带。

泥屐子上面是一块方形木板，下面用榫卯固定着前后二个齿。倒 T 字形的木屐齿有 10 厘米高。下雨时，用麻绳将泥屐子固定于穿着布鞋的脚上。当时村中还没有混凝土路面，村里人也没有下雨天穿的胶鞋。雨雪天气里，穿上泥屐子，人一下高出 10 多厘米。第一次在泥水中穿泥屐子还要适应一下才能行走自如。泥屐子是那时候村里人雨雪天必备的雨具。

二、桐油雨鞋

我小时候，穿的鞋大多是母亲手工做的鞋。那个年代，即使在农村当农民，会议也很多，因此，农村妇女开会时每人都随身带一个活篮子。活篮子一般都是用草锥[①]葺的麦草篮子，在活篮子的内侧缝着一块厚花布，花布上面开口，形成了一个附加的布口袋，里面放着针、线等常用的缝纫用具，各型号的针插在一个线棒上和各色不同粗细的线都放在里面。活篮子里都放有一把最常用的张小泉剪子，这是活篮子里必备的工具。另外还有一些小块的布头，以备不时之需。那个年代，农村还没有缝纫机，人们从头到脚，衣帽鞋袜都是用家常土布由家庭妇女缝制。所以，活篮子里的活计视家人所需随时更换。我印象中，母亲扤的活篮子里最常见的活计就是她手工做的鞋。因为经常缝缝补补，顶针[②]就戴在她右手中指上，常年不取下来，带顶针的中指有些变形。

虽然经常开会，但会议内容好像与开会的听众无关。对

---

① 草锥：一种草编金属工具。草锥在编织蓝子、囤等器物时作为麻坯子等纬线的引导工具。在豫东乡村中，人们用草锥做工具，用麦草和麻等材料编织的篮子叫葺篮子。

② 顶针：缝纫时戴在指头上用以穿针的圆形缝纫金属工具。

农村妇女而言，所谓开会，就是停下繁重的田间劳动，大家坐下来聊聊家常，做一些针线活。尽管台上的人讲得唇干舌燥，郑重其事。她们觉得会上讲的都是干部们的事，男人们的事。

做鞋要用事先打好的革箔按脚的大小裁出鞋样子，还要在鞋样子上逐层粘上平时攒的铺衬。最后，上下两面各敷上一层完整的厚布料，鞋底的料才算备齐。备齐的鞋底的料放在活篮子里，开着会，用粗线大针随时就可以纳鞋底了。鞋帮也要用革箔做成。做鞋帮的革箔和做鞋底的革箔不一样，做鞋帮的革箔不用麻，全部用布和糨子逐层黏贴而成。做鞋底的革箔中间要用麻和糨子逐层黏贴而成。鞋有多种款式，为了积累经验，有很多妇女保存有鞋样子，也就是用纸比照每次做鞋款式用剪子铰成的模版。

为了经久耐穿，做好的鞋外面常常要刷一层桐油。刷过桐油的鞋很结实，还能防水。村里大街小巷都是土路，也没有排水设施。一下雨，走在路上就要擦泥。下小雨时，地上泥水不多，穿上用桐油油过的布鞋走在街巷里，就当雨鞋了。泥水是不会透进里面的。待天一晴，太阳出来。拿到迴曲河边略加清洗，放在太阳下晾晒干，晴天穿上还是一双干净的鞋。要是下了瓢泼大雨，雨水横流，街巷泥糊糊很深，这时候泥屐子才是最好的雨鞋。

三、楼角子和蓑衣

“文化大革命”期间，桥陈村里来了一批知识分子。他们都很有学问，还各有所长。有一位画家叫王冠勇，原来在商水县豫剧团画布景，据说是周口地区有名的画家。王冠勇老师当时四十来岁，正是年富力强的时候。来到村里，和村民相处的关系很融洽，淳朴善良的村民都很尊重他，千方百计给他创造画画的机会，从来不让他干重体力劳动。那时候村里经常开会，于是他给每一个生产队各画了一幅毛主席像。每次大队开会，毛主席的画像就摆放在每个生产队开会人群的前面。王冠勇老师不仅会画画，还会做幻灯片。那时候村里还没有通电，他把白天劳动的场景画在玻璃上，用马灯做光源，经常在吃过晚饭后在生产队的场院里放幻灯片。淳朴的村民劳动或生活的情景不一定哪天就被画到幻灯片里，看到大家熟悉的人物，生产队的场院里经常飘来爽朗、欢快的笑声。

桥陈村里最常见的捕鱼方法有两种：一种是站在鱼鹰子船上撒网捕鱼，还有一种就是钓鱼。有一位喜欢钓鱼的老人李振刚。每到阴雨天，李振刚头戴楼角子，身披蓑衣，蹲在廻曲河上古石桥边的大柳树下钓鱼。李振刚带的楼角子和蓑衣两件雨具是村里人雨天劳作时必备的物件。下雨天到地里看庄稼或者改水[①]，都是头戴楼角子，身披蓑衣。楼角子因其形似宫殿的屋角而得名，是一种竹编圆形尖顶外面经过油漆的帽子。村中上几辈子人中可能有人进城见过宫殿的房角，于是形象地把这种竹编帽子称为“楼角子”。据村中老人们讲，楼角子和斗笠不一样。楼角子能防雨，还能遮阳防晒。斗笠是竹编的双层框架，其间夹着一层箬叶，只能防晒，防雨性能差些，而且斗笠的顶不是尖顶而是弧形的顶。这大概就是村里人认为的斗笠和楼角子的区别吧。蓑衣是由淮草编织成的，和用棕榈树皮编织的棕编蓑衣比只是材料不一样，外观是一样的，防雨的作用也是一样的。

有一次，李振刚蹲在廻曲河边古石桥头大柳树下钓鱼时被王冠勇老师看到了。画家王冠勇觉得李振刚钓鱼的形象太有艺术性了。于是，每到阴雨天，李振刚头戴斗笠身披蓑衣手持鱼竿钓鱼，画家王冠勇也头戴斗笠身披蓑衣蹲在不远处，身后别着一把村中常见的油布大伞，王冠勇手中拿的不是鱼竿，而是画笔和画夹。原来，王冠勇老师在画画，画的是李振刚在廻曲河岸边钓鱼。

两年后，王冠勇回到了城里的豫剧团，听说他画的李振刚钓鱼得了大奖。他还让村里进城办事的人给李振刚捎回了一条淮河牌洋烟哩。

① 改水：疏导排除田间积水。

村夜灯火日渐明

一、豆油灯

在豫东平原的桥陈村，种植大豆和棉花是几百年的传统。大豆磨成面粉擀成面条深受村人喜爱。用大豆磨豆腐、做懒豆腐改善生活更是村人的日常习惯。大豆炒熟用石磨拉成牲口料喂牲口，生产中必不可少的大牲口吃了用大豆拉的牲口料长得更加健壮有力。最重要的是，几百年来村人用豆油点灯照明，每家都要用豆油。种棉花也是如此，棉花纺织印染好后，男女老少穿衣是必不可少的，轧棉花的副产品棉籽还可以榨油，一来食用，二来点灯。

二十世纪六十年代前，桥陈村里晚上照明都是点的用豆油或棉籽油做燃料的铁灯或鳖灯。铁灯是用生铁铸造的平底碗状灯体，用灯草[①]或一根黍秆梃子粗的棉线做灯捻子，放在灯碗的一侧壁上，灯碗里注入豆油或棉油，灯捻子浸在油里面，用火煤子就可以引燃靠在灯壁一侧高出灯壁部分的灯捻子。灯捻子高出灯壁的部分越多，灯就越亮。铁灯是一种简易的组合式灯具，一般庄户人家日常家庭照明多用铁灯。

---

① 灯草：也叫灯芯草。一种多年生草本植物。地上部分的茎内白色髓心可做油灯的灯芯或入药。黄淮平原的乡村中常用来制作花花。

鳖灯是以棉籽油作燃料的一体式陶瓷灯具，大多制成鳖的形状，鳖口中放一棉线作灯芯，鳖背部中央为一凸起的用来加注棉籽油的圆形口，因外观形状为鳖，故民众称其鳖灯。在清朝和民国时期，豫东民间公共文化或商业活动中多用鳖灯照明。民间唱戏时，在戏台两侧的台口处吊挂两只大些的鳖灯作为照明灯具。

桥陈村中流传着一个笑话：有一个人为了当财主，常年不点灯，过节的时候才把铁灯摆出来点上，并且把灯捻子弄得刚刚露出铁灯壁一点点，每年可以省下几斤豆油。这就是所谓的一灯如豆吧。农忙时节，他雇短工帮活，为了让短工多出力，让媳妇蒸两种馍：自己吃黑面馍，让短工吃白面馍。虽然是一个笑话，但这样的事在二十世纪初却活生生存在于现实生活中。

桥陈村中有一句谚语："高灯下亮。"灯碗和下面的灯台是组合的，可以分离。灯台上面是承托灯碗的平台，下面都会有一个很长的腿，最下面是一个底座。这种可以分离的组合式油灯在加灯油、换灯捻子或手拿灯碗移动照明时很方便。灯台的腿越长，灯光照到的范围就越大。在灯碗下面却有一片灯光照不到的阴影，这就是人们常说的"灯下黑"。电视剧《雍正王朝》有一个情节：抚远大将军年羹尧奔赴西北，指挥平定罗布藏丹增之乱时因后勤补给困难，急于和敌人决战，可是到处找不到敌人的主力，原来罗布藏丹增主力就藏在离年羹尧大军很近一处水草丰美的地方，年羹尧手执油灯查看军用地图时看到“灯下黑”这种现象，茅塞顿开。很快在大军附近找到叛军罗布藏丹增的主力，取得了战争的胜利。

有一个广泛流行于北方地区的童谣也来源于这种古老的长腿油灯。“小老鼠，爬灯台，偷油吃，下不来。”这首充满童趣的歌谣生动再现了这种长腿油灯的功能和广泛应用于北方地区的生活场景。

二、煤油灯

二十世纪六十年代之前，我国被视为一个贫油国。工业化过程中，石油这种重要的战略物资极度缺乏。因为缺少油料，北京大街上的公共汽车不得不在顶上加一个大煤气包用煤气作动力。这种做法一度被我国石油人认为是中国人的耻辱。作为首都的北京如此，豫东平原上的小村庄里依然延续着古老的以燃烧豆油照明的生活方式。二十世纪五十年代，根据国外归来的地质学家李四光的地质力学理论，我国在松辽盆地发现了一个大油田，国家组织大庆石油会战。六十年代中期，我国彻底甩掉了中国“贫油”的帽子。

从六十年代中期开始，桥陈村这个偏僻的小村庄的生活照明也因此产生了第一次革命性的变化。村人们逐渐淘汰了使用上千年的亮度低、油烟大的豆油铁灯改用亮度更高、油烟较小的煤油灯。用一个玻璃瓶，加入大半瓶煤油，玻璃瓶口上放着一个灯芯子。灯芯子由薄铁皮制成，一个大于玻璃瓶口或方或园的薄铁皮，薄铁皮中心是一个垂直于薄铁皮焊接在上面的铁皮圆筒，薄铁皮上部圆筒二厘米长，下部插进玻璃瓶部分根据玻璃瓶大小以距离瓶底三厘米为宜。圆筒中穿进棉线或草纸作灯捻子。灯捻子露出圆筒上部的大小决定着煤油灯的亮度。那时候，每个家庭都养着几只下蛋的老母鸡，老母鸡下的鸡蛋自己很少吃，攒上十来只鸡蛋，拿到村头的供销社代销点换来必不可少的食盐和照明的煤油。家家户户吃盐量[①]油都是靠几只下蛋老母鸡。

学校里老师用的煤油灯和村民家中简易的煤油灯不同，那里用的是更明亮的煤油罩子灯。宝瓶玻璃底座，更复杂的灯芯内穿着的是从供销社买来的棉线编织的一厘米宽的扁形灯捻子。调节亮度的是一个装在灯芯上的金属旋钮。这种罩子灯没有油烟，更明亮却更耗油，农村家庭不用。学校里小学生用的课桌是老师们用泥土砌成的台子，小学生都是自带凳子，上早、晚自习的小学生还要自带灯具，他们都喜欢带用墨水瓶自己制作的简易煤油灯，下了自习，小学生鼻孔被煤油灯的油烟熏得黑黑的。

农闲时节，公社里的文艺宣传队来到村里演出《沙家浜》、《红灯记》等样板戏。在村头小学操场的一侧搭起一座土戏台，到了晚上，敲三遍锣鼓之前，土戏台的台口上挂起了一盏汽灯。汽灯雪亮雪亮的光散开来，台上台下仿佛白昼。这种灯

① 量（liàng）：购买。特指购买液体商品。

也是以煤油为燃料，还要往灯里面打气，那是村里人见过的最亮的灯。

三、电灯

到了二十世纪七十年代初，公社里成立了电影放映队。电影放映队每一个半月左右来村里放一次电影。电影队带有一台汽油发电机，发电机噪声很大，发电机发电时的声音可以传遍整个村子，听到发电机声音，村民们就急急忙忙来到学校的操场找位置，他们知道电影快开始了。为了不影响电影的配音，发电机放在离放映机很远的地方，在那里会装一只电灯泡。放映机放置在操场上离荧幕不远的位置，那里摆放了一张桌子放置放映机，桌子腿上绑了一根竹竿，从发电机处扯来的电线就固定在竹竿上，竹竿上也装有一只电灯泡为放映员安装电影胶片照明。这两处灯泡在乡下的夜空亮起来，光线可以传到几里地外的邻近村庄，邻村的乡亲可以循着电灯光来到放电影的地方看电影。村里第一次放电影是在二十世纪五十年代，放的是戏剧片《陈三两爬堂》。那是大多数村民们第一次见到电灯泡。直到三十多年后的二十世纪八十年代，还有老人给村里年轻一代讲述第一次看电影和第一次见到电灯泡的情形。

进入二十世纪七十年初，国家为了促进农业生产的发展，增加农田抵抗干旱的能力，给每个生产大队配发了一台柴油

发电机，从安装发电机的发电站到村前廻曲河故道水源处和每个生产队的机井处都埋了电线杆，扯了电力线。每个生产队配发了一台水泵。夏季干旱天气，大队的发电站里发了电，桥陈村头安装的水泵喷出了水龙。每台水泵都是日夜不停地抽水，一到晚上，水泵站安装的电灯泡就发出耀眼的光，村里老老少少站在水泵周围看水泵喷出灌溉庄稼的水龙，看电灯泡发出耀眼的光。村人们感叹着科技的奇妙和战胜旱魔的伟力，赞颂着国家的强大和慷慨。很多村民第一次看到了发出出乎自己意料光亮的电灯。

一直到二十世纪八十年代中期，村里从国家电网引来了稳定的电力，电线杆栽到了村里，每一户人家都有了电，家庭照明从电灯泡到电棒直到后来的节能灯具，更新换代很快，几十年前的豆油灯、煤油灯已经销声匿迹。十年前，桥陈村的街道里安装上了节能路灯，和年轻人谈起“灯下黑”的来由，他们已经不知所以。

灯笼上的故事

元宵节在豫东乡下叫灯节，也有人直呼正月十五。我小时候每逢灯节，大人会给小孩买灯笼。小孩子正月十五打灯笼是村里的习俗，不仅小孩子高兴，打灯笼这个习俗还寄托着大人们对家庭人丁兴旺和土地丰收的美好愿望。

那时候，灯笼大多用纸糊成。灯笼上画着《西游记》、《红楼梦》、《水浒传》里的人物，灯笼上很少画三国中的人物故事。画得最多的是《西游记》中那师徒四人和白骨精，因为这些人物故事深得小孩子喜爱。灯笼上白骨精不单独出现，她总是和孙悟空成双成对出现，不过灯笼上画的孙悟空和白骨精不是在谈情说爱，画面上总是孙悟空举着金箍棒追打白骨精。

有一年下大雪，曾祖父直到正月十五的晌午错[①]才赶集回来。我们家一群小孩子每人得到了一只画着《红楼梦》人物的灯笼。看到花花绿绿的画面，一群小孩子像一群小鸟在院子里叽叽喳喳热闹了一阵，小院里洋溢着节日的欢乐气氛。

画灯笼的画匠理念不同，画面上的金陵十二钗各不相同。探春的形象一般有两种：一种画探春结社，还有一种画的是

① 晌午错：指刚过中午十二时。

探春远嫁。画探春结社的画匠渲染的是探春的组织管理能力，画探春远嫁的画匠想说明探春最终脱离了衰落的荣宁二府成了王妃。

我拿到的灯笼上画的是探春结社。《红楼梦》中，探春结社是描述探春这个人物性格特征的经典情节之一。能把生活在荣宁二府中这些具有不同个性的世家贵族的红男绿女组织到一起，成立一个定期开展活动的诗社真不是一件容易的事。这个诗社从参加人员的遴选、组织章程的制定到活动场地和活动经费的筹措，探春打理得井井有条。最后诗社的活动还要取得充满森严封建等级制度的大家庭中各个阶层人物的支持。桩桩件件，有条不紊，诗社发起人探春真是一个具有不俗组织能力的人才。

探春的组织管理能力在她协理荣国府时，更是得到了充分的体现。荣国府的内务管理人凤姐因身体原因不能理事，王夫人临时授权李纨、探春和薛宝钗组成三人管理小组负责荣国府的内务管理工作。李纨能力有限且不愿过多抛头露面，而荣国府未来的女主管薛宝钗此时尚未上位，老于世故的她只想担当出谋划策的参谋角色。这个三人管理小组的实际操盘手就是荣国府的三小姐探春。

探春协理大观园后，最亮眼的一件事就是对大观园管理制度的改革。根据自己掌握的赖大家的园林管理经验，探春推行了大观园内果树、花草、水面承包责任制。这一改革，革除了大观园内人浮于事，权责不清，管理费用高的积弊。

这一改革，不仅产生了经济效益，而且产生了良好的社会效益。探春在征求薛宝钗对大观园实行承包责任制的看法时，薛宝钗的评价是“幸于始者怠于终，缮其辞者嗜其利”，对探春的改革给予了非常客观的评价。

《红楼梦》中对于探春的描写除了上面两件耳熟能详的事之外，还有一件小事反映了探春正直善良、仗义执言、敢作敢当的性格。

贾赦看上了伺候贾母的大丫鬟鸳鸯，意欲将其收到自己屋里作姨娘，遭到鸳鸯的强烈抵抗。贾母知道这件事后更是火冒三丈，贾母急火攻心一时糊涂，在当事人贾赦和邢夫人不在场的情况下对毫不相干的王夫人发起了火。在森严的封建礼教约束下，遭到贾母训斥，作为儿媳妇的“王夫人忙站起来，不敢还一言”。在现场，客居贾家的薛姨妈是王夫人的胞妹，不便于出面向作为封建家长的贾母解释。“宝钗也不便为姨母辩。李纨、凤姐、宝玉一概不敢辩……迎春老实，惜春小。”而被李纨带至窗外的众姐妹中的探春听到后，这个“有心人”想到“王夫人虽有委屈，如何敢辩？”勇敢地走了进来赔笑向贾母道：“这事与太太什么相干？老太太想一想，也有大伯子要收屋里的人，小婶子如何知道！便知道也推不知道。”探春的一番话，替王夫人解了围，让贾母清醒了下来，认识到自己搞错了发火的对象。贾府中红得发紫的凤姐都不敢言声，金尊玉贵、深得老太太喜爱和庇护的宝玉看到自己的亲生母亲受了误解和委屈都不敢出面解围，作

为庶出的三小姐探春却挺身而出为王夫人出面辩解，可见其正直善良、侠肝义胆的优秀品格。

《红楼梦》中的探春，具有卓越的组织管理能力，一副豪侠仗义的热心肠，最后远嫁他乡成为王妃，是荣宁二府中众姊妹中少有获得美好结局的人。

桥陈胜迹·桥陈八景

古桥晴雪

每至雪晨晴初，古廻曲河岸玉树琼枝，冰面光华璀璨，童稚嬉戏于其上。村中炊烟袅袅，宁静祥和。古老的石桥在初升朝阳的映照下巍然屹立于冰雪中。

村以桥名，古老的石桥历经百年世事沧桑依然矗立于古廻曲河上，古桥是桥陈氏一族先辈留给后人的宝贵遗产，是陈氏一族百年顽强奋斗，兴旺发达的精神象征。

古石桥北原有石碑一通，上面镌刻有“重修石桥碑记”，记载了重修石桥的过程及捐资人名单。落款为大清光绪二十年七月二十八日。

廻曲渔唱

夏秋时节，桥陈村前廻曲河上菱藕飘香，鱼虾肥美。陈氏族人每于耕耘之余，放舟河上，缀网扳罾以补农暇之趣。夕阳西下，岸边杨柳依依，河面波光粼粼，水上鸥鹭翔集，水下锦鳞游泳，渔舟柳岸之间渔歌互答，桥陈村人其乐何极？

桥陈氏先祖自洋沟河地方陈家村迁移至迴曲河畔，筚路蓝缕，白手起家，经二百年艰苦奋斗，十三代陈氏族人用勤劳智慧的双手把桥陈村建成了如画乡村。

民国五年《淮阳县志》卷一·舆图记载："又南境有虹河（迴曲河），即汝水支津。上流自郾城境召陵故城南来，东迳征羌故城南，又东迳公路台，又东由商水境陈村（今桥陈村）入县境（指淮阳县）周家寨（今周寨），又东南迳彭家村（今彭庄）西北，又西南迳上蔡崔家村（今崔庄），又东迳西门城北，又东南迳项城县废香台镇，又东迳项城县城中，出城东迤南至新桥集西，泥河入焉……"

苇岸霜鹭

韦沟（古称韦家沟）是位于桥陈村北与杨楼村交界处的一条小河。两岸遍植芦苇。每至深秋时节，晴初霜旦，林寒涧肃，苇缨披白。鹭鸟踟蹰于苇岸，农人歌于平畴沃野。

据民国五年《淮阳县志》卷一·地舆上·山水所载："韦家沟在县西南自商蔡交错处起，东迳本境废韦家村（今桥陈村东北）北，又东南迳小许村（今沟徐家），又东南迳张家坡（今张坡），又东南迳季坡，又东迳胡吉屯北，又东迤南至王板桥入汾河。"

后园柿云

后园位于村北，是紧邻村庄的菜园。地垄边遍植柿树。季秋时节，霜沐层林，柿叶如丹，柿果高挂枝头。极目后园，天朗气清，晴空如碧，柿果若云霞萦绕枝头。秋野里劳作的歌声在柿林荡漾，余音袅袅，不绝如缕……

上湾晨耕

《月令七十二候集解》载：“三候，草木萌动。天地之气交而为泰，故草木萌生发动矣。是为可耕之候。”

至春耕之际，东方破晓，农人扬鞭，健牛奋蹄，朝霞初放，耕土如练。

上湾位于桥陈村东古石桥的下游，廻曲河的北岸，是古廻曲河的一个河湾。其地势北高南低，最南部即廻曲河故道。陈氏先祖移居此地后，不惮艰辛，将古河道改造为滋养陈氏一族的良田。

据民国杨凌修编纂《商水县志》卷之五·地理志记载，桥陈村属商水县三十一地方之洋沟河地方，上湾即商水县和淮阳县之边界。

西堤春晓

西堤横亘于古廻曲河上，是桥陈村与戴庄村的界堤。春和景明，杨柳吐翠，艳桃灼灼，百鸟啁啾。至于晨曦初露，清风徐来，水波不兴，学童披霞晨读于堤上，琅琅书声萦回河面。更有夕阳西下，惠风和畅，牧归的老牛从堤上悠然走过……

乡校灯火

夜晚的乡村，农家万籁俱寂，天幕群星闪烁。劳动了一天的农人大都进入甜蜜的梦乡，只有桥陈村头的乡校灯火辉煌，书声琅琅。潜心夜读的孩童依然潜心遨游于知识的海洋。

桥陈氏以耕读传家，耕作余暇惟读书。自定居桥陈村，无论生活多困难，从未中断乡校，历代村人不惜以重金延请塾师，启蒙幼学。桥陈氏第八代永清公在村中设馆数年，培养了几代陈氏英才。

在桥陈村历史上，陈氏家族曾考取过文、武秀才各一名。在陈氏现存的家堂谱牒中，就有陈氏第四代“武生陈三云”的记载。家族中还传诵着三云公扶危济困、与匪盗斗智斗勇的故事及家族中的文秀才废寝忘食，发奋读书的逸闻趣事。

正是桥陈氏以耕读传家、重视教育，读书不惟仕途经济，而以明理为要的良好家风，才会在生活困难的清朝中后期，培养出了文、武二位秀才，才会有今天崇德尚贤、人才辈出、兴旺发达的桥陈村。

翠岗紫烟

古老的廻曲河蜿蜒曲折，流经桥陈村前，河南岸林木葱茏森茂，晴和之日，从村中向河南远眺，秀木挺拔，岗上紫烟萦回，桥陈氏始祖万统公的坟茔庄严肃穆，坐落于其上，护佑桥陈氏三百年来开枝散叶，兴旺发达。

三毛的馓子

近日，看到中央电视台播出一档以散文风格记录河南民间风味小吃的纪录片《味道中原》，其中有一集介绍的是汝南县一对夫妻十七年来在汝南县城街头推着一辆三轮车加工销售馓子的故事。这档纪录片并不着意于馓子的加工技巧的介绍，更多的是反映风味小吃的经营者对传统风味食品倾注的深厚感情以及他们艰辛的生活境况、乐观向上的生活态度。

电视节目中这对夫妻在街边卖馓子的画面，让我联想起三十多年前驿城街巷里时常出现的三毛卖馓子的情景来。

自二十世纪八十年代末一直到二十世纪初的十几年间，每天傍晚时分，驿城的街巷或家属院里常常飘荡着一个卖馓子的吆喝声。“卖馓子啦——三毛的馓子——”声音高亢而嘹亮，后面拖着长长的尾音，悠长的声音在街巷里萦回往复许久不散，听到这个独特的吆喝声，人们就知道卖馓子的三毛来了。

三毛是一位三十来岁的年轻人，圆圆的脸上整天挂着天然的微笑，说话的声音尖细而嘹亮。买馓子的人一边选择馓子，一边亲切而自然地和三毛聊着天。三毛一边和顾客聊着天，一边双手不停地给客人取馓子收钱，眼睛还时常瞄向从他周围经过的路人，遇到老顾客经过，还亲切地和他们打着招呼。三毛经常向买馓子的人做着保证，眼里闪着从容自信的光。“咱家的馓子和别家不一样。”三毛一边从一个圆形麦草囤子里往外取馓子，一边向顾客介绍，“可以存放一年不坏，如果放一年馓子霉了，你把馓子拿给我，我可以加倍赔偿。”

三毛不仅卖馓子，每过一段时间他总会向买馓子的人介绍一种馓子的新吃法：“我给你说，回家让孩子放嘴里直接嚼那是老吃法，你可以把馓子捣碎加韭菜包饺子，还可以掰成段炒菜，没牙的老太太照样可以吃。你要是想和朋友抿两口小酒，将馓子揉碎和鸡蛋一块炒个小菜也很简单。”

那时候，改革开放刚刚开始，人们多住在单位的家属院里。大部分人每天按部就班到单位上班，同一个家属院里住的大多是同一个单位的人。卖馓子的三毛对驿城内家属院的分布和住户的购买习惯了如指掌，他每天在人们正常上班时走街串巷向行人兜售馓子，每到下午下班时间就轮番在各个家属院里等下班的人买馓子，三毛的顾客和三毛都脸熟。

有正式工作的人可以按时领到固定的工资，回家时给小孩子捎点零嘴小吃会给孩子带来惊喜。推着下班的自行车，人们聚集在三毛卖馓子的三轮车前，和大家都认识的三毛亲切地交谈着，然后提一塑料袋三毛事先分装好的金黄色的馓子心满意足地回家，按三毛介绍的新吃法，给一家人带来一份喜悦。

二〇〇三年春末，我单位组织职工到黄山旅游，登山过程中恰逢一阵暴雨，大家因避雨而走散。到了山下，雨下得小了些，为躲雨快速下山的游人集聚在出口的广场上，大家纷纷寻找走散的同行者，我们单位带队的领导在出口处让先到达的人等了半个多小时，聚在一起的人还不到一半。这时候，一位青年职工灵机一动，登上一块一米多高的大石头，大声模仿三毛卖馓子的吆喝声："三毛的馓子！三毛的馓子！"听到这带有地方特色的吆喝声，我单位的职工纷纷聚在了一起。短短5分钟后，清点人数，全部到齐。

大家会心地大笑起来。一位在雨中焦急等待了很久的女职工高兴地说："想不到三毛卖馓子的叫卖声这么有用，咱们回去都要多买三毛的馓子呀！"

嵖岈山秀十万峰

大约是一九八五年，嵖岈山尚未进行旅游开发。我单位有一位来自嵖岈山的员工绘声绘色地给同事们讲他老家有着一座嵖岈山，风景秀丽，奇石嶙峋，与别处风景迥异，遂平县的好多轻工业产品均以嵖岈山为商标。他还从口袋里掏出一盒嵖岈山牌香烟让同事们看，那香烟盒上印的正是险峻嵯峨的嵖岈山。有几位青年员工当时就被这位同事的描述打动了，下决心周末到嵖岈山一游。

当时，单位刚买了一辆 130 轻型卡车用于工程勘察，在几位年轻人的强烈建议下，单位里组织了一次登山活动。一群年轻人坐在那辆 130 轻型卡车的车厢里，一路欢歌来到嵖岈山下，漫无目标地开始了登山活动。山上荆棘丛生，沟壑纵横，奇峰壁立，怪石峥嵘，攀援其间，让人望峰息心。山间飞瀑流泉，荡涤游人心胸。那时候，有这样一次游览的经历，真让人久久不能忘怀。

三十多年后，嵖岈山建设成了 5A 级旅游景区，成为驿城的一张名片，山川溪谷变了新颜。一日，与友人从北门进入嵖岈山，首先映入眼帘的是奇峰高耸，一湖澄碧。沿湖岸分布着曲曲折折的步行栈道，栈道尽头与登山石阶衔接，拾阶而上，可登临嵖岈山顶峰，此时登山的道路及感受与第一次登嵖岈山有天壤之别。沿登山石阶行进三百米左右，见右侧石壁上呈现石刻一方，镌刻着描写嵖岈山风光的七绝一首：

嵖岈山秀觅仙踪，隐隐云壑十万峰。
遗事尚传人亦去，洞门深锁碧苔封。

正是明代曾先后任刑部尚书、户部尚书和吏部尚书，兼文渊阁大学士的灵宝人许瓒游嵖岈山时的诗作。

仅仅看履历，许瓒的官当得很大，但是历史上这位高官作为不大，许瓒于嘉靖二十四年被革职回乡闲住，这首诗就是在归乡闲住期间游览嵖岈山所作。诗中前两句描写了嵖岈山峰峦竞秀的景色特点，后两句写许瓒游览嵖岈山时追忆当年唐末起义军领袖尚让率众囤聚嵖岈山洞中，黄巢、黄揆昆仲率数千人啸聚归依尚让的往事，诗作者登临嵖岈山时看到的是当年充满烽火硝烟的山洞门口已为碧绿的苔藓封闭，寂静的山间杳无人迹。诗句表达了诗人远离政治中心的沧桑感。

看来，几百年前的明朝时，嵖岈山已经很有名气了，要不那崎岖道路、险峻山峰怎能吸引曾身居高位的许瓒大学士到此一游，并赋诗记之？

小城上蔡与戏剧之缘

一、一朵梨园奇葩

二十世纪六十年代之前，豫东平原的乡村没有多少娱乐活动。生活在那个年代的人都喜欢看戏，乡村中最受欢迎的就是看沙河调大戏，所谓大戏，就是搭台子着行头，化妆演出四天五后晌的那种演出形式。

豫剧是二十世纪五十年代以后的叫法，在此之前，豫东地区叫河南梆子或沙河调。沙河调是构成豫剧的四大流派之一，在河南漯河、周口、安徽阜阳一线沿沙颍河流域很流行。解放后，豫西调、豫东调和祥符调的科班先后加入了文化部门管理的国营剧团，这些流派的名演员多次参加政府部门组织的会演，都成了戏剧界的名演员，而沙河调却日渐式微。沙河调有一位代表性人物王琳是上蔡人，解放后没有进入国营剧团，一直在上蔡县城生活，后来年龄大了，没有再登台演出。但是，王琳在豫东乡下名气很大，我曾听过一位长辈讲述二十世纪四十年代末期王琳在廻曲河故道边光武台演出时的盛况。

有一年元宵节，上蔡县的光武台请来了豫东名伶沙河调名家王琳演出拿手好戏《翠花宫》。天刚擦黑，光武台一街两行华灯初上，焰火流光溢彩、戏台上锣鼓喧天。正应了那句古诗文——“东风夜放花千树，更吹落，星如雨。”

早期的豫剧没有女演员，戏中的旦角都是由男演员反串。出生于上蔡的王琳是沙河调名角，也是最早的沙河调坤角。正因如此，每逢王琳演出，围观者众。王琳赶场演出时，因众人围观经常耽搁在途中影响演出，于是王琳自制了一条马鞭用于驱赶围观者。豫东乡间曾有俗语“就是寡妇去上坟，也是哭着哇王琳”。由王琳主演《翠花宫》的消息在光武台附近村庄不胫而走，消息传遍附近十里八乡。还没敲头遍锣鼓，戏台下已是人头攒动，人山人海，光卖胡辣汤和水煎包的锅灶就有二里地长。光武台村里乡绅组织了几十位村里青壮年分散在观众中间，手持长竹竿维持秩序，戏台下哪里人头一涌动，拿竹竿的人就用竹竿扫过去，人们立马蹲下不再拥挤，方法很粗暴但也很有效。

二遍锣鼓敲过，大戏即将开始。装扮好准备登台的名角王琳正在走向后台候场。戏台前人头攒动，大家都盼望一睹名角王琳的风采。戏台后面围观王琳的人把王琳围得水泄不通，进不了后台。王琳的跟班拿出那只特制的皮鞭挥往空中，“啪”的一声脆响在空中回荡，围观的人群立刻闪开了一条路。王琳趁势走进后台……

三遍锣鼓敲过，王琳的拿手好戏《翠花宫》开幕了。王琳扮演的张金定袅袅娜娜走上台来，台下的观众中响起一片碰头好……

王琳唱腔嘹亮，韵味丰厚，扮相俊美，在光武台的演出很成功。

据说，当年王琳的父亲王聚有一个戏班，经常带着幼小的王琳到处演出。王琳十四岁时，父亲看他非常喜欢唱戏，就把她送到郾城砖桥一个沙河调科班学戏，那个年代极少有女子唱戏，坤角都是男子反串，王琳首开沙河调女子演坤角的先河，在沙河调流行的区域数百里为之轰动。王琳的代表性剧目有《冀阳关》、《翠花宫》等十几个剧目，在漯河、上蔡、商水、淮阳、太康、阜阳一带很受欢迎。解放后，王琳没有进入国营剧团，艺术上没有大的发展，但她培养的王桂英、祝用等几位学生后来都成为豫剧名角。最近，听一位喜欢豫剧的朋友说，王琳解放后一直生活在上蔡县城，直到一九八五年去世。

二、一部传世名剧

京剧被誉为国剧，剧本、音乐、化妆、道具皆集各地方戏剧之大成，可是介绍给外国人时翻译成英文叫“Beijing opera”，总有一种不着调的感觉。其中，文化的因素居多，翻译家搜肠刮肚找不到合适的词汇，咱虽然看着不舒服可也没有更好的办法，就那样凑合着糊弄老外吧。

京剧有很多优秀传统剧目让爱好京剧的人耳熟能详，谈起来如数家珍，《四进士》是其中之一。《四进士》的剧本不是剧作家坐在书斋中专门写给戏剧名角的，它最早的来源无可考，甚至有人认为最早的《四进士》故事情节是流行于黄淮平原乡间的大鼓书。这部戏在中国很多地方剧种内发展演化，传入京剧后成就了很多名家，如周信芳、马连良都演过《四进士》。京剧的传承不是通过学院化教学的方式传承的，是师傅带徒弟，口传心授耳提面命教出来的，不同的流派传承下来带有各自流派的特色，周信芳和马连良演出的《四进士》艺术上各具特色，剧本不一样，甚至故事情节都有差异。

有一年，我到北京去，一位朋友想尽地主之谊，他知道我不爱宴饮，就费了九牛二虎之力弄到了在某知名剧场由京剧名家演出的京剧《四进士》戏票，我说我极少看戏，朋友说："你一定喜欢看！这个戏里的故事发生在你曾经求学的河南上蔡县。"我一听朋友说戏里故事发生在上蔡，顿时来了兴趣，看演出时特别留意剧中的语言，因为我觉得除了语言，戏剧表演都是程式化的。

《四进士》中很多地方提到河南上蔡县，我记得几处有上蔡语言特点的地方，比如戏中有一句唱词"我一脚踢你个倒栽葱"，我听到后，感到这句很有上蔡特色。还有一处，添财奉母命去杀从小一块长大的保童，添财不忍下手，有一段念白很有上蔡特色："我妈叫我杀你，我想咱俩从小一块长大，怪不错哩。你死了，谁给我玩哩？咱里娄（应为"一路"）逃往信阳州吧。"这些语言都具有明显的上蔡特色。

这部戏名为《四进士》，故事中表现最多的是一个讼师宋士杰帮着杨素贞打官司的情节，四位进士的戏不多。一个研究戏曲的学者认为：“《四进士》早期大部分是四位进士的戏，以四进士中的毛朋为男主角，杨素贞为女主角，有四本戏。在各地方剧种演出过程中经不断改编，四进士的戏变少了，男主角改为了宋士杰，合并成了一本戏。不过主题更鲜明了。”

我看过这个戏后，觉得这部戏最早应该产生于上蔡县境内的大鼓书，后来被民间戏班引进河南梆子，最后才流传到其他剧种，因为这出戏的语言很像大鼓书的词，上蔡特点很明显。陪我看戏的朋友说：“戏剧《四进士》所讲述的故事是发生在明朝的真人真事，宋士杰也实有其人，我到信阳还看到过宋士杰开的店，店的门槛是铁的，和戏里面一模一样。”

经检索，川剧、汉剧、徽剧、滇剧、同州梆子、晋剧都有《四进士》这个剧目，湘剧有《打痞》、《公堂》，虽然名字不同，内容和《四进士》差不多。河南梆子和河北梆子把这个剧目叫《宋士杰告状》。可见这个剧目流传之广，影响之大。我看过《四进士》后，觉得京剧《四进士》把名字改回河南梆子的《宋士杰告状》更贴切。

如果你是上蔡人，建议你找机会看看这出戏，有合适的场合给人谝一谝：“这个戏里的故事发生在上蔡。”

风华绝代一美女　千古传诵息夫人

楔子

在上蔡高中上学时，刘士明老师给我们讲了一篇古文《曹刿论战》，刘老师当时激情澎湃地在课堂上念道：“夫战，勇气也。一鼓作气，再而衰，三而竭。”“一鼓作气”这个成语就是出于这篇节选自《左传·庄公十年》的“曹刿论战”。闲来无事，又读《左传·庄公十年》“曹刿论战”这一段，无意间往下多看了一段，结果看到了和“曹刿论战”同一时期发生在上蔡的一件事。

一

春秋时期，和齐师伐鲁曹刿论战这件事同一年，如今的上蔡、当时的蔡国也发生了一件事。蔡国北面的陈国（今周口淮阳）正值陈宣公当国君，陈宣公曾把一个女儿嫁给了蔡国的蔡哀侯，接着，又把一位风华绝代的女儿息妫嫁给了息国的国君。息妫因面如桃花被称为桃花夫人，嫁给息国国君后又被称为息夫人。息国位于今天的信阳息县，所以，出嫁的队伍从陈国到息国会路过蔡国，不怀好意的蔡哀侯拦住了这支出嫁的队伍嬉皮笑脸地说：“小姨子出嫁路过我这一亩三分地，我作为一国之君一定要有所表示。”至于当时这位蔡哀侯是如何表示的，典籍中不甚详细，反正息国国君知道后勃然大怒，以致后来引起了一场战争。《左传》是这样记录的：“息妫将归，过蔡，蔡侯曰：‘吾姨也。’止而见之，弗宾。”这里的“归”就是出嫁，弗宾就是没礼貌的轻佻之行。

二〇〇六年，香港文物市场出现一批竹简，号称“战国竹简”。经我国“夏商周断代工程”首席科学家、专家组组长李学勤教授鉴定这确实是一批秦之前就被埋入地下，未经“焚书坑儒”影响的战国竹简，其所记内容比当今之儒家经典可信度更高。慷慨的清华大学校友赵伟国出巨资购得这批竹简捐给母校，清华大学为这批竹简建立了恒温恒湿的保藏室收藏。在这批清华简中，有一只竹简上面有这样一段记录：“息妫将归于息，过蔡，蔡哀侯命止之，曰：‘以同姓之故，必入。’息妫乃入于蔡，蔡哀侯妻之。”清华简的这段记载不同于《左传》的记载，清华简所记这件事的细节可比《左传》记录的严重多了。

用今天的话说，这位蔡哀侯和息侯是连襟，自己大小又是一国之君，事做的真下作。息侯迎娶了息妫，知道了蔡哀侯的所作所为，如骨鲠在喉，可是息国比蔡国还弱小，不敢对蔡国来硬的，于是就求助于南面的大国楚国。楚国当时是楚文王执政，息侯与楚文王合谋，让楚国出兵假意攻打息国，息侯向蔡哀侯求援，楚国就有理由借机攻打蔡国了，息侯同时向楚文王保证有好处息国不要，全归楚国。楚文王同意了这条计策。《左传·庄公十年》是这样记录的："楚败蔡师于莘，以蔡侯献舞归。"莘就是今天的汝南，献舞是蔡哀侯的名字，这里的"归"是俘获的意思，也就是说，息侯的计谋成功了，楚文王在汝南俘虏了蔡哀侯献舞。

蔡哀侯被俘后，无时无刻都想回到蔡国继续当国君，终日愁思萦怀，心中暗生一计。他一有机会就在楚文王面前绘声绘色盛赞息夫人的美貌，次数一多，楚文王有了一睹息夫人芳容的想法，便寻机会来到息国，息侯宴请楚文王时，楚文王见到了息夫人，一见之后，不禁怦然心动。于是，楚文王用楚国强大的军事力量灭掉了弱小的息国，俘虏了息侯，息夫人也成了楚文王的掌中之物。楚文王下令让息侯看守楚国的宫门，息夫人闻讯欲投井自杀不成，无奈嫁给了楚文王。进入楚国宫室三年，息夫人生下楚堵敖和楚恽两个儿子，三年中没有和楚文王说过一句话。楚文王问她为啥不说话，息夫人终于开口说："吾一妇人而事二夫，纵弗能死，其又奚言？"

后来，楚文王觉得自己用武力灭亡了息国是蔡哀侯的计谋，这件事受到各国诸侯的非议，楚文王心里很窝火，就派军队又讨伐了蔡国。

楚文王死后，息夫人的两个儿子为争夺国君的位置互相残杀，楚恽逃到随国（今湖北随州附近），利用随国的力量杀掉了楚堵敖，自己当了楚国的国君，楚恽继位成了楚成王。

当时楚成王年幼，军国大权由楚文王的弟弟令尹子元把持。令尹子元早就贪恋嫂子息夫人的美色，把持楚国军政大权后，令尹子元在息夫人宫室旁边造了一座房舍，他在里面边摇铃边跳舞，千方百计诱惑息夫人。息夫人听到这座房舍内传出的声音后哭着说："先君让人跳这个舞蹈，是用来演习战备的。现在令尹将这个舞蹈不用于仇敌而用在一个寡妇的旁边，这不是很奇怪吗？"侍者把息夫人的话告诉了子元。子元惭愧地说："女人不忘记袭击仇敌，我反倒忘了。"后来，楚国的大臣率领士兵怒杀子元，结束了八年的"子元之乱"。

从此，息夫人隐居后宫，闭门不出，直至离世。

二

西汉时期，学者刘向编撰了一部影响至今的妇女德育读本《列女传》，这是一本宣扬封建伦理道德观念的普及性思想品德教材。刘向在《列女传·贞顺篇》中按照书中所提倡的妇女道德规范对息夫人的形象进行了重塑，书中的有关息夫人的情节与《左传》、《国语》、《清华简》所载都不同。

《列女传》中记述的故事是这样的：楚灭息后，息侯被迫守楚宫门，息妫趁楚王出游时偷偷见息侯，向息侯表示自己的忠贞不渝之情后自尽，息侯随后也殉情自尽。楚文王回来后有感于息侯和息夫人二人之情事，以诸侯之礼将二人合葬。此以维护封建道德为目的的改编，我们不应视为史实。

三

息夫人的故事发生一千多年后，唐玄宗开元天宝年间，诗词、音乐、绘画无所不精的青年才俊王维来到京城长安准备参加科举考试。在长安期间，才华横溢、姿容玉树临风的王维很快成了宁王李宪的座上宾。宁王李宪是当时的皇帝唐玄宗李隆基的哥哥，在李隆基与他姑姑太平公主联合战胜韦氏集团的斗争中，李宪曾立下汗马功劳，但他一直认为弟弟李隆基才华功劳均高于自己，坚决不当皇帝，这才成全了弟弟李隆基当上了皇帝，即唐玄宗。宁王李宪死后，唐玄宗李隆基追封其“让皇帝”的称号，以示铭记哥哥让出皇位的高风亮节。

宁王是一位喜欢风雅的王爷，他经常邀请京城中文化艺术界的名流在家中雅集。有一次，喜欢收藏的宁王李宪得到了一幅前朝画作，内容是一个歌舞的场面，画面中舞女、歌伎、乐师形神兼备，操胡琴、琵琶、羌笛、小管、筚篥等各种乐器的乐师被刻画得惟妙惟肖。宁王得到这幅画欣喜异常，邀请了都城长安的绘画高手及文艺圈的朋友前来鉴赏。高朋满座，气氛热烈之际有人发现画题处竟然有一破洞，大家都说不出画中所奏何曲。王维略一思索，告诉大家画中所绘乃霓裳曲第三叠第一拍，众人将信将疑。王爷即刻招来乐队，演奏霓裳曲至第三叠第一拍，王爷一声“停”。众人对照画中内容与乐队的动作神态竟分毫不差。

宁王虽然雅爱文化艺术，可毕竟势焰熏天。有一次，他看上了一个卖烧饼人的妻子，竟强行掳入王府，这位女子进王府数年始终不露笑脸。有一次王府举行宴会，宁王一时高兴，让人把卖烧饼的找来，让他们夫妻相会。这位女子望着自己的丈夫不禁泪流满面，异常悲伤。在座的很多人也感到很难过，但无人敢言。宴会中，宁王让在场的人赋诗，王维用这个机会借古讽今，写了一首诗：

息夫人

莫以今时宠，难忘旧日恩。
看花满眼泪，不共楚王言。

王维借春秋时期息夫人这个典故用诗歌的形式批评了宁王的霸道，宁王读了王维的诗，认识到了自己的错误，就放了卖饼人的妻子让他们破镜重圆。

这件事情过后，宁王非但没有责怪王维，反而认识到了王维的正直与善良，和王维的关系愈加亲密，在王维考上状元担任太乐丞获罪时，宁王多次面圣说情，使玄宗皇帝减轻了对王维的处罚。

四

息夫人死后，后世在楚地汉阳桃花山建桃花夫人庙纪念她。晚唐诗人杜牧路过昔日楚地的桃花夫人庙，以他独特的视角写了一首咏史诗：

题桃花夫人庙

细腰宫里露桃新，脉脉无言度几春。
毕竟息亡缘底事，可怜金谷坠楼人。

诗的前两句叙述息夫人于楚王宫中几度春秋，默默无言的史实，而后两句反问息国灭亡的原因，并叹息西晋时绿珠面对强权坠楼的往事。虽然息国的灭亡不能归因于一弱女子，诗中对人物并无褒贬，但“可怜金谷坠楼人”语义深远，面对强权的两种态度让人心生感慨，褒贬自在其中。

淮南茶，信阳第一

北宋文学家苏轼在杭州任职时，皇帝赐给他一包茶，苏轼品饮之后，感觉口中甘醇鲜爽，与自己经常喝的浙、闽所出产的茶味道不同，自己虽然精于茶道，一时尚判断不出皇帝赏赐的茶产于何地。到了北宋元丰三年，苏轼被贬黄州，从开封、蔡州、光州一路南下，到上蔡时，天降大雪，苏轼困于上蔡数日。雪后初晴，苏轼即踏雪启程继续南下，过息县，渡淮河，这一天到达浉水河畔的义阳小镇，这里因出产茗茶，当地民众就以浉水泡当地盛产的淮南信阳毛尖茶招待苏轼，苏轼有感于乡民盛情，细品此茶，茶香馥郁，茶味醇厚，有似曾相识之感，忽然忆及当年在杭州任职时，皇帝所赐的茶就是这信阳毛尖茶的滋味。至此，苏轼得出结论："淮南茶，信阳第一。品不在浙、闽之下。"

宋朝时，茶的生产、品饮方法与今天不同，不专于政事，爱好附庸风雅的皇帝影响了宋朝时期的社会风气，人们把茶的生产、品饮过于精雕细琢，茶的最终产品出现了所谓的"龙团凤饼"，品饮程式也流行复杂的"斗茶"形式，消耗了大量社会资源。宋代的很多文学作品中均留下了当时社会风尚的印迹。南宋爱国诗人陆游有一首诗：

临安春雨初霁

世味年来薄似纱，谁令骑马客京华。
小楼一夜听春雨，深巷明朝卖杏花。
矮纸斜行闲作草，晴窗细乳戏分茶。
素衣莫起风尘叹，犹及清明可到家。

在这首诗中“晴窗细乳戏分茶”，就客观反映了文人士大夫当时饮茶的复杂方式方法。直到明朝建立后，贫民出身的皇帝朱元璋力戒奢靡之风，他认为茶叶的生产、冲泡过程和品饮方式复杂且太注重形式，充满奢靡之风，这样做劳民伤财，浪费了太多的社会资源。于是下诏改革了茶叶的生产、冲泡和品饮的方式方法。茶产品改团为散，而碾末而饮的唐煮、宋点饮法，也改成了简单易行的以沸水冲泡叶茶的瀹饮法。

苏轼途径光州，品饮淮南茶，给信阳留下了宝贵的精神财富，也给今日的信阳人民带来巨大的经济利益。在光州的净居寺，苏轼不仅给淮南信阳茶以美誉，还留下了一首诗成为豫南地区宝贵的精神遗产：

游净居寺

钟声自送客，出谷犹依依。
回首吾家山，岁晚将焉归。

中州食事

油果子

一

二十世纪八十年代中期以前，每年的麦罢、八月十五和春节，豫东平原的乡村里家家户户都炸油果子。把油果子装入竹篮里，配上两盒点心，就是一份走亲戚的常礼。

麦罢没有固定的日期，跟天气和小麦品种关系很大。收麦全靠人工，麦收是一年中最繁重的劳动。收完麦，大约是农历六月初，村里人满怀丰收后的喜悦心情，带着用新麦面炸的油果子，配上两盒供销合作社卖的饼干作为礼物，来到亲戚家与亲友共话年景，交流上季农事活动的得失，计划着秋季的新设想。午间，主人一般以捞面条招待客人。客人返回时，盛礼品的竹篮内的礼物不能全部收下，要留下几根油果子和一盒饼干，再添上两只熟鸡蛋或两个从地里刚刚摘下的香喷喷的甜瓜，到家后给小孩子带回一个大大的惊喜。

大秋作物收获之后的八月十五中秋节，在桥陈村是一个庆祝丰收的节日。这时候，秋作物已经收储结束，各种果蔬也很丰富，村人会带着一篮油果子走亲戚，与亲友分享丰收的喜悦。和麦罢不同，八月十五走亲戚扛的油果篮子里配的点心大都是两封月饼。年景好些，也可能另加一兜瓜果。

来了客人，殷实之家招待客人最好的时令饭菜是杀小鸡、烙油馍。八月十五，是当年的小鸡最为肥嫩的时候，宰杀一只小鸡，做上一锅鸡汤面片，在天气渐凉的季节，几样可口的饭菜让客人吃的浑身冒汗，尽显主人的富足和热情。再支上鏊子，烙几张加了葱花的千层油馍，更彰显出女主人与众不同的好茶饭。热气蒸腾的饭桌上，亲友间谈论的是相互之间的关心，日常生活的短长，还有当下农事的经营之道。临行，油果篮子里照例留下几根油果子、一封月饼，还要放上一些刚刚采摘的石榴、柿子等新鲜水果。

寒冬腊月之后过大年，是豫东乡村最盛大的节日，也是一个凝聚亲友感情的节日。乡村中有谚语：“有钱没钱，剃光头过年。”意思是，每个人不论经济条件如何，都要认真对待过年的风俗习惯。麦罢和八月十五这两个节日，在年景不好时，亲友赶集上店时碰巧见过面互相交流以后，可能就不再带着礼物走亲戚了。可是不管年景如何，所有的家庭过春节时，家人扤着油果篮子走亲戚拜年是不会省去的。过大年有两项重要的内容是必不可少的：一个是年前腊月二十六到大年三十期间，家家户户一定要炸油果子，油果子是每个家庭过年必备的年货；另一个是阴历正月初二开始扤着油果篮子走亲戚。一入腊月，小孩子就盼着能吃到喷香的刚出锅的油果子。那年月油果子是一种奢侈品，一年下来也就过年时一定能吃到油果子解解馋。

在豫东乡村里，麦罢、八月十五和过大年这三次节日期间的亲情交流，都是以油果子作为主要的礼物。而大年下走亲戚更为隆重，到亲戚家里给长辈拜年、亲戚之间交流年景收成、谋划明年农事活动、谈论一下村庄的逸闻趣事，一年的辛苦与喜悦在琅琅的豫东乡音里融化，浓浓的亲情在亲人间凝聚。

二

油果子为北方民间传统食品。清初刘廷玑《在园杂志》记有一个他自己在浙江任职十七年，由浙东观察副使任上奉命回京途中吃“油炸鬼”的故事。“渡黄河至王家营，见草棚下挂油炸鬼数枚。制以盐水合面，扭作两股如绳粗，长五六寸，于热油中炸成黄色，味颇佳，俗名油炸鬼。”从文中描述的“油炸鬼”制作工艺来看，此“油炸鬼”即现在的油果子。刘廷玑祖籍河南开封，后来迁居辽阳，他是一位北方人。在浙江工作十七年，饮食起居多南方风俗。骤然回到北方见到他魂牵梦萦的“油炸鬼”不免失态。“予即于马上取一枚啖之。路人及同行者无不匿笑，意以如此鞍马仪从，而乃自取自啖此物耶。”看来那时候“油炸鬼”只是北方的食品，在南方并不常见。刘廷玑作为方面大员在浙江十几年竟无缘尝到“油炸鬼”，以至于在回京途中在河北一地见到“油炸鬼”一时乡情萌发，在鞍马仪从队伍的马上自取自啖起来。

晚清徐珂《清稗类钞》对油条也有记述，不过他记名为

"油灼桧"。从制作方法看也就是油果子。"油灼桧，点心也，或以为肴之馔附属品。捶面使薄，以两条绞之为一，如绳，以油灼之。其初则肖人形，上二手，下二足，略如X字。盖宋人恶秦桧之误国，故象形以诛之也。"

徐珂认为油条是人们因为痛恨秦桧而发明的。

蛤蟆蝌蚪

很久以前，豫东农村就有种植红薯的传统。红薯产量高，从红薯秧、红薯叶到地下结出的红薯都可食用。而且红薯耐储存，村里家家户户都有一个红薯窖，红薯窖藏是红薯储藏保鲜的方法之一。秋收后，红薯放入红薯窖能吃到来年春天。

红薯除了放入红薯窖保鲜储存以外，为了延长食用的时间，农家还有一种再加工的方法：红薯收获后，当即切片晾晒成红薯干可以保存更长时间。红薯干既可以煮食和蒸食，也可以磨成面粉再加工成各种吃食。从每年秋后到来年春季，豫东地区农家的三餐多以红薯或红薯干作日常口粮，红薯和红薯干是村民秋、冬、春三季的主要食物。豫东乡村里有民谚："红薯干，红薯馍，离了红薯不能活。"既然是日常口粮，村民们就创造了很多种吃法。除了鲜食，加工好的红薯干只要不受潮霉变，可以保存二三年作为口粮。红薯干直接蒸煮食用是一种最简单的食用方法，而把红薯干用碓碓在碓窑子里捣碎，再用石磨磨成面粉，红薯干磨成的面粉能做成很多种吃食，蛤蟆蝌蚪就是村里人日常主食中的一种。

蛤蟆蝌蚪一般当作午饭，劳动了半天的家庭主妇回到家，在用土窑烧出的粗陶大红和面盆里盛入足够一家人吃的红薯干面，倒入开水，搭筷子一搅，制作蛤蟆蝌蚪的烫面就算准备好了。把和面盆放在一边晾着，接下来是做吃蛤蟆蝌蚪的浇头。平常日子里，干焙几只红辣椒，放在粗石臼里捣碎，加入盐制作成辣椒汁就是农家最常用的浇头。有客人来访时，从菜园里拔几只胡萝卜，洗净切丁，用上一年春节期间熋的大油炸些葱花，加入胡萝卜丁和一些切碎的青菜，调入水和盐，炖成半汤半菜的浇头就是待客的美味。做这样的浇头时，大油炸葱花的香气会飘散大半个村庄，引得周边邻居大人小孩直咽口水。每当做了有荤腥的浇头，免不了给有小孩子的邻居家送去一碗做好的蛤蟆蝌蚪，让邻家孩子解解馋。

男主人烧上一锅开水，主妇把晾凉的烫面团成团，放入铁丝扭成的竹子把漏勺里，左手把漏勺架在开水锅上，右手从上面按压，烫面从漏勺孔中一粒一粒落入开水锅里，就像蛤蟆蝌蚪在水中游动，再加半瓢凉水，两滚下来，蛤蟆蝌蚪就熟了。用漏勺把煮熟了的蛤蟆蝌蚪从开水锅中捞入盛着井拔凉水的大红盆里，接下来，一家人就可以按自己的口味调制蛤蟆蝌蚪了。

从大红盆的凉水中拔过，蛤蟆蝌蚪外面亮晶晶的。用漏勺盛入碗中，浇上事先做好的浇头，用筷子拌匀，吃起来十分筋道爽口。每到吃蛤蟆蝌蚪时，小孩子们都兴奋起来，他们可以按照自己的口味调制蛤蟆蝌蚪的味道。

做蛤蟆蝌蚪不费很多时间，老人孩子都很喜欢。劳作半天，已经很疲劳的男女主人从田里回到家，很快就做好了一顿饭。这种饭很兼饥，蛤蟆蝌蚪是农家老老少少最喜欢的午饭。

老鳖靠河沿

一九七〇年前后，经常有公社下来的驻队干部在村里吃“派饭”。朴实的村民都把来家里吃饭的干部当尊贵的客人招待。驻队干部在谁家吃饭，这家人一定会想方设法做出自己家最好的饭。他们每到一家吃饭，几乎都是用红薯干面做的锅贴饼子来招待，家庭主妇做红薯干面锅饼子的过程，被形象地称红薯干面锅饼子为老鳖靠河沿，于是老鳖靠河沿的叫法在村里流行开来。

踅子[①]里没粮食，红薯或红薯干面就是日常口粮。每天下午放工后，主妇洗几块窖藏的红薯放入锅里，加入两瓢水。然后从面盆里舀出一些红薯干面倒入和面的大红盆里，加入水及一点苏打粉，用手在面盆里揉到手、盆、面三光，面就和好了。等老人把锅烧开，心灵手巧的主妇沿大铁锅的边沿贴上一圈面饼子，盖上锅棑[②]，锅棑上面压上一个盛满水的

---

① 踅子：芦苇或高粱篾子编制的长条形存粮器具。使用时逐层围成圆形。保存粮食时，也叫粮食踅子。

② 锅棑：棑本意是用竹、木编制的水上运输工具。用莛秆梃子和针线纳成圆形的平面锅盖叫锅呗。锅棑是桥陈村村民在锅呗周边用麦草和麻制成带边沿的锅盖的称呼。村人先纳好锅呗，再以麦草和麻坯子为原料，用草锥为锅呗周边茸上弧形的边沿称为锅棑子。一般在用铁锅蒸制大型食物或大量食品时使用。

小盆，最后沿锅椑边沿围上一圈用包谷棒子皮编制的大辫子后，就可以大火蒸起来了。

豫东乡间的土灶有前后两个锅，前锅是做主食的大锅，后锅是炒菜、烧水、做稀饭的小锅。前锅蒸上红薯和锅饼子，用后锅还能炒一个青菜出来。烧到前面的大锅圆汽，也就是沿锅椑一圈滋滋冒蒸汽，红薯和老鳖靠河沿就蒸好了。

用锅铲从大铁锅边铲下来的老鳖靠河沿外表闪着亮光，冒着哈气，散发着一种特有的香气。一个一个排放在筲箕子[①]的边沿一圈，一瞬间，刚出锅的老鳖靠河沿的香味弥漫整个灶火[②]。筲箕子中间放着几块和老鳖靠河沿一起蒸熟的红薯，筲箕子放在案板上，老老少少一家人，每人从筲箕子里拿出自己喜欢吃的红薯或老鳖靠河沿，顺手从蒜臼子里挖上一勺辣椒汁，从后锅里自己盛一碗包谷糁稀饭，各自走向廻曲河岸边的吃饭场。

来到大柳树下的吃饭场，找一块干净平整的地方放下稀饭碗，蹲在旁边，掰一块老鳖靠河沿，蘸一点加了盐的辣椒汁，放入嘴里嚼着，品味着老鳖靠河沿的滋味，听见多识广的爷们儿讲着稀奇古怪的见闻，脸上洋溢出满足的笑容。

---

① 筲箕子：用黍秆梃子和竹子编制的食物盛器。

② 灶火：豫东农村称厨房为灶火。

包谷[1]面烙饼

包谷是豫东乡村大秋作物中种植量很大的作物品种，也是村中家家户户的当家主粮。秋后，除了红薯和红薯干，包谷面馍是豫东乡村中各家三餐离不开的主食。金黄的包谷面颜色很好看，就是吃起来口感粗糙，即便如此，包谷面仍然是比红薯干金贵的粮食。

收获的包谷棒不去皮，把最外层最粗糙的一层皮剥起来，两只系在一起挂在房檐下，淋不到雨雪，又很得风，用这种方法包谷棒子可以保存到来年秋季，直到吃的时候才取下来进一步加工。

剥去包谷棒的外皮，把包谷粒弄下来有很多种办法。一九七〇年之前，豫东乡村里大部分家庭都是用草锥从包谷棒上捅下来，也有人家用改锥或用架子车的车条专门加工的工具捅包谷棒子。这个活都是在晚饭后一家老小坐在煤油灯下一起干。捅包谷棒子时，老年人念叨着陈年往事，小孩子瞪大好奇的眼睛听着老人讲的陈年往事，男女主人一手攥住包谷棒，一手握着草锥，捅下的包谷粒不停地落在地上的锅排子里。晚饭后家人一起掰包谷粒是农家最温馨的生活场景。

---

① 包谷：豫东农村称玉米为包谷。

剥下来的包谷粒经过淘洗和晾晒，用石磨磨成面粉后，可以做出各种吃食。

包谷可以用石磨拉成包谷糁。包谷糁煮稀饭是农家的家常便饭，有的人家一天早晚两顿吃包谷糁稀饭。包谷面做馍口感粗糙，小孩子不喜欢吃。我奶奶有一手好茶饭，为了让一家人喜欢吃包谷面，她做过很多种尝试，如她把玉米面中兑少量小麦面用鏊子[①]摊煎饼，用煎饼卷菜，一家人都很喜欢。

最难忘的是在晚霞满天的傍晚，奶奶在院里的石榴树下支一只鏊子做玉米面饼子的场景。奶奶把包谷面用开水烫过，用筷子快速地搅拌，加入一点苏打粉做成饼子。鏊子下的豆秸红彤彤地烧着，一张鏊子每次能烙三张黄澄澄的包谷面饼子。一个院子里都弥漫着烙好的包谷面饼子的香味。一家人蘸着辣椒汁，享受着焦香酥脆的玉米面饼子，欢乐的气氛充满小院。周边邻居家的几个小孩闻到香味也跑来融入这个幸福的家里。

奶奶烙玉米面饼子的方法很快在村中传开。每到傍晚，村子上空弥漫着玉米面饼子的香味。农家小院中时常飘散出快乐、满足的笑声。

---

① 鏊子：一种烙饼的圆形炊具。鏊子一般用铸铁制成，圆形，中部稍凸起。用三块半截砖临时支起，下面多用豆秸或麻秆生火。豫东地区常用鏊子烙焦馍、烙千层油馍、烙烙馍、摊馅食、煎发面泡子。

棉籽面片

人民公社化时期，生产队里种了一些棉花，公社派来了棉花技术员给村民提供技术指导，生产队里的棉花连续多年大丰收。

位于豫东平原的桥陈村里种的棉花有两个品种。多年前老祖宗种的，经村里人一代一代流传下来的棉花品种叫紫花或小花，紫花的棉桃、棉花朵小，产量不高，棉籽也很小。紫花天生就是土黄色，不需要染色，村里人穿惯了用这种天然土黄色的棉花织的布，这种紫花品种就在村里一直流传下来了。公社提供的新品种是一种纯白色的棉花，这种棉花结出的棉桃又多又大，产量高，棉籽也比小花的棉籽大，村民们把这种棉花叫大花。

豫东乡村里祖祖辈辈种的都是小花。大花的到来，带来了很严重的蚜虫虫害。技术员从公社弄来了农药，喷洒在棉花植株上专治大花生的蚜虫，其他农作物虫害并不严重，村民们就把农药称为大花药。

棉花收获后，除了上交皮棉，生产队给各家各户会分一些棉花纺线织布，套被子絮棉衣。分给社员的棉花一般是小花。社员分到棉花后，就带到有轧花机的生产队里把棉籽脱出来，棉花就轧成了棉絮，棉籽则成了榨油的原料。用棉籽轧出的棉油就是村民们的日常食用油。

八十多岁的曾祖母历经洪水、干旱、蝗虫等多种自然灾害，还经历过匪患、战争多种人祸，一生历尽苦难。她觉得没有土匪侵扰不“跑反”，没有战争灾难，还能参加生产队里的生产劳动，遇到盖房子、生病这样的事大家一起互帮互助是多么幸福快乐的日子呀！曾祖母常常说：“现在太享福啦，好多东西咸呼呼恁好吃，你们咋说不好吃哩？”在她的人生经历中，因为贫穷，很少能吃到带咸味的食物，很多时候连能吃的东西也没有。从土地中长出的东西只要想办法做熟，用牙咬得动，这些东西就能充饥，用盐调过味的食物都是美味。

家里的棉籽榨油之前，曾祖母总是提前留下来一些。廻曲河畔的大柳树下是一个吃饭场。我家的大门紧临河岸，冬日的暖阳下，天朗气清。大门边，她坐在用麦秸拧成的绣墩[①]上，面前放一簸箩棉籽。她轻轻地把棉籽表面残留的棉花清理干净，择干净的棉籽交给了胡子花白的曾祖父。曾祖父端着一簸箩棉籽来到邻家碓窑子[②]前，将棉籽放入碓窑子里，用碓碓[③]将棉籽捣烂。然后把捣成粉状的棉籽从碓窑子里用铁勺盛入一只大瓢里带回家。

---

① 绣墩：用麦草和麻绳编织的圆形坐具。

② 碓窑子：舂捣粮食、蔬菜等农产品的大石臼。

③ 碓碓：用石头凿成的下面圆形，上面带木柄的舂捣工具，与碓窑子配套使用。

中午，曾祖母把棉籽粉掺进豆面里，再加入一点小麦面和成面团。在案板上用大擀杖[①]擀成面片。曾祖父烧好一锅开水，曾祖母下入擀好的棉籽面片，再放入早晨就开始泡发的干芝麻叶，不一会儿，一大锅软糯香醇的棉籽面片就做好了。

一家人每人用粗瓷大碗盛一碗，大人们还要加入蒜臼里捣好的辣椒汁调味，端着饭碗来到大门外的吃饭场。一边漫无边际、海阔天空的闲话，一边品味芝麻叶棉籽面片的滋味。

棉籽面片香醇的口感改善了长年累月杂面条的风味，给平淡的日子增加了一抹绚丽的色彩。

① 大擀杖：直径不变，长度较长的擀面杖叫大榫杖，常用于擀面条。中间直径较大，端部直径较小，长度较短的擀面杖叫小榫杖，常用于擀饼或擀烙馍。

懒豆腐

秋末冬初，大豆已经入仓，大白菜成熟了，萝卜、芜菈、牛蔓也成熟了，这些都是桥陈村农家冬天储存的当家菜，要存够一家吃整整一个冬天的量。收获了萝卜、芜菈和牛蔓，它们的叶子谁家都舍不得扔掉。用开水烫过，晒干后也存起来，日后用水泡发后用菜刀剁碎，可以做菜馍[1]或饺子的馅料，也可以加入汤面条中当调味的配菜。这些菜还有一个让村里人心心念念的作用——制作懒豆腐。

每到拔萝卜、芜菈和牛蔓的时候，乡村的井台旁边会热闹几天。关系亲近的几家人会结合在一起，来到廻曲河故道北岸的井台旁边拐懒豆腐。

豫东平原的乡间，人们不叫做懒豆腐，而是叫拐懒豆腐。

一个木架上放一盘小石磨，小石磨和磨面的大石磨相仿，上面转动的那半扇只有一个进料的圆孔，侧面安装有一个带圆孔的木柄。一起拐懒豆腐的几家人中的主要劳动力会主动担当拐磨的角色。拐磨的人手执一个木棍，木棍的端部安装有一个和小磨子上木柄的圆孔配套的圆柱体。将圆柱体插入小磨子上木柄的圆孔内，就可以让小磨子转动了。相互联合

---

① 菜馍：桥陈村人所称菜馍有两种：第一种称用铁锅蒸出的圆形包子为菜馍。第二种用鏊子塌菜馍。

的几家分别泡好了黄豆，谁家先来，全凭协商。磨豆子一开始，几家人全体上阵。有人用勺子舀和着水的泡发黄豆往磨上有节奏地续料，有人将小磨子下面铁锅里磨好的豆瓣浆盛入盆中，有人用木桶不断从水井中提出水来加入泡发好的豆子中……有条不紊，各司其职，无人安排，无需组织，大家自然而然地分工合作，各个工序井井有条。

小黄狗撒一会欢儿，回到小磨子旁边期待地看看忙碌的主人，再来到自家的水桶边嗅嗅拐好的豆瓣浆，又跑到路边撒欢去啦。小孩子们欢快地在一边打闹，嬉戏间，不时往小磨子的方向瞟上两眼，孩子们心里始终对香喷喷的懒豆腐充满期待，他们知道，磨豆子需要各家合作，只有大家的豆子全部磨完，大人们才会回到家里接着再进一步加工懒豆腐。

终于，大家泡发的豆子都磨完了。用井水清洗过小磨子、炊菝[①]、大红水盆等一应工具。这些工具并不撤除带回家，因为后面还有几家一起接下来拐懒豆腐，这些工具他们还要接着使用。

端着自家大红盆里拐好的豆瓣浆，身后跟着小孩子、小黄狗回到家里，可以开始进一步加工懒豆腐了。

已经用开水烫过的萝卜缨、苤菈缨和牛蔓缨被切成小段，加入一些胡萝卜丝。把这些蔬菜和在井台边拐好的豆瓣浆一起在大铁锅里拌匀煮熟，就是懒豆腐的半成品。将懒豆腐的

① 炊菝：用脱粒之后的高粱穗制作而成的用于刷锅洗碗的炊具。

半成品盛入大红盆里晾凉后可以保存多日。想吃到适合自己口味的懒豆腐，需要根据各人的喜好和口味再次加工。

有的家庭喜欢蒸懒豆腐，在半成品的懒豆腐中拌入食盐、小葱后放在竹篦子上蒸一蒸，全家人就可以分而食之。吃的时候，每人口味不同，有人调入辣椒油，有人调入蒜汁。虽出于一锅，各人碗里风味不同。有的家庭喜欢炒懒豆腐，在大铁锅里放些棉籽油，炸一点葱花和干辣椒，再放入懒豆腐的半成品略加翻炒，一锅香喷喷的炒懒豆腐就做好啦。还有的家庭在懒豆腐里加入一些水和其他蔬菜，放入铁锅里炖一炖，临出锅时，撒点葱花，淋几滴麻油，懒豆腐就呈现另一种风味。

做懒豆腐的原料除了黄豆和胡萝卜外，萝卜缨、苤菈缨和牛蔓缨都是地里抛弃不用的废料，并不是金贵的粮食和蔬菜，经村里人巧手加工，成了美味。拐懒豆腐时，各家团结协作的场景充满亲情，每到秋末冬初，小孩子们盼望着吃拐懒豆腐，更多的是盼望拐懒豆腐那充满亲情的场景和那快乐、热闹而又温馨的氛围。

碾转

2022 年，中央电视台推出了一档散文风格的纪录片《味道中原》。这档节目中有一集介绍了河南尉氏县一对夫妇每年坚持做传统小吃碾转在县城热销的故事，这对夫妇卖碾转的摊位前，买碾转的人排起了长长的队伍。年长的人吃到碾转，勾起了对往昔岁月的回忆，内心涌起淡淡的乡愁。年轻人则对这种传统小吃充满了好奇，抱着尝鲜的想法一试究竟。看到这个节目，我也想起了小时候吃碾转的一段往事。

二十世纪七十年代初，有一年小麦快成熟的时候，豫东地区连阴下雨十来天，直下得沟满河平。小麦将要成熟了，连续阴雨会让小麦生芽坏到田里，看到老天爷没有住雨放晴的意思，村里人都发起愁来。

豫东平原的桥陈村里，生产队干部带着几个青壮年到地里看灾情，来到上湾这个地块，发现这块由廻曲河故道改造的田地因地势低洼，积水已经快漫过小麦的顶了。大家一商量，干脆组织青壮年劳力冒雨把快成熟的小麦穗割下来分给各家。正是青黄不接的时候，正好让全村老老少少尝尝鲜，度过饥荒，还能减少点大田里的损失。

于是，家家户户的堂屋当门里堆满了快成熟的麦穗。我奶奶低头看看晾着的麦穗，走到门口抬头看看下个不停的老天爷，饱经沧桑的脸上挂满愁容。回到屋里，看到西屋里的石磨，奶奶眉头慢慢地舒展开来：“做碾转吧！”

一家人围坐在一起揉麦穗，把已经饱满的小麦粒揉出来，用簸箕簸去麦糠。再把干净的小麦粒用做饭的大铁锅炒了炒，很快炒麦粒的香气遍布厨房，飘散了半个村子。把炒好的麦粒放到磨上，找到门后的推磨棍，父亲、母亲和姑姑推动石磨开始磨碾转。

奶奶把磨好的碾转做成馍馍，做成丸子，还可以打糊涂。

碾转并不是一种家常便饭，只有在青黄不接的年景或者是因天气原因小麦无法收割时才不得不做成碾转吃。在我童年的记忆中，只有那年小麦成熟前老天爷连续阴雨，大水淹没了廻曲河故道低洼处上湾里的麦田，我才第一次认识了碾转这种小吃，也是唯一一次吃到了记忆至今的碾转。正因如此，村里很多人没有吃过，甚至没有听说过碾转这种食物。我家碾转的香味引来了很多乡邻，他们尝到我奶奶做的碾转馍馍、碾转丸子、碾转糊涂和碾转馅的饺子，纷纷回到家里照葫芦画瓢做起了碾转。接着几天，家家飘出碾转的香味。

我吃着奶奶做的碾转，觉得很香甜。我问奶奶：“村里年年都种小麦，为啥不做碾转吃哩？”奶奶笑着说：“不碰到灾荒哪能吃碾转？吃了碾转，过年就吃不上白馍啦！”

胡辣汤

一、集市上的胡辣汤

在豫东乡间，无论日常赶集上店，还是农闲年节起会，都少不了胡辣汤。卖胡辣汤的摊主用箔[1]搭一座卖胡辣汤的棚子，棚子里，放一个铁皮制成的可以移动的锅灶，炉膛里燃着麻秆或花柴。锅灶旁边是一个大案子，上面整齐地排列着一排排清洗干净的撇拉碟子[2]黑碗，一个柳条筐子里放着一排排木勺。靠外面一排是一溜广口陶制调料瓶，里面分别放着小磨香油、香醋、辣椒油等调味料。

用大木勺从胡辣汤锅里盛出一碗，大木勺沿碗边一刮，挂在碗边的粉条齐刷刷地被刮断掉进锅里。木勺与碗的摩擦不会发出刺耳的声音，也不会刮坏碗边沿的釉。用一个干净抹布擦去碗边的汤，从案上盛小磨香油的广口瓶中取出一只下面吊着一只方孔铜钱的细竹杆油撇子[3]，往汤碗里滴入两滴小磨香油，取一只小木勺放入汤碗，然后将汤碗

---

① 箔：用麻绳和高粱秆编织的日常器物。主要用于 1：晾晒农产品的支撑体。房间的分隔体。临时建筑的围挡。房屋的顶棚。屋盖椽子上面望板的替代品。床板的替代品。

② 撇拉碟子：豫东方言，指盛器如碗、盆的外观形状扁平。

③ 油撇子：从盛油的瓶、罐中取油的工具。多用一竹竿下固定一古钱制成。

递给客人，紧接着热情地招呼一句：“案上香醋、辣椒油自己调！”这一串行云流水一般的动作顷刻间完成，流畅的动作透着掌勺人的练达与洒脱。在喝胡辣汤的客人眼中，掌勺的动作与胡辣汤的品质紧密相关，掌勺的动作生涩迟钝，那锅里咋会是自己经年劳碌苦苦盼望一年只在赶会时才能尝到的胡辣汤？

客人接过汤碗，坐在周围摆放的小木凳上，按自己的口味调入香醋、辣椒油，心满意足地用小木勺喝起了胡辣汤。汤锅里的大木勺和客人汤碗里的小木勺是胡辣汤锅多年不变的固定搭配。据说，只有用大木勺盛汤，用小木勺喝汤，胡辣汤才不会澥汤。

集上的胡辣汤锅下面燃着火，只起到保温的作用。胡辣汤并不在这个锅里加工，而是在离集市不远的地方用大锅另行加工，然后由专人用扁担挑着一对洋铁桶送到集市上的胡辣汤锅里，这种做法叫接汤。接汤的方法能保证集市上的汤锅里始终有做好的胡辣汤，不会因为加工胡辣汤的过程而耽误生意。

一碗胡辣汤，各家味不同。调味的胡椒粉是各家通用的，其他的调味品就各不相同了。胡辣汤材料除了粉条、海带丝、豆腐皮、面筋等常用配料外，各家还有自己独特的配料，独特的熬汤工艺。常见的胡辣汤有放花生米的素烧胡辣汤，有放牛肉粒或放羊肉片的荤烧胡辣汤。还有一种胡辣汤，放入了采用秘不外传的特殊工艺加工的肉丸，风味更为独特。胡辣汤熬汤的方法尤其丰富，有先煎肥膘肉加冷水炖汤的，有熬大骨汤的，有炖老母鸡汤的……原料不同，工艺各异，风味自然各有特色。

民国年间，豫东乡间桥陈村周边几十里范围内方庙集的老廖是一位熬胡辣汤的高手。每逢赶会，老廖一出摊，其他胡辣汤摊位生意就冷清。老廖卖完，其他卖胡辣汤的才会开市。于是所有卖胡辣汤的同业者和老廖有一个约定，每逢赶会，老廖一天只卖五锅共二百五十碗胡辣汤，老廖卖完五锅胡辣汤后，收摊看戏，别的胡辣汤锅开市。老廖严格按这个口头约定做生意，在同业中威望很高。赶会的村里人也为能喝到一碗老廖的胡辣汤而平添一份满足和快乐。

二、供销社食堂的胡辣汤

我在村里上小学时，公社时常让小学生代表到固墙集参加宣判会、批判会。参加这些会议的人中午要自带口粮当午饭。我非常喜欢到固墙集去参加这些会议。不是因为会议的内容吸引我，而是每次开会，奶奶会支起鏊子烙一张葱花油馍让我带着当午饭。平常在家很少能吃到香喷喷的葱花油馍，有一次，到固墙集开会，奶奶清早在田里干活没来得及给我做葱花油馍。曾祖父给了我一毛五分钱和二两河南粮票，让我到固墙供销社食堂买二两水煎包喝一碗胡辣汤，带上钱和粮票就不用带干粮了。

固墙供销社食堂在固墙集十字街的西北角。会议结束已是下午一点。散会后，我赶到供销社食堂，到供销社食堂吃饭的队伍已经排到了大门外，我排在队伍后面，食堂里面胡辣汤混合着水煎包的香味不断从食堂的大门里面飘出来。我焦急地等了十多分钟才买到餐票，又等了二十多分钟才听到食堂取饭的洞口内叫我的号，从门洞内取出了盛在一个竹编盘子内的六只水煎包和一碗胡辣汤。胡辣汤碗里，漂着一块肥肉片，还有两个三指长的葱段。刚好有人吃完饭离开，我把水煎包和胡辣汤碗放到刚刚空出的桌子上，狼吞虎咽地吃了起来。

那时候，我大概十来岁，早晨走了五公里的路，看了一上午的宣判会，吃饭时已近下午两点了，早已饥肠辘辘。五分钟风卷残云，水煎包和胡辣汤被我一扫而光。至于啥味，没来得及细品。

三、我家的胡辣汤

我家的胡辣汤与别家不同。除了具有河南胡辣汤的一般特色外，我家的胡辣汤带有花生米大小的肉丸。不仅带肉丸，用我奶奶的话说："丸子脆，丸子弹。"这样的肉丸别人家是做不出来的。

二〇二〇年，中央电视台播放了一部散文风格的纪录片《味道中原》，其中一集节目中介绍了周口逍遥镇独具特色的胡辣汤。逍遥镇人发扬传统，用胡辣汤占领市场，把胡辣汤做成了大产业，他们在全国开了上千家胡辣汤店。节目中介绍的逍遥镇具有代表性的胡辣汤是牛肉胡辣汤，主要特色体现在熬制的牛肉底汤中加入了几十种秘而不宣的中药调味品。逍遥镇胡辣汤的特色和河南很多胡辣汤一样，强调汤中调味品调出的味道存在细微差别，在基本的做法上则大同小异。逍遥镇胡辣汤中一般是放牛肉粒或羊肉片，没有制作肉丸胡辣汤的。

我奶奶的娘家是距离桥陈村二公里左右的方庙村。方庙村自清朝开始到民国年间都是一个辐射周边百十里的大集镇。我的太姥爷在集镇上开了一家饭馆，我奶奶跟我的太姥爷习得一手好茶饭，我家的胡辣汤即源于我的太姥爷。

正式继承我太姥爷胡辣汤技艺的是我的大舅爷。有一次，奶奶带我到方庙村走亲戚，我的大舅爷用他拿手的胡辣汤招待我们，我看到大舅爷把做肉丸的整块精肉放到案板上，用两只大刀背飞快地敲打起来，肉块很快被敲成了肉泥，转眼功夫，一瓢肉丸做好了。大舅爷说："百家胡辣汤有百家味，只是调料稍有差别。咱们家的胡辣汤关键技术在加工肉丸的技术，掌握不好肉丸不会爽脆弹牙。"当时，感觉大舅爷做的胡辣汤真是美味可口。

我小时候，很喜欢喝奶奶做的胡辣汤。不仅我喜欢，我奶奶招待到我家走亲戚的客人，小酌之后，最后都会端上一碗胡辣汤。我的姑父、姨夫第一次到我家来，我家的胡辣汤

给他们都留下了永久的记忆。多年后，每次谈起早年故去的我奶奶，他们都会动情地回忆起第一次到我家，喝到我奶奶做的胡辣汤的往事。

几十年生活在驿城，非常怀念当年奶奶做的胡辣汤。驿城也有很多种胡辣汤，尝过之后，总觉得不如当年奶奶做的肉丸胡辣汤好喝。自己多年尝试制作，总做不出软糯的汤、爽脆的肉丸。四年前，常年生活在青岛的姑姑回老家探亲，我问姑姑当年我奶奶做的胡辣汤有哪些诀窍？我多年尝试，为啥总是做不出当年奶奶做的胡辣汤的软糯和肉丸的爽脆来？姑姑告诉我："一是要洗面筋，用洗面筋的粉子调汤，不能用红薯淀粉代替洗面筋制粉子这道工序。二是做肉丸的原料要选用腱胡，也就是猪后腿的一部分，不能用普通精肉代替。三是做肉丸的腱胡要用厨房吸湿纸吸干水分，或者提前清洗后晾干。四是做肉丸的肉不是用刀剁碎，而是用刀背将整块的肉砸成肉糜，肉糜中加入适量调味品后，还要在案板上摔打才能保证肉丸的爽脆弹滑的地道口感。"在姑姑的指导下，我终于做出了和当年我奶奶做的一样口味的胡辣汤，尝到了近几十年来常常怀念的童年味道。

近几年，驿城市场上出现了一种巴沙鱼。一天，夫人下班后，买了一些巴沙鱼回来。她用类似胡辣汤中肉丸的加工方法把巴沙鱼做成了鱼丸。用巴沙鱼丸替代肉丸做成的胡辣汤仍然具有原来胡辣汤的风味。鱼丸也具有爽脆弹牙的特点，鱼丸口感与肉丸口感却不一样。巴沙鱼做的鱼丸胡辣汤保持了肉丸胡辣汤的基本口感，细品却别有一番风味，从此，我家的胡辣汤又多了一个新品种。

灰培豆腐

每年一到冬至节气吃饺子时，八十多岁的老母亲总是叮嘱我们兄弟，有人回豫东老家时，别忘记买一些村里的老豆腐，还要记着从亲戚家要一些草木灰一块带回来。这些东西都是她老人家一年一度要做的豫东小吃灰培豆腐的原料。从豫东农村移居驿城二十多年了，老母亲至今念念不忘老家那些家常小吃，不仅她老人家时时牵挂念叨，我们一家人都以能够时常品尝到老母亲亲手制作的家乡美食为赏心乐事。

灰培豆腐是一种流行于豫东乡村的冬令小吃。当年，每到春节前办年货磨豆腐的时候，每家都会做一些灰培豆腐。经过灰培的豆腐耐储存，春节期间温度低，那年月，家里还没有电冰箱，冬至前后做好的灰培豆腐放到吊挂在房梁上透气的竹篮里，可以存放二十天，天气特别寒冷的话，过了元宵节还可以食用。

当年生活在老家的时候，从每年的大年初一开始，亲友们相互之间拜年走亲戚，一直到正月十五灯节，每天家里都有客人。大年下，来走亲戚拜年的客人一定要留下来吃饭。奶奶、母亲和姑姑在春节期间几乎都在不停地做饭。这时候，灰培豆腐是一个最常见的凉拌菜。从竹篮里拿出五六片年前做好的灰培豆腐片，清洗干净，切成一毫米厚、一厘米宽、七八厘米长的长条形薄片，放一些葱姜丝，滴上几滴小磨香油，稍加拌合，一盘筋道爽口，香气扑鼻的凉拌灰培豆腐就做好了。父亲已经用麻秆火篩[①]好一壶生产队酿造的酩馏子酒[②]，在堂屋当门里摆上一张小方桌，端上灰培豆腐，盛上一盘早已煮好的五香花生米，摆上散发着酒香的篩壶[③]和几只小酒盅，用篩壶把篩好的酩馏子酒泻[④]满酒盅，父亲和客人就可以一边喝着酒，一边谈论着年景、家常。厨房里，奶奶和母亲已经开始给客人准备饭食了。

灰培豆腐不仅能加工成深受欢迎的凉拌小菜，把灰培豆腐切成条，放到汤里面还能当做增鲜的食材。冬日里，一锅热汤，加入一些灰培豆腐条，汤味立刻鲜香扑鼻。物资匮乏时代，冬日里的农家常常用一锅蔬菜汤当做一顿饭食，不谙世事的小孩子都盼望寡淡的汤里面飘出几片灰培豆腐解馋。大人虽然舍不得吃灰培豆腐条，但能喝到洋溢着灰培豆腐香味的蔬菜汤，脸上也会露出满足的微笑。

冬天，回老家带老豆腐和草木灰是记忆力日渐减退的老母亲每年都不忘记的嘱托，每一次临行前，老母亲都会反复

---

① 篩：将酒置壶内，放于火上加热。曹雪芹《红楼梦》第六三回：“两个老婆子蹲在外面火盆上篩酒。”

② 酩馏子酒：酩馏子酒也称夹皮缸明馏子酒，豫东民间流行的一种采用传统湿料液态发酵工艺酿制的低度白酒。一般盛在粗陶酒壶中用麻秆火加热后饮用。

③ 篩壶：可以用明火底部加热的酒壶。

④ 泻：豫东方言，特指斟酒。

提醒："不是所有灶膛灰都能做灰培豆腐的，要记好，豆秸灰才中！"做灰培豆腐的草木灰里要含有一种碱性物质，很多种草木灰这种碱性物质含量少，培出的豆腐口感不好。即便是豆秸烧成的草木灰，也只能使用一次，第二次再用，培出的豆腐口味就大打折扣了，培豆腐的碱性物质在第一次培豆腐时就已经消耗掉。

前年春节前的一天，从超市买菜回来的妻子兴高采烈地告诉我，她在超市买到了豫东老家生产的真空袋包装的灰培豆腐，外面的包装很精美。我迫不及待地打开一袋，用老母亲日常凉拌的方法做了一盘凉拌灰培豆腐，一家人满怀期待地端上桌，大家吃过后，都说和老母亲亲手做的老家风味的灰培豆腐差远了。

从此后，我们每年冬天还是早早就盼望能吃到老母亲做的灰培豆腐。

蒸菜与腌菜

二十世纪五十年代之前，豫东乡村连续多年水、旱、蝗灾轮番来袭，加上旷日持久的战争和匪患，民生凋敝，百姓生计维艰。严苛的自然、社会环境让农家人磨练出了利用有限的自然资源顽强生存下来的意志和能力。村里人充分利用田野里有限的植物勉强维持着生命。到了 20 世纪六七十年代，情况虽然已大为改观，但这些生存的技能和经验依然活跃在庄户人的日常生活中。

一、蒸菜

春节前后，麦田里生长着鲜嫩的野生荠菜。老年人和幼童扤着麦草篮子，在一望无际的麦田寻寻觅觅，胳膊上扤着的麦草篮子里放着一把剜铲。正是荠菜肥嫩可口的时节，麦垄间荠菜郁郁葱葱，不多时，剜满一篮荠菜。回到家择捡清洗过后，拌上面粉和少许菜油，大铁锅里加水后摆放好笼屉，待锅内水开，把初步加工整理过的荠菜放进笼屉，炉膛内烧大火，一袋烟功夫荠菜就蒸好了。每家灶火里都常年放置有小碓窑子和小碓碓，把这些工具取出清洗干净，根据家人的口味，将炒芝麻、蒜瓣、辣椒、食盐这些材料分别组合捣成糊状，盛入碗中，滴几滴芝麻香油，调制蒸菜的拌料就制作好了。掀开锅排子将蒸菜晾至半温，老老少少，每人盛上一碗，用自己喜欢的拌料调好味，一盘鲜美的蒸菜既充饥又尝到了时鲜，每年春季的饥荒就这样度过了。

暮春时节，村北韦家沟两岸长出成片的泽蒜[①]，村里洋槐树上开满了洋槐花；榆树上结满青翠的榆钱；杵树枝头挂满了一串串杵不揪[②]。房前屋后，庭院道旁的树上，花落后一茬又一茬的小果实，只要焯水后不太苦、不太涩、能够下咽，都是蒸菜的原料，都能帮村人度过春荒。

入夏，地里种植的作物渐渐接近成熟了，村里人并不急于食用这些正经粮食。夏天的田野里，灰灰菜、马齿菜、扫帚苗这些可以食用的野菜生长很快，大田管理锄下来的这些能吃的野菜都被带回家，成了家家户户餐桌上的美味，蒸野菜是最常见的吃法。

秋天到啦，菜地里萝卜、苤蓝、牛蔓[③]正是收获的季节，生产队在分配根茎类蔬菜的时候，都是带着上面的叶子分配到每一户人家，这些菜叶没有春夏两季大田里的野菜口感鲜嫩，殷实人家一般把这些菜叶掰下来剁碎后喂猪羊，日子拮据的人家选择稍嫩些的菜叶用开水焯熟后，挂在绳子上晾干，待到春节蒸馍时，作为年下蒸菜馍的馅料，另一部分剁成小

① 泽蒜：学名薤，即藠头。石蒜科葱属多年生草本植物。鳞茎、叶均可蔬食。
② 杵不揪：杵树即构树，杵不揪是构树的雄性花穗。
③ 牛蔓：蔓菁。

段做蒸菜。

我们家里，年迈的曾祖母在苤蓝、牛蔓刚刚收获的时候，常常弄一些根块状的蔬菜切成丝做蒸菜，年景差的时候，也选择一些嫩叶做蒸菜。有一年初冬，连续吃了多日蒸菜，我告诉曾祖母说："这些蒸菜不好吃！"八十多岁的曾祖母疑惑地说："这样新鲜的牛蔓，蒸出来放油又放盐，调得咸乎乎的，咋不好吃哩？"后来，我才明白，曾祖母年轻时，水、旱、蝗灾连年不断，能有吃的活命就感到很满足，很多时候食物里连盐都没有。在她的印象中，放盐调味的食物都是宝贵的食物，咸乎乎的食物咋不好吃呢？

一年四季，房前屋后树上的嫩叶花穗，沟渠路边生长的野菜，采来做成蒸菜果腹，节省了很多粮食，在艰难的岁月里村里人用蒸菜度过很多饥荒年景。

二、腌菜

我家有一只粗陶的腌菜坛子，四十多年前我的童年时期，曾祖父告诉我这只腌菜坛子和他的年龄差不多，是他的老父亲于民国初年用半袋小米换来的，我们家一直用这只腌菜坛子腌菜。用这只腌菜坛子做的腌菜为我们家的饭食增加了很多难以忘怀的滋味。多年腌菜，我的曾祖父从他的父辈那里继承了一套娴熟的腌菜方法，我们家一直把腌菜的方法传承至今。

我的曾祖父常年腌制的咸菜丝，主要原料是苤拉、牛蔓、萝卜或胡萝卜。主料的选择和每年地里的出产有关，根据气候不同，田地里种苤拉就腌制苤拉丝，种萝卜就腌制萝卜丝。和别人家不同，我家的腌菜不用酱油，添加的腌料是醋、盐和杏仁。腌制一周就可以食用。大铁锅熬制的小米粥，配上散发着小磨香油醇香的咸菜丝，是我童年时代最美好的美食记忆之一。

那时候，曾祖父已经七十多岁了，他的牙齿咀嚼能力很差。他把腌好的咸菜丝用碓窑子和小碓碓捣成糊状，盛入碗中后再放到锅里的竹篦子上蒸熟。咸菜变得软烂好嚼了，没有其他菜的时候，不管是蒸红薯还是黑乎乎的红薯面锅饼子，曾祖父就着一小碟加工过的咸菜总能吃得津津有味。

曾祖父还会制作一种味道鲜香的豆腐乳。他制作豆腐乳选料一定是刚出锅的新鲜热豆腐，豆腐不能用凉水清洗。给豆腐分层的垫料选用剥去外皮剪成小段的粗壮麦秆。陶瓷盆子和垫料先用开水烫煮消毒，干净不生长杂菌是制作豆腐乳的关键，烫煮制作工具就是为了避免后期制作豆腐乳过程中生长杂菌。我家的豆腐乳和我所见到的其他豆腐乳不同，具有天然的香味，闻着香，吃着也香。每到冬季，蔬菜渐渐稀少，曾祖父准时做好一盆鲜香的豆腐乳代替蔬菜，给我们家清贫的生活平添一份鲜香。

中州人物

武生陈三云

初春的清晨，月亮还挂在后园柿树的梢头，打鸣的公鸡刚刚叫过三遍，树林里鸟儿鸦雀无声还在睡觉呢，十二岁的陈三云已经带着师傅送给他的梢子，来到了村北柿树林旁边场面子里练习器械……

先曾祖陈万统用竹编的箩筐挑着家当，带着一家老小，从二十多里外的杨沟河地方陈冢村迁居到廻曲河畔的这片河坡地已近百年，在古老的廻曲河两岸开荒种地，几年时间河坡上搭的几间窝棚已逐渐变成了分布着十几座土坯墙淮草顶房屋的小村庄，为了做活出行方便，十几户人家集资在廻曲河故道上修了一座石桥，姓陈的是村庄里一个最大的家族，这个小村庄就称为桥陈村。就这样陈姓家族在廻曲河北岸扎下根来，日子也渐渐红火起来。

匪患漫漫，不时有陌生人在河岸边游荡，村里已经有两家被贴条子[①]。贴过条子的家庭被勒索得一贫如洗，只能靠乡邻接济度日。邻村还出现过小杆[②]绑票的事。村里到三云父亲这一代堂兄弟有十几人，廻曲河边的一片大柳树下是吃

---

① 贴条子：土匪趁无人时，根据摸好的消息在住户门上贴出的敲诈信。

② 小杆：清朝活动在豫东地区手拿白蜡杆子作武器的土匪。

饭场，每到饭时[1]，兄弟们纷纷端着各自的饭食来到河岸边，蹲在树荫下边吃饭边谈论着家族里的营生，很多事务都是在这个吹着和煦沿河风的吃饭场定下来的。兄弟十几人边吃饭，边议论，土匪日益猖獗，官府也没有好办法，只有我们自己拿主意。议来议去，大家都觉得请一位武师带着年轻人练武是一个好办法。

说来也巧，下罢秋里农活渐少。一个武术班子来村里卖艺。这个武术班子里一共四人，都是一家人，哥哥、嫂子和弟弟，还有一位八九岁的小侄子。哥哥二十五六岁练器械，弟弟二十来岁练拳脚。听说村里想请武师，哥哥说他们一家人可以留下来教村里年轻人练习武术到年底，这一段时间管他们一家人吃饭，到年底再送他们兄弟每人一个二两银子的封子[2]。练器械的哥哥为了证明自己功夫了得，还让弟弟在后园柿树林旁边的场面子里展示了双手举石磙的绝活。大家看了弟弟展示的绝活，都觉得是真功夫，当即答应了武师提出的要求。

一入冬，就进入了农闲。村里跟着兄弟二位武师练武的年轻人有十多人。两位武师要求很严格，教的也很认真。每天鸡叫三遍后就让练武的年轻人来到后园柿树林旁边的场面子里训练。不光起五更，摔着碰着挨拳脚更是家常便饭。一个月下来，跟着二位武师学习的人只剩下五六人。两个月之

① 饭时：乡间约定俗成的吃饭时间。
② 封子：装在纸袋子里事先约定好数量的报酬。

后的一天，练器械的武师把陈三云叫到跟前说：“拳脚的套路已经传授给你们啦，武术重要的是练习，最厉害的功夫不是师傅教的，而是自己练的。看你学习最认真、最能吃苦。你要愿意，我可以教你练梢子，这是我们家祖传的器械。你考虑考虑明天再回答我。”

陈三云在师傅手把手指导下练了两个月拳脚，早就想学一种器械，听师傅说要教他师傅家祖传的梢子功夫，着急地说：“不用等明天，我现在就回答师傅，我愿意学习梢子功夫！”

从第二天开始，师傅开始教陈三云学习梢子。梢子是由一尺长的铁链链接着一根一丈五尺左右的白蜡杆子和二尺长的白蜡短棍。白蜡木性柔韧，不易折断，所以，梢子的短棍两端固定上铁皮，击打力度过大时短棍出现裂纹也不会脆断。

到了年底，村里长辈们和师傅约定教武术的期限到了。师傅也向陈三云倾囊相授了祖传的梢子绝技。临行前，师傅对前来给他送行的陈三云说：“武术的理论要点学会后，并不能直接应用。练习武功最重要的就是能吃苦，坚持不懈地练习才会有真功夫！”陈三云点点头，把师傅的嘱咐牢牢地记在心里。师傅从他的小推车上取下自己的梢子递给陈三云，郑重地说：“这是我经常使用的梢子，留给你使唤。坚持练习一定会出真功夫。除暴安良，强身健体，功夫在身，慎重出手。”

师傅带着他们一家人走出村庄，陈三云把师傅一家送到村北韦家沟，直到看不见师傅一家才回村。从此以后，陈三云再也没有见到过师傅一家人。

师傅走了，他送给陈三云一丈五尺长的梢子却让陈三云费了九牛二虎之力才放进自己的土坯墙淮草顶的房里。陈三云每天练武时，取出来放进去这根梢子要花费很多时间。于是，就慢慢琢磨这件事。终于，有一天他解出了门道，只需要合适的角度，恰当的方向，陈三云一瞬间就能从土坯墙淮草房的西套间取出或放进那根一丈五尺长的梢子。

十六岁的陈三云每天一到鸡叫三遍就起五更来到后园柿树林旁的场面子里练习梢子，直到天亮。他一天天看着后园的老柿树发了芽，看着老柿树枝头结了一坨坨青青的小柿子，看着柿子长大红了脸，看着落了叶的柿树枝头覆盖上了一层白雪。一年四季，陈三云没有停止一天。一起学习武术的伙伴只剩下他一个人，他一直记着师傅临行时叮嘱他的话“坚持不懈地练习才会有真功夫！”

师傅离开两年后的一天清晨，陈三云和往常一样在后园柿树林旁边的场面子里练习。他先走了趟拳脚，然后开始舞动梢子练习器械。带着风声的梢子端部用铁链子链着的那截短白蜡棍击打在场面子的地上，把五叔用石磙带着落石碾平整的场面砸了很多坑。眼前就要开镰割麦，把场面砸得坑坑洼洼让五叔咋扯磙打场哩？陈三云思来想去不合适，忽然看到五叔停放在场面子一角的石磙和落石，呼呼生风的梢子端部落点就瞄上了落石。只听“啪！”的一声脆响，三寸厚的青落石裂开几条缝隙。陈三云正疑惑间，五叔已经来到落石边，他看了看裂成几块的落石，又转身看了看站在一旁满身汗水的陈三云，兴奋地说：“小子！你的功夫练成啦！”

陈三云击碎落石的消息在周边村庄不胫而走，很多人大老远跑来看那只被击碎的落石。从此以后，周边三五里内的村庄里再没有人家被贴条子、绑票。

有一天，到周家口牲口市买牛犊子回来的五叔告诉陈三云，他从周家口牲口市买牛回来，经过商水县城北关外，看到县里演武场前的告示牌上贴着一张告示，他在那里等了一袋烟功夫，听一个识字的人说告示上写着今年到了三年一次的文、武秀才考试了。考生即日可到县衙报名，报名的人须有地方[①]上三人画押作保。接着，五叔又郑重地说：“明天我和你一块到县衙打听一下，你一身功夫，今年一定要去考一次，考上武生就有功名了，一个村都沾光哩！”

第二天，二十岁的陈三云和五叔一起在县衙落实了消息，又到杨沟河地方找到乡约，请乡约找了三位乡绅写了保书，画了指押。从县城到杨沟河再到县城，来来往往跑了三天，终于在县衙报了名。县衙的书办给了一张写着考试日期和必备事项的执单[②]。

陈三云按执单上的日期参加了武生考试，考试结束后回

---

① 地方：清朝，商水县衙为便于乡村管理将所属区域设置了三十一个行政区，称为三十一地方。桥陈村属商水县三十一地方之一的杨沟河地方管辖。

② 执单：相当于准考证。

到家，又重复着起五更练武到天亮，再下地干农活的日常习惯。

中秋过后的一天，陈三云正在上湾红薯地里出红薯[①]，忽然听到村里传来一阵铜锣声。小侄子一溜烟从村里跑过来，边跑边扯着嗓子喊：“三叔考中啦！报子来送喜信啦！快回家去吧！”

陈三云考中了武生，从此，桥陈村里出了第一个有功名的人，武生见县太爷不用下跪，可以坐在椅子上和县太爷说话。有了功名，连每年的岁银也可以免交了，这是多么荣耀的一件事呀！

村里家家户户喜气洋洋，大家兑钱请来一个戏班子在村里唱了四天五后晌大戏。五叔回到陈家村老家报了喜，把陈家村五服以内的亲戚都请到了桥陈村看戏。沾亲带故的人赶集上店逢人就讲这件事，炫耀着自己和武生陈三云的亲戚关系。

热乎劲渐渐散去，武生陈三云和原来一样鸡叫三遍起床到后园柿树林旁边场面子里练武，天亮后和村里其他人一样下地干活，日子依然如故。村里不光没有发生贴条子、绑票的事，连原来常见的偷盗事件也没有了。桥陈村周边的小偷知道桥陈村里出了一位武生陈三云，一梢子下去三寸厚的落石被打得碎成了几块，武功如此了得，谁还敢到桥陈村干偷鸡摸狗的事？

有一年腊月过罢祭灶的第二天，村里年味渐浓。陈三云

① 出红薯：指人工采收红薯。红薯成熟后，用镰刀割去红薯秧，用抓钩锛出红薯。二十世纪八十年代前红薯的主要采收方法。

赶东岸集办完年货到家里已经晌午错，他匆匆扒了两碗面条，扛着铁锨准备下地看看墒情。这几天忙着办年货过年，已经好几天没有下地了。刚走到大门口，一个四十岁左右，穿着长夹袍，肩上搭着一条褡裢的陌生人走了过来，来人说自己是距此地五十里的南乡生意人，今年生意出现意外，临近年关，债主逼债甚急，自己暂时从家中逃出来躲债，希图明年东山再起，望过年期间主人能行行好给个安身之所。

陈三云侠肝义胆，义薄云天又心地善良，看到来人讲话诚恳就答应下来，让他住在东面柴草屋里，吃饭时让他和家人一起吃饭。

当时风俗习惯，每到农历年底农闲时节，桥陈村附近的光武台起庙会，庙会一般是四天五后晌，周围几十里范围的人们都来赶庙会。大家有看戏的，有携带农产品、日用品进行交易的，还有油条、胡辣汤、水煎包、馓子、麻糖、炒花生等吃食出摊。所以，庙会就是过年的一部分，很是热闹。因为人们忙于赶会，家中疏于防范，也是匪盗活动猖獗的时候。

往年，陈三云总是让家人都去赶庙会，自己在家守护。今年那位躲债人在家里不敢出门，陈三云就来到庙会上想看会儿戏。

庙会是乡村最盛大的娱乐活动，终日面朝黄土背朝天地在土地上辛勤劳作的农人，在庙会上带老人看戏台上他们平日时常提起的沙河调名角艳丽的装扮，带妻女逛逛她们心心念念的绣品摊、脂粉摊，带儿子来到庙会看耍猴人与猴子搞

笑的表演是一年中一家人最轻松快乐的日子。庙会上，也有衣衫褴褛饿极了的欻巴乎[①]欻走正在吃东西的人手里的吃食，还有小偷在拥挤的人群中寻找机会，更有匪徒的探子在庙会上游荡，寻找他们下手的目标。

陈三云来到庙会，戏台上豫东梆子戏名角正在演出《翠花宫》，反串花旦靓丽的装扮，独特的唱腔引得台下的观众如醉如痴，戏台下不时响起一阵阵碰头好。

陈三云没有到戏台前看戏，他习惯性地先在戏台外围排列着做生意的摊位附近转一圈，看看有没有生疏面孔，异常事件。陈三云考中武生那一年，进士出身的知县操着满口山西腔给当年新考中的武秀才们训话说："成为国家认可的武生，就应该承担更多的社会责任，保一方平安是武生在乡间最好的服务于社会的方式。"听了这些教诲，他心中有拨云见日的感觉。他现在的一言一行愈加谨慎，力图为乡邻作表率，遇见不合理的事件，必定出手平息，他觉得自己不再是一位除暴安良的独行侠。

一个胡辣汤锅边悬挂着一只鳖灯，摇曳的灯光里，他警惕的双眼猛然间看到一个熟悉的面孔。四年前村里一户人家被贴条子时，他把银子放在条子上指定的村北韦家沟一处树洞里，放好银子，胆大心细的陈三云并没有离开，他藏在附

① 欻巴乎：民国之前，遇到大灾荒，在庙会或其他公共场所趁人不备夺取吃食的人。夺到手中后，这些饥饿已极的人边吃边跑，被人追上之后往往任人处置。欻巴乎只抢夺别人正在吃的食物，不抢夺别人的其他财物。

近芦苇丛中两天一夜没吃没喝，他一定要看看到底是啥样的人对村里人敲诈勒索。如果有机会，他一定夺回那些浸满叔叔大爷们血汗的银子。那天傍晚，三个挄着荆条篮子的人取走了他放在树洞里的银子，其中一个人黑红的脸色，左边耳朵下长着一个红枣大的肉瘤。那形象他永远也不会忘记。他向前紧赶几步，那人好像有所察觉，很快消失在茫茫人海中。陈三云心头骤然升起一种不祥的预感，难道前几年在这一代活动的一股土匪今晚有所行动？想到今天突然来到家中躲债的人，他愈发感到事情有点蹊跷。于是，他大步流星往村里赶去。

走到村头，就听到狗吠声甚急。来到大门外，见自己出门时锁好的大门这时却敞开着。陈三云心中不禁一惊，难道来了盗贼？他轻轻推开大门，走进院中，看到家里每个门都敞开着。他意识到一定是遭贼了。于是他飞奔进堂屋，顷刻间抓到自己的梢子，纵身跃进院中大喊：“贼人休走！”这时，两个黑衣蒙面盗贼和白天来躲债的穿长夹袍的客人已从屋内窜出，原来那声称躲债的人竟是这帮匪徒的探子，白天在村里踅摸过哪一家有骡马大牲口，哪一家家境殷实。还有最重要的一件事就是探听武生陈三云的行踪。吃过晚饭，看到陈三云离开家去逛庙会，就向潜伏在村庄附近的同伙发出了进村行动的信号。哪想到陈三云这么快回来？此刻，这个匪徒已经把长衫系在腰间，他们见只有陈三云一人，便拔出大刀围攻他。陈三云手执梢子以一敌三，那三个贼人竟不占上风。

于是，其中一个贼人发出一声响亮的呼号，且战且走，出了大门往村西头而去。陈三云哪里肯放他们走，手执梢子继续追赶贼人到村西的壕沟边，从壕沟里面又出来一位放哨的。四个贼人手执钢刀与陈三云在村头战在一处。混战中，陈三云身上羊皮袄的衣襟被划了一刀，他毫不畏惧继续与贼人鏖战，有两个贼人被他打倒在地，贼人见四打一还讨不到便宜，只有逃走。又一声呼号，两位被打倒的匪徒爬起来，四人一起向村西北方向逃去。陈三云穷追不舍，追至距桥陈村西北二里远的韦家沟，只见沟内人影晃动，原来沟内还有贼人接应。四个贼人越过韦家沟和接应者一起向西北小坡里逃去。陈三云看匪徒人多，弄不清他们的虚实，估摸他们在村中也未得手，就不再追赶。

陈三云回到村中，见村中很多家房门被撬开，有几头村里的骡马驮着捆好的财物被盗贼扔在村西的壕沟边还未及赶走。看戏的村里人已得到消息，陆续回到村里。陈三云让大家认领各自的财物、骡马，他又开始谋划村里成立打更巡逻队的事了。

陈秀才轶事

古老的廻曲河故道蜿蜒曲折，传说当年王莽赶刘秀，刘秀跑到了东岸，他问田间一位锄地的农夫，东岸到崇礼有多远，农夫告诉他东岸到崇礼，陆路十八里，坐船走廻曲河水路有一百八十里。可见廻曲河迂回曲折不知道拐了多少弯儿。别看弯恁多，中间却有东西向三华里笔直，廻曲河这笔直的一段正位于从上蔡县境进入相邻的商水县境的陈蔡交界处。桥陈古村就坐落在这段笔直的廻曲河故道北岸，村人一直傍水而居。

桥陈村里有一个不知流传多少年的谚语：“东大庄，西小庄，中间加个小腰庄，三陈二李一舒家。”这个谚语描绘了桥陈古村东头很大，西头小，中间更小。姓陈的有三个大家族，姓李的有两个大家族，姓舒的只有一个家族。村庄不大，一村三姓，和睦而团结。别看这个村庄小，清朝时却有一位陈姓学子考中了秀才，直到今天，村里还流传着他的故事。

桥陈村人世世代代在廻曲河两岸务农，整日面朝黄土背朝天在田间劳作，却非常尊重有文化的人，大家朝思暮想村里能出来一位文曲星。于是，大家兑钱请了一位先生，在村头小庙里开办了一座私塾。陈秀才小时候家中贫寒，老父亲没少吃不认识字的亏。可是自己家请不起先生，现在有读书的机会自然不会放过，一家人省吃俭用送九岁的小孩进了学堂。老父亲觉得让孩子认识字，能看下来官府贴的告示，能算清家里日常的账目就行了，能学到这样的本事就比自己这个睁眼瞎强，遇到事见识自然就不一般。

开蒙的私塾办了三年，学堂里的孩子读书渐多，开蒙的先生渐渐觉得教这些学童有些力不从心，于是，村里又请了一位秀才教大些的学童。陈家这孩子在村学里读了三年书已经十二岁了，他问的问题常常让开蒙的先生回答不上来，先生经常夸赞这孩子聪明伶俐，爱动脑筋，将来会有大出息。听了先生的夸奖，老父亲咬咬牙，卖掉一石谷子，让孩子跟着新请来的秀才先生继续念书。

天天跟着村里请来的秀才先生念书，不知不觉间，廻曲河岸边的柳树发了五次芽，眼看又到了麦收大忙季节了。每年收麦期间，秀才先生要回家帮家里收麦，临行前给学生们布置了写几篇文章作为假期作业，然后自己回家收麦去了。三夏大忙时节，农家不分昼夜抢收抢种，陈家孩子已经十七岁了，虽然在村学里念书，一般的农活早就学会了。老父亲忙着到地里割麦，就让他在打麦场中扯磙打场[①]。学生手扯石磙打场，心里还在构思老师布置的文章。拉石磙的牲口拉

① 扯磙打场：用畜力拉动石磙和后面的落石组成的给小麦、谷子、高粱等穗状庄稼的脱粒装置，扯磙的人站在中心用缰绳控制牲口，牲口拉动石磙和落石呈圆形运动，在平整的场地上碾压庄稼穗以使粮食从穗上脱离。豫东农村把这种生产方法叫扯磙打场。这种古老的脱粒方法直到二十世纪七十年代末还在豫东农村广泛应用。

屎了，他也没有发现。老父亲翻场时看到牲口粪弄到了麦子里，顿时朝他发了一通火，他低着头也不申辩。一个麦季子过去，学生的脸被太阳晒得黑炭一样，他没叫一声苦，一边干活，还抽时间完成了先生临行前让学生写的几篇文章。

麦假结束了，先生看了各位学生交上来的文章。陈家孩子的文章让老师赞叹不已。老师问家长文章是学生自己写的吗？家长将学生在放假期间扯碌打场的故事给老师讲了一遍。老师高兴地对家长说，明年可以让学生参加县里的童生考试了。

第二年，这位桥陈村陈姓子弟参加了县里的童生考试中了秀才。县学放榜那天，从商水县城来的报子敲着锣，一路高呼桥陈村陈氏高中县试第 x 名，来到秀才家门前，将大红喜报贴在门前墙上。不一会儿，县衙里的衙役送来了县太爷亲题的文书，原来县衙里的衙役送来的才是正式的通知，那敲锣的报子是县城里游手好闲的人为混几个喜钱才先一步送口信来的。衙役恭恭敬敬地将盖着知县大印的文书呈送秀才本人。家长拿出一些银两对衙役和报子予以感谢，全村人都因村里出了一个秀才而感到荣耀。

进学后，陈秀才愈发用功读书，学问日渐长进。进了学的陈秀才每个月都要到县城云路街文昌巷的学宫里听知县和教谕、训导宣讲圣谕、典籍、时事。陈秀才眼界大开，见识日渐广阔。不仅村里事务乡亲们喜欢找陈秀才拿主意，连十里八乡的乡亲有疑问都找陈秀才请教，陈秀才都热心予以解答。

陈秀才进学的第二年开春，桥陈村前的廻曲河畔杨柳吐翠含烟，一位身穿长衫、行止儒雅的年轻人骑着一头骡子来到廻曲河上古石桥头的石碑旁边。来人立在石碑旁许久，原来他在细细地研读记载着廻曲河及古石桥历史的碑文。有人请来了陈秀才，陈秀才上前拱手施礼，二人攀谈起来。原来是距桥陈村三十五里项城高寺镇的秀才高峡云[①]沿廻曲河故道考察游历来到这里，看到古石桥头树立着一通石碑，正仔细研读上面的碑文。

高家是项城的名门望族，当年曾在明朝做官的高家先祖高升辞官回乡闲居，就喜欢骑着毛驴沿廻曲河两岸漫游，与田间耕者共话稼穑艰辛，与河畔渔者共同泛舟河上掇网振罾，考察豫东民生和廻曲河两岸风土，并著书立说。眼前的年轻人正是高家后人，豫东平原上青年读书人的偶像，十七岁考中秀才的才子高峡云。

高峡云来到桥陈村，陈秀才热情接待了他，二人相谈甚欢。高秀才看到廻曲河从东岸到崇礼蜿蜒曲折，唯有桥陈村前一段笔直，脱口而出一句：“廻曲多湾经桥陈村前笔直。”陈秀才想起自己村前廻曲河南岸的一块岗地以前连年欠收，自从陈氏先祖武生三云公买来耕种后，经陈家精耕细作却连

① 高峡云于嘉庆二十五年中进士，曾任浙江丽水知县，调永嘉知县，道光庚子科恩科浙江乡试同考官，授文林郎赠中宪大夫。高峡云永嘉知县任上在我国抗击英国侵略者的过程中为支前破家举债，苦撑二年，积劳成疾，不幸英年早逝，为我国抵抗外敌的侵略立下不朽功绩。

年丰收，随口答道："岗坡歉收至武生家中丰产。"高峡云连连称赞："妙对！妙对！"高峡云后来高中进士后在浙江丽水做知县期间，曾破家支援抗英前线，积劳成疾病逝于任上，他与陈秀才笔墨来往多年，二人交谊深厚。

陈氏后人有感于两位秀才的风雅往事，在廻曲河畔古石桥头树立了一通石碑，石碑上面镌刻着一副对联记述了这段史实"石桥横陈先祖往昔达六郡，鲁壁矗立后人至今读尚书"。

我的曾祖父陈永清先生

我和我的曾祖父最后一次见面，是四十三年前我去郑州上学前。第一学期从学校放假回家，我的曾祖父已经与世长辞了。

一

我的曾祖父一直生活在豫东平原商水县桥陈村。他读过私塾，在村里也教过私塾。二十世纪六十年代前，他在村民中文化水平是最高的。曾祖父为人正直，心地善良，乐于助人，言谈风趣幽默，在村里威望很高，乡亲们有不懂的事都喜欢向他请教。每逢农闲或阴雨天气，村里很多人都喜欢来到我家里，和他聊聊农事，谈谈古今。

曾祖父读过很多书，也喜欢收藏书。他有一个放书的柜子，里面放满了他收藏的书籍，在紧张的劳作之余，他一有空就从柜子里拿出书来读。

我在村里上小学时，曾祖父告诉我，《文昌帝君惜字律》里面要人们“敬惜”写出或印出的文字，还劝导人们在写字时要下笔谨慎，写出的文章不要损害别人。他和乡亲们聊天时还讲过明代刘宗周《人谱类记》里状元王曾之父敬惜字纸并惠及后人的故事。

他常常说:“古代圣贤仓颉创造文字,是中华文明之一极。文字是圣人的心血呀！我们要敬惜字纸。”他不但这样说，而且身体力行。平常看到地上的字纸他都要捡起来，放到他称为字纸篓的苇篾编织的大筐里收集起来。不仅自己这样做，还让村里小学生参与收集字纸，他出钱收购。积攒到两只字纸篓盛满字纸的时候，他借用村里吃大锅饭时的大铁锅，把收集来的字纸焚烧，再将纸灰装入纸糊的袋子内，抽时间带上这些装满纸灰的袋子，步行十多公里来到汾河边，投入汾河中。看到纸袋随河水东流而去，脸上露出满足的微笑。

曾祖父一生与人为善，乐善好施。八十年代以前，农村的医疗条件还很简陋。乡亲们一些小病一般不去县、乡医院看。在我家里曾祖父的书柜下面，有一层放满了人丹、紫金锭眼药、万金油、头疼粉等常用药品，那是他购置的常用药品。本村的乡亲和周围村里的乡邻都知道曾祖父备有一些常用药品，有些头疼脑热的小毛病就会到我家来要一些药品自己治疗。准备这些药品是一笔不小的开销，曾祖父省吃俭用，承受着很大的经济压力，坚持了几十年直到他与世长辞。

我们家还有一个很大的麦草篮子，可以盛二十多斤红薯干。每到青黄不接的时候，曾祖父就用这个麦草篮子盛一些粮食或红薯干接济口粮紧张的周边乡亲。在我上小学四、五年级和初中期间，每年的春天，曾祖父都会告诉我：“后院你老太爷家粮食紧张，咱们给他送点口粮解解急。”于是，他用一根小扁担和我抬着一篮粮食或红薯干送到后院老太爷家，佝偻着身体满头白发的后院老太爷总是恳切地说着感谢的话。

二十世纪四十年代，曾祖父曾从漯河烟厂批发纸烟在本地零售。有一次，他雇挑夫从烟厂挑来香烟后，验货时发现烟厂多给了几箱香烟。在当时，这几箱香烟对他来说是一笔不小的财富。曾祖父毫不迟疑马上致信厂家说明厂里多给了几箱香烟，为节省费用不再退回厂里，待下次结算一并将这批货款付清。

感其诚实守信的精神，在得知曾祖父患有眼疾时，卷烟厂主动联系了一家外国人在漯河办的教会医院，免费为他治好了眼疾。

曾祖父先后教过私塾，种过地，经过商。无论做什么工作，他都兢兢业业，诚实守信，处处为别人着想。只要和他有一面之缘，都会对他肃然起敬。

一个人的信念、品德、修养与职业没有关系。曾祖父一生做了很多别人做不到或不愿意做的事。这些事都源于他坚守一生的理想、信念，做这些事都是为公众、为他人做的。这正是曾祖父的不平凡之处。

二

小孩子三四岁时，正是喜欢模仿的年纪，看到木匠做家具用凿子在木材上掏孔，我觉得很神奇，很想自己也尝试一下。有一天，我从家里的工具箱中翻出了一只锤子和一把木工凿。对着曾祖父的书柜敲打起来。家人看到我的模仿行为都赶紧制止，他们都知道书柜是曾祖父的心爱之物，他非常珍视。曾祖父看到我在书柜上模仿木工掏洞，不但不制止，还笑着说："要是能把书柜门凿上一个洞，那就真练出本事了！"果然，我用小锤子和木工凿把书柜门上凿了一个洞。家里一来客人，曾祖父马上很自豪地向客人炫耀："你看，三四岁的小孩居然会使用木工工具在木板上凿了一个洞。"自此，曾祖父心爱的书柜门上破了个洞，他一直为此而自豪。

曾祖父六十多岁的时候，视力就很不好了，看书要用放大镜。那时，我已经上小学，还一直喜欢玩他的放大镜。一个晴朗的中午，他告诉我，放大镜不仅能放大字体，还有其他功能。我一听说放大镜还有其他玩法，顿时来了兴致。曾祖父找来一片草纸，放到院里一块空地上，他把放大镜拿出来对着太阳，调整了放大镜与太阳的角度，又逐渐调整了放大镜与草纸的距离，最后把太阳光聚焦在草纸上形成了一个很小的光斑。不一会儿，草纸慢慢冒出了一缕青烟。后来竟然引燃了草纸。我感觉这个放大镜太神奇啦。曾祖父告诉我，放大镜具有聚集太阳光的作用，把太阳光聚集到一点，形成了很高的温度，用太阳的能量引燃了草纸。

有一年夏天，久旱未雨，天气异常炎热。那年，我刚刚八岁。傍晚，在迴曲河故道岸边大柳树下，我躺在软床子上

听须眉皆白的曾祖父讲故事。晚风轻拂河面，朗月爬上柳树梢头，空气中弥漫着农家晚炊的香味。我感到炎热难耐，于是就对曾祖父说今年天气好像特别热。曾祖父一边用手里的芭蕉扇给我扇着扇子，一边说："在很早的时候，天气比现在还要炎热。是羿勇敢地和太阳战斗，天下才变得现在这样清凉。天上的十个太阳本应每天一个轮流出来给人类带来光明和温暖，可是不安分的十个太阳一齐出来照耀着大地，嘉禾枯焦，大地上的生灵备受煎熬。人类的英雄后羿用弓箭射下九个太阳，天上仅剩下一个太阳，大地上才恢复了生机，人类才得以生存。"听着曾祖父讲的故事，仿佛河风吹走了炎热，我的内心一片清凉。

我读小学三年级的时候，语文课本里有两首古诗《悯农》，其中一首诗："锄禾日当午，汗滴禾下土。谁知盘中餐，粒粒皆辛苦。"我一直有个疑问在心里。有一天，我问曾教过私塾的曾祖父："农夫为啥在最热的正午锄禾而不在早晨或傍晚凉快时锄禾呢？"曾祖父说："因为只有正午时太阳光最强，天气最热，农夫锄下的草才能被太阳晒死。如果早晨或傍晚天气凉爽时锄禾，锄下的草很多还会活下来，降低锄禾的效果。农夫为了让庄稼获得丰收，就选择天气最热的时候锄禾，虽然农夫更辛苦，但是除草的效果更好，有利于庄稼的生长。诗人李绅当过宰相，观察社会生活深入细致，同情下层劳动阶层，他的诗句真实地反映了农夫耕种土地的艰辛。直到现在，农民还是尽量选择炎热的正午为庄稼锄草。”曾祖父结合生活现实的解析让我对这首诗有了更深入的理解。

曾祖父对我的成长和进步一直很关心，每当我拿着学校发的奖状回到家，他都会把奖状仔细地看一遍，然后贴到堂屋的墙上。

我离开家乡到郑州上学的那天，看到曾祖父住的那间房门上用粉笔写着一段文字:“百年岁月，石火电光，一生荣华，草霜花露，性命惟真。”曾祖父默默地站在门前出神。那年他已经七十四岁了，头发、胡子都白啦。看到我来到他面前，顿时神采奕奕，精神焕发起来，眼睛里闪烁着慈爱的光，脸上露出幸福的微笑。

那就是我和曾祖父的最后一面。

壬寅年六月廿二日于驿城田庄雅苑

我奶奶

我奶奶出生于一九二二年，那年是农历壬戌年。奶奶是豫东乡间一位普通的农村妇女，她具有劳动阶层妇女的坚毅、隐忍、乐于助人的品格，勤劳的习惯、善良的心地和积极进取的人生态度，正是她所具有的这些优秀品质，我们的家庭才在充满苦难的二十世纪中期幸存并兴旺发达起来。

奶奶从她的娘家方庙村嫁到我们桥陈家不到三年，我爷爷就去世了。爷爷去世时，我的父亲刚刚一岁多，爷爷没有给父亲留下一点印象。而到父亲这一代，我家已经三代单传。爷爷去世后，年轻的奶奶谨守当时社会尊崇的礼教，艰难地承担起了家庭重担。

当时，抗日战争刚结束，解放战争的炮火接着燃起。多年的战争给中国农民带来了无边的苦难。再加上连续多年的旱灾、蝗灾、匪患，豫东乡村经济凋敝，人口锐减，民众生活在水深火热之中。因为艰难的生活环境和严重的营养不良让年幼的父亲患上了消化系统疾病。父亲骨瘦如柴、腹部肿胀。严酷的社会环境、连年的自然灾害和疾病让这个贫困的家庭如航行在狂风骤雨下波涛汹涌海面上的一叶小舟。

坚强的奶奶延续陈家香火，建设幸福家庭的意志丝毫没有动摇。她打听到一个用酸枣树枝煮水可以治疗父亲疾病的偏方，于是就发动亲友到处寻找酸枣树枝，自己没日没夜地熬酸枣树枝水给父亲治病。在极度困难的情况下想尽办法增加父亲的营养。直到有一天，一支八路军的队伍[①]来到了村里，队伍中的军医任永谦先生给父亲检查了身体，查清了病因，送来了免费药品，父亲的病才逐渐有了起色。这只南下的队伍部分人留了下来，组建了基层政权。给父亲治病的任永谦医生后来成了当地名医。我的曾祖父每天推着独轮车载着我父亲，和我奶奶一起到新建的人民医院让任医生给父亲治病。在奶奶的精心照顾下，父亲的病终于治好了。从此以后，奶奶发自内心地感激新生的人民政府和为父亲治病的任永谦医生。直到二十世纪七十年代，奶奶还常常拿出八路军医生送给父亲的搪瓷茶缸，给我讲八路军的医生为父亲治病的事。

二十世纪四十年代后期，是国共两党在豫东地区“拉锯”的时候，基层政权很不稳定。乡间最怕的是匪患。我爷爷去世那一年的一个夜晚，奶奶尚未休息，大门外传来一阵马蹄声，紧接着传来急促的敲门声。“老大娘老大爷不要害怕，我们是八路军路过此地，想找口水喝，请开门！”曾祖父打开大门，一下子冲进来六七位拿着手枪或匕首的土匪来。一进门，这帮土匪就用绳子把我曾祖父和我曾祖母绑了起来，还把绳子的另一端扔过房梁用手拉着。土匪头子说：“我们已经知道你家里今天有闲钱，我们要借去花。如果不拿

① 二十世纪四十年代在豫东地区桥陈村附近，人们把八路军、新四军还有后来的解放军等共产党的队伍都称为八路军。

钱……”这个家伙说着，另一个土匪配合着把绳子拉紧，马上就要把人吊起来。奶奶估计这帮人白天已经踩过点，知道我家白天刚刚卖过一些粮食，便赶紧从箱子里拿出了一个装满钱的布口袋交给了站在她身边的土匪。那家伙用手掂了掂，感觉有一定分量就向土匪头子点了点头，土匪头子一声口哨，这帮家伙冲出门，骑上马扬长而去。这时候周边邻居已经拿着棍棒赶来……

其实，奶奶早就把卖粮食的钱藏在院子中的柴草垛中，交给土匪的是一些日用的零钱和过期作废的钱。奶奶面对危险沉着应对，用自己的智慧、胆略、细心和未雨绸缪保护了家里的财产，化解了危险。

奶奶乐于助人，有一副热心肠，乡邻们谁家有事，她总是主动去帮忙，她和乡邻的关系非常和睦融洽。豫东乡村关系好的人家有给孩子认干娘的习俗。我们桥陈村有陈、舒、李三姓，奶奶让父亲在村里陈、舒、李三姓各认了一个干娘。虽然爷爷去世得早，奶奶营造的良好的邻里关系和社会环境，让父亲的成长过程充满了亲情和关爱。

奶奶的娘家是距离我们家不远的方庙集，解放前，方庙集是一个辐射方圆几十里的大集。外曾祖家在方庙集上开饭馆，奶奶自幼耳濡目染，学会了一手烹饪技艺。简单常见的乡间食材经她的妙手就能变幻出不同一般的美味。整个村庄大人小孩都知道我奶奶有一手好茶饭。农家细粮少，一般家庭平时省吃俭用积攒细粮，等到娶媳妇、生孩子的大事时，才把细粮拿出来办喜事招待客人。每年腊月办喜事的高峰期，奶奶总是放下自己家的事情帮乡亲们炸油条、蒸白馍，筹划办喜事。直到大年三十晚上才能回到家中匆匆忙忙筹备自己家过年的事情。

20 世纪六七十年代，豫东乡村尚处于贫困之中。奶奶把棉籽仁用碓碓在碓窑子里捣碎，加入面粉做成面片。这种面片香甜软糯，村中流行一时。粮食产量低，红薯成为当时的主要口粮，一天三顿红薯让人吃得倒胃口。大家都在想尽办法，增加红薯食品的加工方法。当时红薯除了直接食用外，一般加工成红薯干以便于保存。红薯干既可以直接蒸煮食用，还可以磨成面粉进一步加工。奶奶把红薯面和成面糊，通过漏勺做成蝉蛹状下到开水里，煮熟后捞入凉水中。用辣椒汁或蒜汁调味。这种被称为蛤蟆蝌蚪的食品深受村民喜爱。由于缺少粮食，奶奶还把野菜和捣碎的豆瓣浆一起做成懒豆腐。简单常见的食材，经奶奶一双巧手都会变成诱人的美味，我们家的日子过得有声有色，令邻里羡慕，而我也为能吃到经常变换的饮食在同龄人中平添了一种自豪感。

粮食紧缺的乡村，在农闲的冬季一般人家不吃晚饭，晚上天还未黑，大人就早早催促孩子上床睡觉。殷实人家做晚饭不过是煮一些红薯或红薯干茶权当晚饭。奶奶觉得少吃一顿饭对小孩子长身体不利，从来不让我们缺一顿饭。她精打细算省出一点白面来，在红薯干茶中加入一些白面做成红薯稀饭。晚上，我们吃红薯稀饭时，她总是说自己吃稀饭后胃里泛酸，于是她就坐在一旁看我们吃饭，脸上挂着幸福、满足的微笑。

奶奶心地善良、乐于助人。虽然爷爷去世得早，她从来不可怜兮兮博人同情。她以自己有限的力量关心着亲邻，邻里亲朋谁家有事，她都会主动相助，在村中享有很高的威望。奶奶生前经常说："成人婚姻一百，自己就是神仙。"她为成人之美，不惜奔波操劳，生前介绍的婚姻足以超过百对。

二十世纪七十年代中期，邻居一位小伙子已二十出头，母亲是一位聋哑人，父亲忠厚老实不善治家，三间土坯墙的破草房还是清朝末年祖上传下的家产。奶奶为他介绍了几个对象，都因为女方家长相家后嫌弃他家的房屋破旧而告吹。奶奶找到生产队干部，跟他们商量让生产队里帮忙给这位青年盖房。奶奶说我们大家不帮他成家恐怕以后这个家就绝户了。奶奶把我们家准备修房子的砖瓦让人送了过去，在生产队的帮助下盖了三间瓦接檐的新房，并牵线搭桥给他介绍了对象，小伙子终于成了家。

奶奶有一个嗜好——抽烟。她有一个烟簸箩经常放在身边。她把自己种的烟叶放在灶膛内烘干后，揉成碎烟叶放在烟簸箩里。烟簸箩里还放着我的旧作业本撕成的纸条、打火镰子、打火石、草纸火煤子。家里来了客人，她总是把烟簸箩放到客人面前让客人先抽烟。她抽烟时，把碎烟叶放进小纸条中，眨眼间，一只"一头拧"就卷好啦。拿起打火的工具，用火煤子点上烟，猛抽一口，袅袅升起的烟雾带走了她无边的愁绪。“没有过不去的火焰山！”是奶奶抽烟时最常说的一句话。不知道有多少困难、痛苦在这烟雾中化解、消散……

奶奶于一九八一年患脑梗去世，那时农村刚刚实行家庭联产承包责任制，农民的生活才开始好转。奶奶半生生活在充满战争、饥荒、疾病的豫东乡村。在苦难中，她以坚毅、隐忍、勤劳和勇于自我牺牲的精神成就了我们的家庭，也以她的善良与爱心温暖了身边的亲友和乡邻。

附录：我奶奶的几句口头禅

我奶奶没有受过专门的学校教育，她不认识字。但是家庭环境和充满艰辛的生活大课堂让她认识了人生的意义，深刻地理解了如何做一个大写的人！

这里记录了我奶奶生前常常讲的几句口头禅，这些日常用语反映了我奶奶做人的标准，待人的态度，体现了她令人敬仰、堪称后辈楷模的高尚人格。

一、人过留名，雁过留声

【解读】

这是我奶奶经常讲的一句话，也是豫东乡村中很流行的一句谚语。

意思是一个人做事要光明磊落，讲道德，不要看重物质利益。人是这个世界上的匆匆过客，在生活中要重视精神追求，为自己留下美好的名声。人虽然走了，却让周围的人难以忘怀，如同大雁飞去，留下清越的鸣叫之声。

比喻人的一生不能虚度，应做些有益于他人之事。

【出典】

这句谚语中的“雁过留声”最早出现在元代文学家、戏剧家马致远的杂剧《破幽梦孤雁汉宫秋》中。其中一段是：

曾见被你冷落了潇湘暮景，
更打动我边塞离情，
还说甚雁过留声。
那堪更瑶阶夜永，
嫌杀月儿明。

人教版初中课本中有马致远的《天净沙·秋思》：

枯藤老树昏鸦，
小桥流水人家，
古道西风瘦马。
夕阳西下，
断肠人在天涯。

读完这首小令，你想起来马致远是何人了吧？

元杂剧和现在的昆曲、京剧、豫剧都有着千丝万缕地联系，对中原地区的文化、语言也有很大的影响。马致远的《破幽梦孤雁汉宫秋》是这句谚语的源头。

到了清朝，文康的《儿女英雄传》第三十二回有：“我也闹了一辈子，人过留名，雁过留声，算是这么件事。老弟，你瞧着行得行不得？”自此，这句谚语基本形成。

这是我奶奶最常说的这句口头禅的源头。

二、没有过不去的火焰山

【解读】

我奶奶的一生充满艰辛。生活中遇到过很多磨难。在这些生活的磨难面前，她以积极的人生态度直面困难，以她的坚韧和毅力最终战胜了各种困难，成就了我们的家庭，她也因面对困难充满自信和勇于战胜困难的人生态度成为生活的强者。

这句话的意思是人在工作和生活中一定要有战胜困难的勇气和达到自己人生目标的信心。

【出典】

火焰山位于新疆吐鲁番地区，那里常年高温干旱。吴承恩在《西游记》中把火焰山进行了神化。

见《西游记》第五十九回　唐三藏路阻火焰山　孙行者一调芭蕉扇。

因为这部名著的影响，形成了这句谚语。

三、人不自己找食，老鸹不会往你嘴里屙

【解读】

老鸹即乌鸦。生长在北方的一种很聪明的鸟。

这句话的意思是做人一定要有积极进取的人生态度。在纷繁复杂的社会中抓住稍纵即逝的机会，提升自己的修养和能力，为社会、单位和家庭建功立业，同时成就自己美好的人生。只要你有觉悟和能力为国为家做贡献，就一定会惠及所有亲朋好友和你周边的人。

抱着等、靠、要的态度甚至采取坑、蒙、拐、骗的机巧，注定会落得可怜、可悲的下场。这样的人生注定会是失败的。

我奶奶在她平凡的一生中，践行了这句饱含哲理的谚语。她牺牲自己的幸福成就了我们的家庭并一生为之拼搏。每逢年节，她用自己的一技之长为乡邻操办各种婚丧嫁娶事务。她不辞辛劳地为村里青年介绍对象，促成婚姻。正是她积极进取的人生态度，勇于牺牲自己利益，奉献他人的精神，让我们这个三代单传，早年失去顶梁柱的村中弱势家庭扭转了被人可怜的被动态势，成为一个充满生机活力，让乡邻羡慕的家庭。她也因自己的付出而赢得村人的尊重。

【出典】

这句口头禅也是广泛流行于豫东乡村的谚语。又作：“就是老鸹往嘴里屙，也得张张嘴呀。”这句谚语来源于劳动人民对社会生活和自然界的细致观察和总结，是对不思进取的人生动地比喻和辛辣地讽刺。

四、一个好汉三个帮

【解读】

我奶奶这句口头禅在乡间流行的完整说法是：“一个篱笆三个桩，一个好汉三个帮！”我奶奶常常说下半句：“一个好汉三个帮！”

这个谚语有三层意思：

一、能力强的人办事情也需要众人的拥护和帮助。

二、遇到别人做事情的时候自己应尽力提供帮助。

三、日常生活中要给自己创造良好的社会环境和人际关系，自己做事情时众人才会真心实意地帮助你。

【出典】

这个谚语不仅流行于豫东农村，而且流行于汉族生活的广大地域，是劳动人民朴素的思想感情的体现，也是他们生活经验的总结。

五、人有脸树有皮

【解读】

人具有社会属性，不能孤立地存在于社会上。要立足于社会成为一个高尚的人，应从两个层面完善自我。首先，要遵纪守法，这是最低要求，做不到就会受到法律的制裁。其次，社会有大众公认的道德规范，这是高级要求，体现一个人的修养和道德水准，违背社会道德会受到社会大众的鄙视。

遵纪守法是社会对每个人基本的、低层次的、强制性的要求。遵守道德规范则是特殊的、高层次的、自觉的要求。

“人有脸树有皮”是社会基于道德层面对人的要求。

这句话的意思是做人一定要讲道德，做事一定对得起良心，做人做事都要受到众人的赞誉。

【出典】

中国人讲脸面是世界各国公认的。这说明中国人对自己要求严格。从某种意义上来说，人的脸皮和树的皮都对其主体起保护作用，不讲脸皮很难生存在社会上。

用鲜活的比喻说明做人的大道理，生动而有趣，是劳动阶层社会生活的经验之谈。

六、做事不能回风倒坌

【解读】

回风倒坌在豫东农村比喻人办事情不按先前的承诺，做法出现反复。

重然诺，讲诚信是奶奶做人的基本原则。面对做事不讲诚信者，奶奶常常用真实、生动的生活现象予以讽刺。

【出典】

风箱的前后各有两个进气口，进气口上各装有一个活动的小门。风箱杆拉出，风箱前面的进气口封闭，后面的进气口进风；风箱杆推进，风箱后面的进气口封闭，前面的进气口回风。

成坌的庄稼活没有做好，需要返工称为倒坌。

这是生动真实的现实生活现象，这个贴切的讽喻即源于此。

在我国第一部诗歌总集《诗经》中，这是最常用的方法。其中，《国风》中大量的篇章运用了这样的讽喻。

七、吐口唾沫钉个钉

【解读】

做出的承诺，说出的话，就像吐出的唾沫不可收回，和木板上钉的钉子一样不可移动、更改。

《论语·为政》中有一句话："人而无信，不知其可也。大车无輗[①]，小车无軏[②]，其何以行之哉？"这句话翻译成现代话就是："一个人如果不讲信用，就没什么可肯定的了。譬如大车没有輗，小车没有軏，如何能行动呢？"

《朱子集注》称："车无輗軏，则不可以行，人而无信，亦犹是也。"

我奶奶没有接受过学校教育，不认识字。但是，她说的话，做事的原则完全符合圣贤的教诲！

【出典】

生活中的现象蕴含着人生的大道理。

来源于生活的口头禅就像一句俗话："话糙理不糙！"并且符合圣贤阐释的大道理。

八、前面有车，后面有辙

【解读】

比喻前人的所作所为，可以为后人树立榜样。

豫东农村有谚语："庄稼活，不用学，人家咋做咱咋做。"

---

① 輗（ní）：牛车车辕与轭相连接的木销子。《朱子集注》称"大车，谓平地任载之车。辕端横木，缚轭以驾牛者。"

② 軏（yuè）：马车车辕与轭相连接的木销子。《朱子集注》称"小车，谓田车、兵车、乘车。辕端上曲，钩衡以驾马者。"

与这个口头禅有相近的意义。日常生活中或在农事活动中，有很多事情只要仔细观察别人的做法，认真对待就能做好。

【出典】

太平车是二十世纪七十年代前豫东农村普遍使用的生产车辆。

太平车的轮子用硬杂木打造，这种木轮车的四周都镶着厚厚的铸铁，俗称“车瓦”。这种车轮子非常坚硬，在它经过的地方，地上被压出两道深深的车辙，俗称“车辙沟”。经过大车反复碾压，车辙沟的底部变得十分坚硬，车子沿两条车辙沟行进，轻松而又自如，若离了这种有车辙沟的大车道，行车就很困难。

秦始皇统一中国，颁布的律令中就有“车同轨”一条，目的就是使各地的大车两轮跨度尺寸相同，能够在同样的车辙沟里行进。“前面有车，后面有辙”即以此现象来作比喻。

九、哪里摔倒哪里爬起来

【解读】

生活和工作中遇到困难和挫折应该理性面对，不屈不挠，排除困难，战胜挫折。不要被困难和挫折吓倒，也不要盲目应对。

接受现实，理性面对客观环境，不怨天尤人，奋力拼搏创造幸福的生活，这样的人生才有意义。

做人生的强者是我奶奶奉行一生的原则。

【出典】

这是来源于苦难生活的原生经验。

十、做事不要前怕狼，后怕虎。怕烧着，怕烫着

【解读】

积极进取，勇于实践，是一个人走向成功的必由之路。

困难和问题就是人一生面对的狼和虎，人生的道路上从来没有坦途。在通往成功的道路上被烧着、烫着在所难免，除非你愿意碌碌无为。

用狼和虎比喻困难和问题，用常见的生活现象烧着、烫着比喻工作生活中受到的挫折，形象而易于理解。这就是生活的真谛！

【出典】

古代兵书《尉缭子·武议》中说：“一人之兵，如狼似虎，如风如雨，如雷如霆，震震冥冥，天下皆惊。”这里“如狼似虎”极言团结一心的军队像虎狼一样勇猛。到了明代，散曲家冯惟敏对虎、狼的意义进行了拓展，形成了“前怕狼，后怕虎”这句话。冯惟敏在散曲《朝天子·感述》中写道：“磊落英雄，清修人物，前怕狼后怕虎。设谋，使毒，只待把忠良妒。”在这段散曲中“前怕狼，后怕虎”和民间的谚语完全一样，其意义也是比喻胆小怕事，顾虑多。戏曲在民众间的传播对民间文化的影响于此可见。

十一、人家骑马咱骑驴，后面还有走在着哩

【解读】

做任何事，面对艰难的条件，不要丧失信心，要看到自己的长处，要看到已经做出的成绩，给自己增加奋斗的勇气和信心。

在工作和生活中，不要过分苛求环境和条件，应安贫乐道，自守清贫，而贪图享受，易入歧途。

【出典】

他人骑大马，我独跨驴子。

回顾担柴汉，心下较些子。

这首诗是初唐白话诗僧王梵志的作品，和“人家骑马咱骑驴，后面还有走在着哩”意思完全相同。

隋朝末年，卫州黎阳的王德祖在自己家院子里种下了一棵苹果树，苹果树慢慢长大，有一天，王德祖发现，苹果树上长出一个巨大的树瘤。三年后，树瘤外层破了个洞，王德祖看到，里面躺着一个白白胖胖的婴儿。王德祖很高兴，就

收养了这个孩子。小孩长到七岁，才开口说话："谁生育了我？我叫什么名字？"王德祖把事实告诉了孩子，最后说道："林木而生，曰梵天。你就叫梵天吧"孩子后来改"天"为"志"，这个孩子就是初唐诗僧王梵志。

古籍《桂苑丛谈》和《太平广记》卷八十二《王梵志》都记载王梵志生于隋代，为黎阳城东人王德祖从枯树中发现收养的，"七岁能语"，"作诗讽人，甚有义旨"。

一百多年前，敦煌藏经洞被发现，其中敦煌写本《王道士祭杨筠文》说王梵志号"通玄学士"，说明历史上确有其人。

诗僧王梵志是初唐著名的白话诗人。他的诗作简单直白，幽默风趣，富有哲理，没念过书的人都听得懂。很多学者认为王梵志和寒山是白话诗的开山鼻祖，引领诗坛一派。

儒家经典《左传·隐公十一年》中说："量力而行之。"在做事之前，要预估一下自己的能力，看是否能够胜任，超出自己的能力做事往往会挫伤信心。奶奶的这句口头禅与儒家的观点也是一样的。

老兵

农历癸卯年中秋节前夕，表叔从故乡来我家看望我的老父亲，老家来了亲戚，全家人都很高兴，在充满乡音乡情的聊天中，表叔深情地回忆起了去世二十多年的他老父亲的陈年往事，原来，他的老父亲，我的姑爷爷是一位抗战老兵，曾在抗日战争中出生入死、立下赫赫战功。

在我的印象里，姑爷爷是一位在豫东平原陈蔡交界的乡间游街串巷从事磨剪子戗菜刀的手艺人。在20世纪六七十年代，豫东平原的乡间，给人磨剪子戗菜刀的手艺人肩膀上扛着一条长凳，长凳的一端固定着一块磨刀石，另一端固定着一块砧铁，还挂着一个帆布口袋，里面装着锤子、戗刀、钳子、抹布等工具。游走在乡间，刚走到村头，就像现代京剧《红灯记》中地下交通员装扮的磨刀人那样一声悠长的“磨剪子来戗菜刀——”。不一会儿，放下长凳的磨刀人周围就聚集了一群手拿剪子、菜刀、镰刀的乡亲，热心的村民不等磨刀人招呼，就已经端来一瓦盆清水放在磨刀人身边供他磨刀用。在一片乡音里，不时爆发出一阵阵欢声笑语……

姑爷爷磨剪子戗菜刀从来不用省力气的砂轮打磨，他认为用砂轮打磨金属产生的温度会破坏刀、剪钢材的韧性，使用寿命就变短了。他一直使用传统的戗刀和磨刀石为人维护刀剪。因为技术好、服务态度好，深得这一带村里人的信任。他来到村里，磨剪子戗菜刀的活特别多。

有一天，磨剪子戗菜刀的姑爷爷来到了迴曲河故道边的桥陈村里，直到中午还没有干完活。姑爷爷在我们家吃过午饭，曾祖母拿出她做针线活的剪刀让姑爷爷给磨磨，姑爷爷接过剪刀眯起眼睛仔细端详了一会儿说：“这把剪刀不需要磨，铰东西不快是因为剪子股变旷引起的。”他说完从磨刀长凳一端帆布工具袋里取出一把锤子，在凳子端部固定着的铁砧上对着剪子股一阵敲打，每敲打几下，就端起剪刀放在面前，眯起眼睛仔细观察一番，接着又是一阵敲打……不一会儿，他从工具袋里掏出一块旧粗布，用剪子剪了几下，粗布被锋利的剪子剪得一片片落在地下。姑爷爷把剪子递给年迈的曾祖母，充满信心地说：“试试！”曾祖母用剪子剪断了一根旧麻绳，还剪碎了一片旧布头，连说：“好使！好使！”姑爷爷脸上流露出一丝自信的微笑。

这就是我童年记忆中姑爷爷的形象。

表叔与我的闲聊中打开了回忆的闸门，他讲述的他老父亲几十年前的陈年往事与我对姑爷爷的印象大相径庭。

二十世纪三十年代末的中国山河破碎，民不聊生。幼年即失去父母的姑爷爷生活十分艰难。抗日战争爆发后，姑爷爷参加了抗日队伍上了前线。刚进入队伍，他成了师长的警卫员。不久后，因为他头脑灵活，胆大心细当上了侦察班长。有一次，部队来到华北平原一个小镇附近，师长怀疑小镇中

驻扎有日本兵，部队不敢贸然进入，姑爷爷受命深入小镇侦察敌情，他化妆成一位磨剪子戗菜刀的手艺人进入小镇，发现小镇里驻扎大批日本兵。他用随身携带的小镜子反射日光向自己的队伍发出了信号。正在这时，他看到自己周围出现了两个日本兵，这两个日本兵对他照镜子的行为产生了怀疑，他扔下磨刀凳子，双手插入口袋，两只手来不及从口袋内拔出手枪，就在口袋内左右同时开枪，两个日本兵还没有反应过来就被他击毙，他立刻撤出小镇赶往部队，就在他离开小镇几分钟后，他所在的部队按照他发出的信号用炮火覆盖了日军驻地。

有一年，他所在的部队在中缅边境与日军连续激战数日，已经连续两天绝粮，他和两位战友奉命离开队伍固守的山头出去找吃的。他们出发不久，就在一个山冈上遭遇了三个日本兵，已经两天水米未粘牙的他们三人与三个日本兵展开肉搏，最后干掉了三个日本兵，继续为战友寻找食物，终于在一个山洞里找到了当地政府的一个工作组，隐蔽在山洞中的当地政府的工作人员让他们吃饱喝足，还给他们准备了几袋干粮让他们带回了阵地，几袋救命的干粮让他们的队伍坚持到固守任务完成。

姑爷爷二十世纪九十年代末临终前告诉他的儿子，也就是我的表叔，他在抗日战争中获得的奖状和勋章摞起来有一尺高，二十世纪六十年代他一把火给烧了。他的腿肚子里还有一块小石子，是在战场上日本人扔的炸弹炸碎了石头蹦进去的，当时医疗条件差，没有进行治疗，伤口愈合后，小石子就留在了肉里，用手可以摸得到腿肚子里面硬硬的小石子，每逢下雨天，有小石子的那个部位就隐隐作痛，时间一久，也就习以为常了。

姑爷爷这些光荣的经历与他在我心中的形象反差很大，听完表叔的讲述我感到很震撼。

武大爷

武大爷平常不苟言笑，在我的印象中他一直很严肃。我从小就知道他是村里的干部。

一九七五年八月，淮河流域上游发生了百年未遇的特大洪水，板桥水库和石漫滩水库相继垮坝。这次的洪水对豫东商水县也造成了很大影响，洪水淹没了和上蔡县相邻的商水县的部分村庄。这次灾难过后，商水县掀起了一个冬季兴修水利的高潮。当时商水县固墙公社的领导盲目规划了一个位于汾河流域的旱能浇、涝能排的水利工程，从商水县固墙公社中部向汾河挖了一条干渠作为这个系统的骨干工程。武大爷当时担任大队党支部副书记，分管桥陈村两个生产队的工程。寒冬腊月滴水成冰，工程进展缓慢。春节快到了，完不成河工任务不仅会受到公社革委会的处罚，估计老老少少几百口人年都过不好。看到这种情况，武大爷脱下鞋子，挽起裤腿，跳进刺骨的水中带头干了起来。在他的鼓舞下，大家拼命干了起来。村里的河工任务提前完工，村里家家户户过上了一个快乐的春节。

因为冷水的刺激，武大爷从此落下了一双老寒腿。每到天阴下雨天，他的那双腿比天气预报还要准确，提前痛了起来。

“大集体”时期，村民的日子都过得紧巴巴的。家里如有一位精打细算的当家人，这样的家庭天长日久，还是会宽裕一些。村里有个家庭，内当家是一位聋哑人，男主人虽然很能干但不善理事。家里的境况自然逊色一些，孩子已经二十多岁了还找不到对象，再过几年，就可能打光棍。不仅小伙子自己着急，父母着急，连乡邻亲友都不免着急起来。终于，在婶娘的张罗下，定下一门亲事。可女方提出结婚后，他家那两间东倒西歪的茅草房实在难以过日子，不论房子是不是漂亮，只要雨天不漏雨，不出危险就能结婚。要说人家这条件不过分，可家里连这个条件也满足不了。眼看这门亲事又悬了，张罗这门亲事的老婶找到担任大队干部的武大爷让想办法。武大爷说：“钱帮不上，但咱们不缺力气。用集体的力量，帮助他家盖几间土坯房还是可以的。”于是，武大爷带头东拼西凑，拓坯打墙。一月之间，三间土坯墙的瓦接檐新房立起了来，紧接着，新媳妇进了门，一个幸福的家庭建立起来。

武大爷为啥能当干部？因为他在村里是个文化人。他在解放初就毕业于上蔡县塔桥初中。那时候，初中毕业在村中就是最高学历。读过书的人眼界自然开阔，当干部是顺理成章的事。

有一年麦收后，大秋作物按惯例种上了玉米，老天爷连着一个多月没有下雨。玉米苗稀稀拉拉出来了几棵，田垄间因为干旱裂缝能放进人的手指头。武大爷和大家一样着急上火，他召集社员开会让大家出主意想办法。有人说从村前廻曲河故道担水浇地，有人说报告公社让上头想办法……武大爷说："担水浇地能救回来几棵玉米苗？报告上级还不是将来拨点救济粮？农田水利的设施不是一时半会搞出来的，还得我们自己动脑筋想办法。荞麦是晚茬作物，我们干脆薅了那几棵玉米苗种荞麦，产量低些，多少还能收一茬庄稼，减少点损失。"乡亲们都觉得这主意不错，纷纷点头赞成。可是多年不种荞麦，到哪弄荞麦种哩？武大爷托熟人找关系从县里找来了荞麦种子。这一年，很多村子因为干旱大秋作物颗粒无收，我们村因为种了荞麦减少了秋季的损失。

武大爷的父亲不仅种地是把好手，还开过铁匠铺，武大爷从小跟父亲学了一手打铁的好手艺。五十年代之前，每到冬天农闲时他家的铁匠炉会打造一些农具出售，后来还有一个外乡小伙子在他家学铁匠活，六十年代以后，铁匠炉不让开了，那个外乡的学徒还没有出师就离开了。人走了，情谊还在，多年后，师傅也去世了，这位外乡人仍时常来到武大爷家看望师兄。

武大爷解放初在外地当国家干部，是公家人。村里缺文化人，缺有思想的当家人。在乡亲们的期盼下，他辞去了工作回到村里当村干部，一直干到六十多岁才退下来。

麻结实

麻结实不姓麻，姓陈。出过天花后脸上留下麻子的人，豫东平原上的桥陈村人常在其名字前面冠以“麻”字。在村里人心中，并没有鄙视的意思，只是一个称谓而已。陈结实因为额头上有几颗出天花留下的麻子被人们称为麻结实。

麻结实的父母生养了他们姐弟二人，姐姐远嫁他乡。姐姐、姐夫很年轻就因病去世了，撇下一个年幼的小男孩，就是麻结实的小外甥。当时麻结实只有二十来岁，和老母亲一起生活。年轻的麻结实英俊能干，头脑灵活，给他说媒的人很多。麻结实看着只有几岁成为孤儿的小外甥，感觉自己有责任把小外甥抚养长大。他把小外甥接到自己家里，当自己的儿子一样养育。为了不让小外甥受委屈，他发誓小外甥成家立业前自己不结婚。

麻结实信守自己的诺言，年轻时没有结婚，他对小外甥视如己出。小外甥长大后结婚成了家，带着媳妇回到了自己的老家。那时候麻结实已经快五十岁了，早过了结婚的年龄。外甥走后，他一直和老母亲一起生活。

二十世纪七十年代初，豫东农村实行的是按工分多少分粮食的大集体生产方式。生产队的社员们听见敲钟就来到生产队的牲口屋前听生产队队长分配活计，然后大家按照统一的安排分别出工。麻结实被分到的大都是看护庄稼或到场面晒粮食之类的活。

那时候，麻结实大概五十多岁，在村里他的辈分免[①]，和他年纪相仿的人大多是他的长辈。男人他大多叫爷爷、大伯或叔叔，女人他大多叫奶奶、大娘或婶子。因为年龄大，辈分免，按乡间风俗，他几乎和所有的人都能开玩笑。

麻结实好像经常不干农活，总是在地里转悠。每到谷子成熟前，地里鹌鹑很多。他先在地里观察好鹌鹑活动的路线和规律，在鹌鹑飞行的路线上张开一张网，然后从鹌鹑活动的地方把鹌鹑轰出来，飞翔的鹌鹑闯入网里，成了麻结实的笼中鸟。

他捉到的鹌鹑很多，他家院子里挂着好多鸟笼子，里面养着他逮的鹌鹑。

麻结实一年四季穿着黑色的长度及膝的粗布大褂，到了冬天外面罩上一件斜襟大棉袄，腰间扎一根湖蓝色土布大带子，大带子上吊着一只装鸟的袋子。这只袋子下部五寸高是弯成椭圆形的楠竹底座，不知是因为年代久远还是他把玩多的缘故，楠竹底座表面已经成为油光锃亮的枣红色。楠竹底座上部一尺左右是深褐色的粗布做成的袋子。布袋下面用一圈金光闪闪的铜钉与楠竹底座的上沿固定。上面的袋口穿了一条粗线绳，他就用这个线绳把袋子绑在腰间的湖蓝色大带

① 免：小。特指家族中的辈分。

子上。每次见到他，总觉得他腰间吊着的袋子里有鸟在动。这袋子里装着麻结实训练好的鹌鹑，装到袋里带在腰间的鹌鹑就是他挑出来去斗鹌鹑的选手。

斗鹌鹑都是在一块平地上放一个罗圈[①]，比赛的双方把自己的选手放到罗圈内决斗，被斗败的鸟被称为败狗子。麻结实不养败狗子，斗败后，他当即就把败狗子带到野外放生。被麻结实养在笼中的鹌鹑大部分都是斗鹌鹑的优胜者，也有一些还在训练中的新手。一直跟随麻结实多次参加比赛总是获胜的鹌鹑被麻结实青眼相加，这些鹌鹑终老后，麻结实就把它们安葬在桥陈村北的韦家沟南岸。村里其他人看不出来鹌鹑被他埋在哪里。麻结实一直记着这些跟随他参加多次决斗的鹌鹑们的安息地。村里人常常看到麻结实静静地坐在长满荒草的韦家沟边，眼睛茫然地望着前方，一袋接一袋地抽旱烟。

麻结实五十多岁就去世了，他走在了他老母亲前面，是老母亲给他操持的丧事。麻结实去世时，他母亲已经八十岁。一年后，老母亲也随他而去了。

多年后，听到人们用赞美的语气讲起麻结实的一生，我才明白，麻结实不是一个游手好闲的人！他是一个有担当的人！一个具有牺牲精神的人！一个甘心为了亲人付出自己一生幸福的人！

① 罗圈：罗，一种圆形面粉加工工具。罗出面粉的粗细与网状罗底的粗细有关。不带罗底的竹制圆形部分叫罗圈。二十世纪八十年代以前，豫东农村常有制作或维修罗的工匠游街串巷找活干。被村里人称为张罗的。

李呆师傅

李呆不呆，他是一位心地善良、手艺精湛的乡间剃头师傅，多年在桥陈村和周边村庄给人剃头。

李呆师傅剃头从不游街串巷，他和村里人口头约定，按年包村，半月到村里来一次，所有十八岁以上的男性成年村民都是他的老主顾，每个成年男人一年给李呆师傅五毛钱或二十四斤红薯干，十八岁以下的小孩子都不收钱。

农村妇女都是相互之间用剪子剪头发，从不让李呆师傅剪头发。

给初出生的小孩子剃头很麻烦，李呆师傅都是挑着他的剃头挑子到家里给出生满百天的小孩剃头，一样也不收钱。剃过百日头的小孩的父母都会盛情挽留李呆师傅在家吃顿饭，饭桌上一般还多加一盘炒鸡蛋。

李呆师傅很守信用，每到月初或每月十五，他一定准时出现在生产队的牲口屋前。如果这一天阴雨，他就把他的剃头挑子放到牲口屋里，照样给大家剃头，从不会到期不来。

民间有句俗话“剃头挑子一头热”，意思是说需要两人办的事，其中一个人很积极，另一个人不热乎。李呆师傅的剃头挑子很符合这句俗话，他的挑子是使用多年的传统乡间剃头挑子，一头是一个梯形的坐凳，凳子面的两端各伸出来一段，下面是装着剃头家什的三层抽斗，里面分别放着剃头刀、推子、木梳、篦子、磨刀石、润滑油和理发时披在人身上的一块白布；另一端是一个圆筒形的和锅一体的劈柴炉，剃头挑子一头热就是指这一头。这个炉子下面是烧水的炉膛，上面是和炉膛一体的带有几道环状波纹的铜锅，铜锅没有盖，给人洗头的时候，李呆师傅用一只搪瓷缸子从铜锅中舀出些热水倒进铜盆中就可以洗头啦。洗头的铜盆洗头时放在一个木制的带靠背的脸盆架上。李呆师傅进村时，用一根扁担把这些家什儿一肩挑来。铜脸盆斜放在脸盆架的下层，脸盆架和凳子固定在扁担的同一头。

烧水炉子外侧还固定着一根一米多高笔直的竹竿，竹竿的上头用粗棉线吊着一块宽二寸，长一尺，用多层棉布缝制的比刀布。李呆师傅多年用这块比刀布比刀，布的两面均油光可鉴。李呆师傅说："这块布就是剃头的幌子，这块比刀布是几十年前师傅传下的，不能轻易换！"每次用剃头刀前，李呆师傅都会把剃头刀子在这块布上"啪！啪啪！"比上几下。"没有三五年工夫，比不了刀。"他常常骄傲地向村里人说。

李呆师傅还有一手推拿绝技。村里有哪位村民睡落枕后脖子疼或者胳膊脱臼，找到李呆师傅，他三下五除二在病人身上摸摸捏捏，立马见效就不痛了，脱臼胳膊复位更是一瞬间的事，推拿治小病李呆师傅从不要钱，纯属帮忙。

有一年，一个在邻村剃头的师傅用每年少要一毛钱的价格和村里谈好了价。李呆师傅没有说话，默默挑起他的剃头挑子走了。一个月之后，村民们撵走了那位师傅，请回了李呆师傅。他好像什么事也没有发生一样，和从前一样给村民剃头。

我上高中一年级的暑假期间，李呆师傅在村里剃头时，特意到我家里说："城里剃头很贵吧？过来吧，我给你剃头不比城里差，不要钱。"我来到生产队的牲口屋前面李呆师傅给社员们剃头的地方。李呆师傅一边给我剃头一边问我："你在城里见到过电推子吗？"我说："见到过，现在城里理发店好像都是用的电推子。"李呆师傅说："我到城里也见过电动推子，我说的是另外一种，要剃哪种头，按一下开关，一下推过去，头剃好啦！"我说："我还没有听说过，等我知道有这种推子的时候，一定先给你说！"李呆师傅听到我的承诺，脸上露出灿烂的笑容。

高考过后，我在家里等高考结果。村里来了一位年轻的剃头师傅。年轻师傅使用的是李呆师傅用过的那副剃头挑子。村里人告诉我："李呆师傅几个月前去世了，这是他的儿子接了他爹的班，接着来村里剃头。"想起一年前对李呆师傅的承诺，顿时，我心里涌起一丝茫然若失的惆怅。

几十年过去了，直到今天，我一直没有见到李呆师傅说的那种电动推子。

龙天沟里藏英雄

古老的天中大地，几十年来一直传颂着一个舍生忘死，为民除害的打豹英雄的故事。这个英雄壮举就发生在距离驻马店市驿城区西北方向四十千米的大别山余脉，位于大山深处的龙天沟。怪石嶙峋的龙天沟里，终年溪流淙淙，山高林密。幽深的峡谷出口处有一个只有几户人家的小山村黑石崖村，二十世纪五十年代末的一个腊月的夜晚，这里发生了一起华北豹伤人的事件。为除去恶兽，还小山村平静安详的生活，让生活在龙天沟内的山民过一个欢乐祥和的春节，民兵队长钟殿奎带领十几位青壮年顶风冒雪，不顾危险，与这只凶残的华北豹在大山深处，周旋三四天，最终除去了这只伤人的野兽。

二十世纪五十年代末，著名军旅作家吴伯箫听到了这个广泛流传的英雄故事，他来到龙天沟，采访了民兵队长钟殿奎，根据钟殿奎打豹子的故事创作了《猎户》一文。文章描写了以钟殿奎为原型的林场打猎队队长董昆为民除害，打死金钱豹的传奇英雄故事，这篇散文后来被选入中学语文课本，优美的文字，动人的故事，打动了千千万万个青年学子。

二〇〇四年九月十一日，我们驱车四十多公里，慕名来到了《猎户》一文中打豹英雄董昆的生活原型钟殿奎生活的村子——遂平县槐树乡李兴楼村的黑石崖村，寻访这位闻名遐迩的打豹英雄。如今，十里龙天沟秀因秀美的风景而被命名为龙天沟风景名胜区，钟殿奎老人的家就位于风景区大门内侧绿树掩映的山坡上。钟殿奎的老伴告诉我们：“他已经七十四岁了，还闲不住，每天都会到峡谷里面走一趟。找他，要到峡谷里去。”

找他，要到峡谷里去

第一次见到老英雄，他迈着矫健步伐从峡谷中走出来

刚到村口，一位迈着矫健步伐的老人从峡谷中走出来。老人两只眼睛炯炯有神，最让人印象深刻的是老人修长的手臂和一双大手，他的手中拿着游客丢弃的矿泉水瓶。原来，这位老人就是打豹英雄钟殿奎。听说我们想听他打豹子的故事，老人眼中立刻闪现出惊喜的光芒。老人拉过村头路边几只小凳子，招呼我们坐下。“这个峡谷口的小村庄都是我们一家人。我有四个儿子，就是这个村庄里的四户人家。我如今和小儿子住在一起，前面‘猎户酒家’就是我小儿子开的。”

当我们让他回忆当年打豹子的英雄壮举时，老人沉思了片刻，讲起了当年往事。

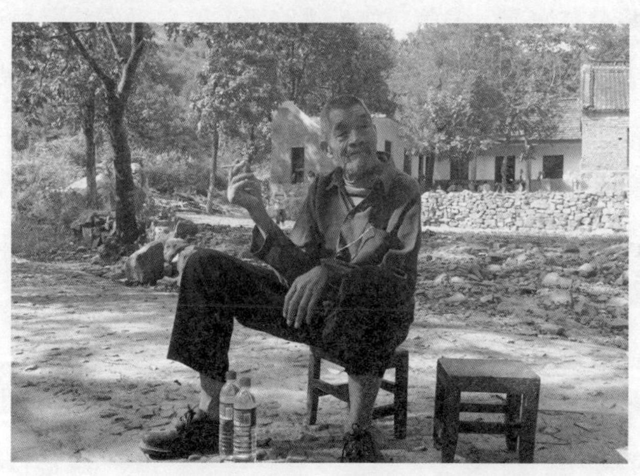

老人沉思了片刻，讲起了当年往事

“几十年前，龙天沟周边的大山里生长着很多野兽，金钱豹和狼这些大型野兽只有到冬天大雪封山才走进村子附近找吃的，村里提防得紧，很少有伤人的事。野猪倒是常常拱红薯毁庄稼，我们林场打猎队经常打野猪、獾子和野鸡。

“那是一个十冬腊月下雪天，眼看就要过年，村里一个小女孩被山里的野兽毁了，全村人没有了过年的喜庆，我恨不得马上打死那只‘害人虫’，让村民过一个安生年。我是龙天沟一带最有名的猎手，循着这只野兽的蹄子印，我们发现了这只野兽的踪迹，于是在它出没的地方附近一棵小树的树杈上放了一个用猪肠子包着的土炸弹诱捕这只野兽。半天工夫，我听到了土炸弹爆炸的响声，我和我的大儿子带着白蜡杆子和火铳来到放土炸弹的小树旁，看到雪地上有一行断断续续的血迹。这只野兽很狡猾，它只是被土炸弹炸烂了嘴巴，并没有炸死，野兽受伤后逃跑了，这只受伤的野兽逃跑过程中在雪地上留下断断续续的血迹和蹄子印，我们循着血迹和蹄子印追踪到一条小河边。我从蹄子印看出，这是一只金钱豹，从野兽留下的血迹看，我觉得这家伙伤得不轻，我暗暗下定决心，要趁这个机会弄死它。当时天色已晚，我们决定第二天带足干粮做好准备再进山寻找这只野兽。

“第二天，我和我的大儿子还有六七位青壮年背着三天的干粮、白蜡杆子和火铳进了山。白蜡杆子五尺来长，韧性好，不容易折断。火铳威力小，用火铳只能打飞禽或兔子、獾子这些东西。大型猛兽用火铳打不死，只能激怒它。平时打猎，我们都是根据经验在大型野兽出没的地方挖陷阱、下套子或夹子，万不得已，才用白蜡杆子与野兽直接搏斗。

“我们过了小河，找到那只野兽留下的血迹和蹄子印，走进大雪覆盖的深山，深一脚浅一脚，一路追踪下去。

“一直到第二天的下午，我们在膝盖深的雪中，追踪了二十多个钟头，饿了啃一口烙饼，渴了抓一把雪填在嘴里。那时候，我们已经人困马乏，精疲力竭，终于在西平酒店附近的一个山洞里发现了一只身子五尺多长，嘴巴受伤的金钱豹。这只野兽嘴受了伤，一直吃不了东西，这一路平地积雪也有半尺深，何况要经过沟沟坎坎，翻山越岭逃到这里，估计它也累得走不动了。

“找到了这只野兽，我们顿时来了精神，饥渴疲劳一下全没有了。受伤的金钱豹很警觉，发现来了人，猛然跃起从山洞里蹿了出来。我躲闪不及，便扔掉火铳，迎上前死死抱住了豹身，用头顶住豹子的下巴，抱着它打了十几个滚儿。豹子抓破了我左边的棉袄袖子，左胳膊鲜血直流。我当时没有感觉到疼，事后才发现豹子用它的爪子把我的胳膊抓出了一条长长的血道道。在与豹子搏斗中，我拔出背在身上的白蜡杆子，朝着豹子的嘴里捅了进去，豹子疼得发出一声低沉的‘嗷’声，其他人赶过来，用白蜡杆一阵猛打，直到豹子趴在地下一动不动断了气。

“我们连夜抬着这只一百多斤的金钱豹赶回村里，把除掉这只恶兽的消息告诉村民，大家纷纷来看这个祸害人的东西，看到金钱豹被打死了，小山村又恢复了往日的安宁，家家户户开始备办年货，村子里有了过大年的气象。

“后来，作家吴伯箫听到了这件事，专门来到我家采访我，还写了一篇文章叫《猎户》，很多高中生学习过这篇文章。吴伯箫老师临走的时候告诉我，有时间可以到北京找他，并且给我写了一个纸条，找他时带着这个纸条就能见到他。我把纸条夹在孩子的旧课本里，后来找不到了。”

老英雄讲到这里，停顿了一下，饱经风霜的脸上洋溢着一丝自豪的神色。

老英雄从前打猎，现在栽树

“当年，我打猎保护村民安全，保护庄稼，总以为自己做的是利国利民的好事，没想到这大山里生灵一环扣一环，哪种生命都有它生长的道理。猎物打尽了，生灵的链条断了。现在种庄稼从前没听说过的病虫害都多起来了。砍树多，养的牛羊多，山上留不住水，龙天沟里夏天下雨山洪猛得很，新修的道路、沟两边的庄稼、电业局给村里拉的电线被冲毁了多次。过去常年流淌的龙天沟现在经常断流。现在我算是明白了！做事莫做绝，顺天应时，一定要保护好我们祖祖辈辈生活的环境！我早就把猎枪搁起来了，现在我每年都在龙天沟两边的山上栽树，总想把那断了的链条再连起来，给子孙后代留下一个安全、富裕、美丽的家园。”

老人说到这里，眼睛里闪烁着自信的光芒，脸上呈现出幸福的微笑。

猎户酒家大门口旁边，不锈钢框架里镶嵌着
吴伯箫的文章《猎户》

二〇二二年十月的一天，我又一次走进龙天沟。峡谷入口，“猎户酒家”大门旁边，吴伯箫的《猎户》这篇文章彩印在一块用不锈钢支架支撑的方形钢板上。首先映入游人眼帘的就是这篇记录着龙天沟往昔岁月和传奇英雄故事的文章，“猎户酒家”因为这段英雄故事而生意异常火爆。开“猎户酒家”的老英雄的小儿子钟秀臣告诉我，他父亲已经于二〇一六年八十六岁时去世了。大山深处的龙天沟和他开的猎户酒家因他父亲当年打豹子的英雄壮举声名远扬，引来成千上万的寻访者。

溱头河畔眠英魂

一

二十世纪二十年代，主政山西的阎锡山有一次到南京开会，休会期间他突发奇想要到无锡的锡山一游。登山过程中，阎锡山问当地导游："既然此地有此锡山，贵县何故无锡？"导游介绍说："锡山本来是产锡的，也正因为产锡，豪强劣绅巧取豪夺，纷争不断，导致民众生活不安定。后来，锡山的锡采完了，老百姓反而生活安定下来。因而，无锡民间流传有谚语'有锡则民乱，无锡则民安'。无锡人不以无锡为憾事，于是将县名称为无锡。"阎锡山听完介绍，沉默良久。无锡当地有位名士听说军政大员阎锡山游览无锡登临锡山的事，撰一上联"阎锡山，到无锡，登锡山，锡山无锡"刊登在上海《大公报》上征集下联，多年无人对出下联。直到一九四二年，时任新华社华中分社社长范长江先生到安徽天长县新四军驻地采访，灵机一动对出了下联"范长江，过天长，望长江，长江天长"，这副征集多年方对出的对联成就了一段文坛佳话。

这段文坛佳话真实地展现了范长江先生超出常人的才华，记录了他投身民族解放事业奔赴抗日前线的历史事实。

二

范长江先生原为《大公报》记者，一九三五年七月，他一个人以记者的身份从成都出发深入中国西北地区考察，并将考察见闻以旅行游记的形式在《大公报》连载，向世人客观报道了中国工农红军长征的壮举。后将这些连载的游记结集《中国的西北角》一书于一九三八年八月出版。这本书比埃德加·斯诺的《红星照耀中国》还要早，以至于有研究者认为埃德加·斯诺到延安采访是受了范长江先生《中国的西北角》一书的影响。

一九三九年五月，范长江先生在重庆由周恩来介绍加入了中国共产党，那一副成为文坛佳话的对联“阎锡山，到无锡，登锡山，锡山无锡。范长江，过天长，望长江，长江天长”，正是范长江先生在抗日战争中，深入苏北新四军抗日前线报道抗日军民与日本侵略者浴血奋战英雄事迹的真实见证。

范长江先生从《大公报》连续报道红军长征开始，就与中国共产党的革命事业紧密联系在一起。“西安事变”中，范长江先生第一次见到了周恩来副主席，又于次年来到延安在博古和罗瑞卿陪同下采访了毛泽东主席。这次采访之后，范长江先生在《大公报》连续报道了“西安事变”的真相和中国共产党的抗日主张。一九三九年五月，范长江先生在重庆由周恩来介绍加入中国共产党后，他先创办《华商报》，后加入《新华日报》。一九四六年，范长江先生奉调从苏北来到南京，成为由周恩来率领的中共代表团成员参与“南京谈判”，并担任中共代表团新闻处处长和对外发言人。后来，范长江先生跟随毛泽东和周恩来转战陕北，不断向外部传递出中国共产党领导核心的声音。解放后，范长江先生任新华社总编辑。一九五二年，由于种种复杂的原因，范长江先生离开了新闻界，后担任国家科委副主任。

三

二十世纪六十年代末期，位于河南省确山县西南溱头河畔的芦庄附近，组建了一个国家科委确山“五·七”干校，这个干校的第一批接受劳动改造的人员中，有一位高级干部，他就是为我国新闻事业做出巨大贡献的著名记者范长江先生。一九六九年三月，范长江先生已经被定性为“反革命”并被长期关押。来到确山“五·七”干校后，范长江先生和在这里接受劳动改造的一般干部不同，除了干校的监管人员外，还有部队派来的专门负责范长江先生的监管人员。范长江先生此前主要在新闻单位工作，对农活不太熟悉，于是干校管理人员经常安排范长江先生到农田拔草。干校里有一个大食堂，范长江先生总是很晚才来到干校的大食堂里排队打饭，打完饭一个人孤独地吃完饭就回自己的宿舍。

溱头河畔白鹭翔集，范长江先生当年曾在此地劳动

一九七〇年十月二十三日早晨上工时，“五·七”干校负责监管范长江先生的人员没有见到范长江先生出工干活，到他的宿舍也没有找到他，于是立即和部队的监管人员一起在附近寻找。最后，在干校菜地中的一口水井里发现了漂浮在水面上的范长江先生的尸体。最后，干校的管理人员用塑料布裹着尸体，用几块木板权作棺材，将范长江先生草草安葬在干校附近的一个山沟里。

到了一九七六年春天，范长江先生的后人来到确山芦庄溱头河畔将范长江先生的遗骸移至上海青浦区福寿园墓地安葬。

一九七八年十二月二十七日，范长江先生平反大会及追悼会在北京八宝山公墓举行，邓颖超、聂荣臻、胡耀邦等党和国家领导人参加了范长江同志追悼会并分别送了花圈。中国记者协会还于一九九〇年设立了“范长江新闻奖”，以纪念这位为新中国新闻事业做出巨大贡献的新闻工作者。

二〇一二年，河南省确山县溱头河畔的芦庄村村民自发捐资，在范长江先生罹难处附近修建了一座范长江先生纪念亭，芦庄村村民在亭内石碑上镌刻着饱含对范长江先生怀念之情的心里话：“尊敬的范长江先生，我们永远怀念您！”。

在范长江先生罹难处附近，伫立着芦庄村村民自发捐资建造的范长江先生纪念亭

百泉汩汩伴老僧[①]

从驿城出发前往往舞钢市方向，241 省道从一段大别山余脉中的峡谷穿过。距离驿城与舞钢市交界处四十千米，公路左侧是凤鸣谷的入口。传说有雏凤栖息于峡谷入口处的大橡树上，鸣声清越，声震峡谷，山民因此把这个峡谷叫凤鸣谷。凤鸣谷内，奇峰壁立，清泉漱石，古木参天，百鸟啁啾。曲径伴溪，穿过王茅垛，溯源可到达舞钢市、泌阳县和遂平县三县交会处的三界碑。凤鸣谷内的山民说，三界碑东南二公里处的北斗寺有一户人家，他家的公鸡打鸣，三界碑附近三个县的人都能听到。

三界碑位于打虎山和王茅垛交界处，东南侧王茅垛山脚下就是大自然赐给驿城的一块宝贵的高山湿地，湿地西面与巍峨险峻、峭壁千仞的打虎山相邻，北面是王茅垛，王茅垛东面是绵延三千米的大关山，隔着湿地正南方是苍翠的大顶山。这块湿地从东北向西南方向海拔逐渐下降，直至打虎山和大顶山相接处，这里就是长达六千米的三台沟峡谷的入口，王茅垛山下的高山湿地里遍地喷涌而出的泉水汇流入三台沟峡谷，最后流入泌阳县的口门水库。这块海拔 562 米的高山

① 注：本文参考了 2015 年 11 月 6 日《天中晚报》“新闻巨子范长江与驻马店”一文的部分内容。

湿地是驿城珍贵的自然遗产，湿地处遍地清泉终年不歇，百泉潺潺自然流淌，湿地之上四周群峰苍翠，流云舒卷，云蒸霞蔚，状若仙境。

一九九九年释仁福老和尚入山静修的茅棚

二十四年前的一九九九年，已经六十六岁的西平县人释仁福老和尚来到王茅垛山脚下高山湿地边缘一处四面土墙透风，上面茅顶漏雨的茅棚内住锡。这里因峻岭阻隔而远离世间繁华，荒凉而且寂静。释仁福老和尚于杳无人烟，鸡鸣三县的这片高山湿地边缘处结庐静修，他发愿在这块高山湿地的东北一隅的王茅垛山脚下新开道场，播撒梵音。老和尚结庐静修处海拔高，且不通公路，只有崎岖的山间小路从三县的不同方向，穿过茂密的原始森林才可以来到人迹罕至的老和尚静修的茅棚。此后，在北京法源寺剃度出家的释仁福老和尚在大山深处二十多年栉风沐雨，晨钟暮鼓，潜心修行。

高山湿地终年流淌的汩汩百泉陪伴着这位矢志不移的山僧。每天清晨森林中鸟鸣啾啾。昼间天际云卷云舒，满目苍翠。夜晚则繁星闪烁，山风轻吟，茅棚外群山漠漠，四野不时传来野生动物的鸣叫。老和尚听到这些声音，方感到世间生命的鲜活和温馨。山僧释仁福二十四年孤独寂寞的时光在梵呗声声中悄然流逝。

荒凉寂寞的大山深处杳无人迹

二〇〇六年夏天的一次登山活动中，我和几位朋友偶然来到这个潜藏于大山深处人迹罕至的佛门道场见到了释仁福老和尚。初次见面，释仁福老和尚向我们淡然地讲述了自己的经历和发下在王茅垛山脚下高山湿地的边沿住锡，开辟佛教道场的宏愿。得知老和尚在此荒野中已苦修七载，为了他的信仰，为实现我们认为几乎不可能实现的宏愿他还将继续在这里静心苦修，一众在滚滚红尘中浮沉的人仿佛于饥渴的荒漠中遇到了一泓清泉，心灵受到洗礼和震撼。离开老和尚简陋的清修之所心情久久难以平复。

绝壁之下，坚冰如磐

两年后，一个千里冰封的春节，几位曾在登山活动中与释仁福老和尚有一面之缘的朋友在一间充满温暖阳光的茶室内小聚，言谈间忽然回忆起几年前那次山间偶遇，于是，决定再到那荒僻的山野看望山僧释仁福。驱车六十千米，驻车凤鸣谷口，徒步进入寒风凛冽的峡谷，沿途寒山疏林，一川晴雪，天上云无留迹，山间绝壁上悬挂着二三米高的冰柱。雪后的山林银装素裹，向阳处冰雪在阳光映照下晶莹剔透，熠熠闪烁，绝壁之下阳光不到处，冷风萧萧，坚冰如磐。在没膝的积雪中艰难跋涉两个多小时，终于穿过王茅垛，来到湿地边缘老和尚住锡处，眼前的景象让我们大吃一惊，我们第一次来到这里看到的释仁福老和尚静修的茅棚已经坍塌，春节前，六十多岁的老和尚在几位善信的帮助下用旧木棍、塑料布和石棉瓦搭建了一个简陋的棚屋作为静修和栖身之所。

我们在四面透风的棚屋内见到了满头白发七十多岁的释仁福老和尚，老和尚满面春风，幸福的微笑始终挂在脸上。他看到我们在大年初一来到这荒凉偏僻的深山里来看望他，很是高兴，他自信地告诉我们，经过两年不懈的努力，一个永久性的修行场所正在建设中，明年可望建成迎接众善信。说着，他带我们来到建设工地，看到停放着建筑机械的建设工地和地面上堆放的建筑材料，老和尚脸上呈现出坚毅自信的微笑，仿佛寂寞、清苦的生活与他无关，他的脸上看不到一丝痛苦和些许不良的情绪。

殿堂已初具规模，老和尚依然住在四面透风的茅棚内

几个月后，我们又一次探访了这里，从距离高山湿地还有两千米的王茅垛山梁上向山僧释仁福静修的茅棚望去，一座初具规模的建筑群出现在我们的视野里。还没到达那里，我们的内心已经被深深地震撼。来到释仁福老和尚简陋的茅棚，老和尚就在山脚下的旷野中为我们设席置茶，烹水瀹茗，

与我们分享他初步实现当年宏愿的快乐。他告诉我们：“我佛庄严慈悲应享众生礼敬，善信意诚能得活动之所，此即我之福缘。”

冬季，冰雪覆盖着通往百泉寺的道路

二〇一三年，积十四年之功德，百泉汩汩，云蒸霞蔚的王茅垛山脚下，善信芸芸，殿堂熠熠，金身灿灿。释仁福老和尚募资建造的三座厅堂，建筑面积已达两千多平方米，百泉寺初具规模。此时的释仁福老和尚已年近八旬须眉皆白了，他仍然苦撑多病之躯，于简陋的茅棚存身。我问他：“经济条件已经改善，僧舍充裕，何不辟出一间自用？”老和尚淡然一笑，目视远方说：“众善信多于滚滚红尘中煎熬，积福积德，皆仰我佛庄严慈悲，立殿堂、塑金身源自我佛威仪。老衲所居所食，已胜当年百倍，不能起贪念呐！”

初具规模的殿堂

二十四年间，我数次来到百泉寺拜访释仁福老和尚，随着岁月的流逝，道场屋舍日渐严整，老人白发渐增，而每一次拜访，我的心灵都会得到一次洗礼。

老和尚圆寂时刚刚竣工的大雄宝殿

二〇二三年四月，我再次来到百泉寺意欲拜访释仁福老和尚，穿过凤鸣谷，翻过王茅垛，展现在眼前的是一座金碧辉煌的百泉寺。出乎意料的是，百泉寺内新的住持告诉我：“释仁福老和尚几个月前因病已圆寂。”

附录：别百泉寺释仁福老和尚

辛卯孟冬，驱车至凤鸣谷口，见峡谷内清泉漱石，泠泠有金石声。崖壁千仞，其上红叶如丹。拄杖徐行数千米至百泉寺。承释仁福老和尚盛情，汲泉瀹茗，畅叙佛缘，百泉汩汩处，闲坐论禅。山风啸啸时，方觉已逾半日。遂与释仁福老和尚告别并吟五绝一首记之：

茶罢，释仁福老和尚送别作者

三顾百泉寺，
遍地涌金莲。
霜冷红尘净，
野旷山僧远。

山民老徐和他媳妇

十几年来，每到夏天的傍晚，我总是和几位爱游泳的好朋友一起，每天到离市区不远的三架山水库去游泳。去年，水库边一位山民在水库的山坡上开了一家农家乐，开农家乐的主人看到我们每天来水库游泳，就在我们换衣服时凑上来和我们闲聊，一来二去就熟络了。他自我介绍说："我是这山沟里的山民，夫妻二人在水库边开了一家农家乐。你们洗完澡从水库里上来可以到我家里吃土鸡面片，你们叫我老徐吧！"从此，我们每次来到水库游泳前做准备活动时，老徐都会来和我们聊天。

老徐把游泳叫洗澡，我们来到水库游泳时，老徐偶尔也找一处缓坡处下水，他下水后是名副其实的洗澡。原来老徐不会游泳，他在水深齐腰的浅水区搓去在他的夫妻店里炒菜时弄的一身汗渍灰尘后立马上岸，看到我们横渡水库，老徐总是流露出羡慕的神色，还不忘大声提醒我们："水深！注意安全！"

老徐下水洗澡时，他的媳妇一直蹲在岸边盯着他，直到洗完澡上岸，夫妻俩才一起走向他们的农家乐夫妻店。有一次，老徐洗澡时，正逢我们游完全程上岸换衣服，岸边老徐的媳妇两眼紧盯着水中洗澡的老徐，我们穿着湿漉漉的游泳衣等了一会，老徐的媳妇丝毫没有回避的意思。我们中一位年轻人忍不住提醒她：“嫂子，你是不是……”老徐媳妇这才回过神来，对我们说：“我转过身给你们一分钟时间，我怕我家老徐被女水鬼拉进水库底下成亲去了。”我们手忙脚乱赶快换衣服，水中的老徐看到我们手忙脚乱的样子哈哈大笑起来。一起游泳的伙伴老李为了避免忙乱，躲到一片荆棘丛后面准备四平八稳地换衣服，一不小心摔了一跤，胳膊肘处渗出了一片血迹。老徐媳妇转过身来看到老徐已经平安上岸穿好衣服，又看到老李受了伤，她满脸愧疚地说：“别担心，我们店里有几只大蛤蜊壳，你们稍等一会我拿来弄点蛤蜊壳粉敷上，明天伤口就长好了。”她连三赶四奔向店里，不一会儿，她拿着一只大蛤蜊壳和一只小刀片回来，用小刀片从蛤蜊壳上划下一些粉末敷在老李的伤口上，口中不停地说：“明天一定会长好，明天一定会长好。”

有一天，我们游到水库中间时，突然狂风大作，大雨倾盆而下。我们赶紧上岸，狼狈不堪之际，老徐手里拿着几把雨伞、身上披着蓑衣赤脚来到我们跟前，他给我们每人一把雨伞，还热情地让我们来到他的农家乐里，他媳妇煮了一锅黄酒，让我们每人喝了一碗热酒，还做了一锅土鸡面片让我们吃。老徐认真地说：“游泳后淋雨一定要喝热酒吃热饭，不这样会得病。”

有一天，我们又来到水库游泳，在水库岸边做准备活动时老徐没有出现。正疑惑间，看到水库中几只水鸟在悠闲地游动，有人说是野鸭，有人说不是野扁嘴，正七嘴八舌争论不休，老徐一瘸一拐地来了。老徐说他到附近一个养蜂人那里做蜂疗去啦，他患有关节炎，一到冬天关节炎就发作，养蜂人说夏天用它的蜜蜂蜇关节处可以治疗关节炎，冬天就不会复发了。原来老徐走路一瘸一拐是让蜜蜂给蜇的。老徐听到我们争论水鸟的话题，斩钉截铁地说："你们都不知道，野鸭是野鸭，野扁嘴是野扁嘴，不一样！"豫南地区都把鸭子叫扁嘴，听老徐这样说，我们不禁哈哈大笑，都说老徐自作聪明，纯粹胡侃。

到了冬天，有位动物专家在《天中晚报》发表了一篇介绍豫南地区水鸟的科普文章，文章里谈到华北地区很常见的一种叫䴙䴘的水鸟，经常被人误认为是野鸭。原来老徐说"野鸭和野扁嘴不是同一种鸟"，就是指野鸭和䴙䴘两种水鸟。看来老徐的认识是正确的，只是叫法不准确，我们真不该笑话老徐。

今年夏天，我又到三架山游泳，水库边老徐开的农家乐不见了，老徐和他媳妇也没有露面。水库管理站的一位职工告诉我们说："老徐在水库边开农家乐污染了水库，水库管理站让他把农家乐拆除了。"

本来想和老徐再聊聊野鸭和野扁嘴的事，没想到老徐和他媳妇回深山沟里他老家去了。每次到水库游泳再见不到老徐，我心里竟升起一丝莫名的惆怅。

中州节庆

履痕点点

来自豫东田野的腊米粥——腊八

豫东平原乡间村民认为，一入腊月就开始过年了。村民们办喜事时，不再看好[①]，村里有谚语："一入腊月都是好。"进入腊月每一天都是好日子，无论婚丧嫁娶，每天都可以办。

腊月第一个节日是腊八节。童谣中说"过了腊八就是年。"腊月初八是一个标志性的日子。豫东平原乡间的集市，平常无论逢单日还是逢双日有集，只要一过腊月初八，这些集市就天天有集，年集开始了，村民们每天都可以到集上办年货。

乡村里这一天家家都吃米粥。有些急着过年的小孩在街上欢天喜地唱着："腊八不吃腊米粥，媳子撵着汉子哭。"腊八节这一天，无论年成[②]如何，家家户户都要准备一顿小米粥作为过腊八节的饭食。村里习惯吃小米咸粥，熬制的小米粥中都是加入泡发的芝麻叶或加入新鲜蔬菜、粉条、豆腐等日常食材，再以辣椒、食盐调味，村人习惯叫腊米粥。没有人家用大米熬甜米粥，一个原因是豫东平原主要农作物以小麦和玉米为主，也种有少量谷子，这里从不种植稻米。20

---

① 看好：经提亲、相亲、定亲后，根据男女双方的生辰八字请术士卜择确定婚期叫看好。

② 年成：庄稼的收成。风调雨顺，粮食丰收称为好年成；遇到灾荒年，庄稼歉收称为年成假。

世纪六七十年代，大米在乡村里是很金贵的粮食；另一个原因是红枣、柿饼价格高，乡间农家存量稀少，平常人家一般不会拿这些珍贵的食材熬粥喝，而芝麻叶、新鲜蔬菜、红薯粉条和豆腐则是家家户户都有的日常食材。

此间乡村里，流行着从老辈子传下来的关于腊八节起源有多种说法，其中一种认为腊八节是释迦牟尼成道的纪念日，家家户户过腊八节是为了纪念佛主成道。据乡间年长的人说，从前，一到腊八节这一天，村子周边庙里和尚早早熬好一锅腊八粥，让一早到庙里烧香的信男善女喝一碗香糯的热粥。后来，庙、和尚都没有了，这个风俗也消失了，乡村里家家腊八节喝粥的传统却流传下来。

清代徐珂在其所著《清稗类钞》中说："腊八粥始于宋。"不知道腊八节是不是也始于宋。宋代孟元老《东京梦华录》卷之十・十二月记载："诸大寺作浴佛会，并送七宝五味粥与门徒，谓之腊八粥。都人是日各家亦以果子杂料煮粥而食也。"果子杂料煮的粥是甜粥，与今天北京寺庙里腊八节施的腊八粥做法和味道更接近。与桥陈村里腊八节煮的蔬菜小米粥相比，做法和味道差别都很大。由《东京梦华录》的记载可以知道，腊八这一天寺庙里施粥，老百姓煮粥而食的风俗北宋就有了。

《清稗类钞》中关于腊八粥的记载有："十二月初八日，东京诸大寺以七宝五味和糯米而熬成粥，相沿至今，人家亦仿行之。"徐珂把宋朝时的七宝五味粥加糯米变成了八宝粥，并且说乾隆时期的腊八粥歌中有“……转用佛节相娱嬉……何如佛节永今朝，岁岁年年有腊八”。徐珂认为腊八节和佛节有关，民间在腊八节因模仿寺庙煮粥的行为而形成腊八食粥的风俗。

当代学者王力在《中国古代文化常识》中认为腊八节是从汉代就有，他引用《说文解字》：“冬至后三戌腊祭百神。”又引用《荆楚岁时记》以十二月初八日为腊日，村人击细腰鼓作金刚力士以逐疫。按这种说法，腊八节是原始的中国节日，这个节日是由人们为驱散疫病而祭百神的民间活动演化而来。

上天言好事，下界保平安——祭灶

祭灶这个节日在豫东平原的乡间又称作小年，是一个很隆重的节日。因为几天后就要过大年了，祭灶就是大年的一部分，是大年的序幕。

日历上腊月二十三标明北方小年，腊月二十四标明南方小年。南方和北方祭灶这个节日不在同一天。原来祭灶这个传统节日是腊月二十四，宋代的范成大在他的《祭灶诗》中说："古传腊月二十四，灶君朝天欲言事……"至少到乾隆时期，都是腊月二十四祭灶。《清朝野史大观·清宫遗闻》中说，乾隆一朝，每年腊月二十四晚上，祀灶神于坤宁宫。清朝中后期国力逐渐衰微，清朝皇帝在每年举行祭天大典时，为了节省开支，就把腊月二十四日的祭灶仪式合并到了腊月二十三的祭天大典里。上行下效，官家如此，北方地区民间也改在腊月二十三祭灶，而中国皇权对南方地区控制薄弱，影响较小，南方民间仍然按惯例腊月二十四祭灶。

豫东平原乡村中有谚语："官祭三，民祭四。"虽然皇帝改在腊月二十三祭灶，然而位于黄淮平原豫东地区陈蔡之间的乡村里古风犹存，仍然在腊月二十四过小年祭灶神，此地乡间这个节俗在腊月二十三过小年的北方地区独树一帜。有一首上古时代的歌谣《击壤歌》流传至今，"日出而作，日入而息。凿井而饮，耕田而食。帝力于我何有哉？”这段古老的歌声吟唱出我们远古先民于农耕时代怡然自得的简朴生活，展现了上古时代先民的无忧无虑、自然安闲的生活态度和崇尚原始的简单生活方式。简朴、自然、怡然自得的生活，又何须外力的干涉和帝王的强权统治呢？

豫东平原陈蔡之间的乡村历史上一直是皇权边缘地带。这里从春秋战国到现在，一直是府、县级行政区的边界。独特的地理位置，村民们向往纯朴自然、自由安闲生活方式的思想孕育了村中不同于北方其他乡村的祭灶风俗。

祭灶最早源于古代先民对火的崇拜。《礼记·礼器》孔颖达疏：“颛顼氏有子曰黎，为祝融，祀为灶神。后来，灶神不仅管理烟火，随着延续千百年的祭灶仪式不断发展，灶王爷被人们赋予更多的职能。陈蔡交界处乡村里祖辈相传的说法是，每个家庭祭灶仪式结束后，灶王爷和灶王奶奶马上赶到天宫向玉皇大帝汇报他们所监管的这一家人一年的生活情况，诸如是否浪费粮食，是否讲究卫生，是否礼敬神灵，是否妥善管理烟火等。祭灶时，灶火内紧靠锅灶的墙面上贴的灶王爷和灶王奶奶画像每年都要更新，画像配有对联，常见的有“二十四日去，初一五更回”或“上天言好事，下界保平安”，横楣“一家之主”。从对联的横楣可以看出，村人都认为灶王爷是一家之主，诸事皆管。其实，所谓一家之主，不过是拍灶王爷的马屁，在村民心里，灶王爷和灶王奶奶两口子整天蹲在灶火里锅台边，仅仅负责监督一家人的饮食问题。一到腊月二十四，还要到天宫向老天爷汇报一年来一家人的饮食情况。为了防止灶王爷向老天爷汇报时乱说话，村人采取了一个用灶糖作祭品粘灶王爷嘴的措施。

一入腊月，村里家家户户开始赶年集办年货，其中灶糖是家家必办的年货之一。灶糖又叫麻糖，豫东农村的灶糖是一种直径大约二十厘米、厚五厘米的圆形黄褐色麦芽糖。从年集上买回来的成坨的麻糖不能直接食用，过祭灶节日食用前还要加工一下，这道工序叫展麻糖。大概是把成坨的灶糖展开的意思吧。展麻糖时，先把成坨的灶糖敲成小块在铁锅内用小火烫软，在案板上用擀面杖把烫软的灶糖擀成不到一毫米的薄片，擀的时候同时在两面沾上炒熟的芝麻，先用刀把擀成大片的灶糖切成宽三厘米、长八厘米的长方形，再在切成小片灶糖的中间沿长度方向划一下，最后把一端从划开的缝中穿过来后适当拉伸，一个俏呱呱表面沾满熟芝麻的麻糖就展好了。展好的麻糖晾凉后焦酥香脆，甘甜可口，是小孩子最喜欢的节日零食，也是人们过祭灶节日的必备食品。而老灶爷画像前面摆放的祭品则是未展的成坨的灶糖。

腊月二十四晚上，成坨的灶糖装在盘子里摆放在锅台上老灶爷和灶王奶奶画像前，由家中年长者焚香祷告，让老灶爷和灶王奶奶上天汇报时不要说家里过失。其实，祭品里面暗藏玄机，祭祀用的还未展开的成坨的麻糖，咬一口就会粘住牙导致张不开嘴，老灶爷和灶王奶奶吃其他几种祭品还好，要是吃了灶糖，到上级汇报工作就张不开嘴了。

祭灶这天，村人接当年出嫁的女儿回娘家过祭灶，过完祭灶第二天一定要把女儿送回丈夫家，出门子[①]的闺女不能在娘家过年。

豫东平原廻曲河故道两岸的乡村里还有一种干爹干娘接干儿子来家里过祭灶的习俗。干儿子在认干爹干娘后的三年里，干爹要把干儿子抱到家里过祭灶以增进感情。认干爹干娘时，孩子一般还小，孩子的亲生父母和干爹干娘关系好，让未通人事的小孩子认自己的好朋友为干爹干娘，多是大人的社交行为，孩子并非由干爹干娘养育。豫东乡村把生父和干爹这种关系称为“打老契”。

豫东平原乡村里有个约定俗成的规矩，每年腊月祭灶节之前，村人无论自己日子如何艰难，一定想办法清理账目，付清应付的款项。祭灶之后到了腊月二十五贴上门神，要账的就不能上门了。腊月二十四之前出门躲债而在腊月二十四之后回家祭灶，就会受到人们的鄙视，这种习俗体现了豫东乡村诚信待人的民风。

① 出门子：闺女出嫁叫出归或出门子。归的意义同《诗经·周南·桃夭》之子于归的“归”。出门子意指从生身父母的家庭嫁出去；出归意指嫁到了夫家，到了女子应归之所。

一年之计在于春——春节和元旦

陈蔡交界处的桥陈村向东三十千米，就是项城市水寨镇。清末民初，水寨镇出了一个影响中国近现代进程的人物袁世凯。一九一三年七月，也就是民国二年，民国临时大总统袁世凯以国民政府的名义公布以农历正月初一为春节，并于春节期间例行放假，从次年开始实行。自一九一四年开始，我国大部分地区一年中最重大的节日农历正月初一的大年被称为“春节”。一九四九年九月二十七日，中国人民政治协商会议第一届全体会议决定在建立中华人民共和国的同时，采用世界通用的公元纪年。为了区分阳历和阴历两个“年”，人们把阳历一月一日称为“元旦”。一年中二十四节气的“立春”恰好在农历年的前后，人们就把农历正月初一称为“春节”。

民国以前，中国多以农历纪年，人们把农历正月初一称为元旦。从一九一三年国民政府公布农历正月初一为春节到中华人民共和国公布采用公历纪年，三十多年间，豫东乡村的人们逐渐习惯了阳历一月一日叫元旦，农历正月初一叫春节。不过那都是正式场合或在文书契约里出现的。从古至今，乡村里人们一直称农历正月初一为年或大年。过年是乡村里最热闹最隆重的节日，直到今天豫东乡间很少有人过阳历的

一月一日元旦这个节日。

进入腊月，出门在外的人逐渐回到家里，从腊八开始，集市不再讲单日或双日逢集，人们说呼隆集了，也就是天天都有集市，大家每天都可以赶集办年货了。

豫东平原有谚语："一入腊月就是年。"腊月里乡村间，人们大多为过大年做准备。到了腊月二十以后，人们见面的问候语也由"吃了吗？"变成了"年办齐了吗？"打扫房子、收拾庭院、置办年货、杀猪、磨豆腐、蒸馍、炸油条，这些都要在大年三十之前做好。等到大年三十下午，过大年的气氛和仪式感才真正出来，鲜红的对联、门神贴好了，堂屋后墙的正中央，按长幼顺序排列着逝去先祖名字的家神轴子挂出来了，家神轴子是一个记录着五服以内逝去亲人的世系图，家神轴子下面的条几上摆放着祭祀祖先的供品，供品两侧放着两个陶瓷的烛台，西边天际太阳刚刚接近地平线，烛台上的红蜡烛就点燃了。庭院的大门敞开，家中的男丁带着香烛、鞭炮到家族墓地燃放鞭炮，焚香烧纸，口中祷告请先祖回家过年。请家神的男丁回到家，全家人在堂屋里对着家神轴子磕头行礼，然后，一家人围坐在一起，一边吃丰盛的年夜饭，一边谈论着年成的丰歉、小孩子一年的变化，而家中老人多回忆起故人、念叨起难以忘怀、年年如此的陈年往事……接着一家人守夜直到小孩子的眼皮打架，甚至通宵达旦。

大年三十晚上和大年初一早晨，祭祀先祖的供桌上用两只红彤彤的蜡烛照明，一来蜡烛更明亮，二来大红的蜡烛增加了节日喜庆的气氛。我的曾祖父准备的供品数量一定要单数，供品选用的是柿饼、红枣、苹果、橘子等水果或干果。在供桌后面的墙上，家神轴子挂在靠左边的位置，正中央是曾祖母用黄表纸叠的一个牌位，牌位从下往上由一个等腰梯形、一个长方形和一个等腰三角形组合的几何形状构成。在中间的长方形部分，我的曾祖父用馆阁体的毛笔字写着“天地国亲师之神位”，在这行字的上半部分两侧分别写着“供”、“俸”两个字。曾祖父告诉我本来这几个字是：“天地君亲师之神位”，辛亥革命后皇帝被推翻了，从那以后“君”就改成了“国”。

人民公社化之前，豫东平原的乡村里饲养着骡、马、耕牛的家庭，年三十夜里或初一五更喂牲口时，主人会拿出一个家中过年蒸的白馍掰碎放入饲料中，让耕种土地出大力的牲口也吃一次白馍改善生活过个年。年成不好白馍少的时候，主人自己不吃白馍也要给牲口吃一次白馍。到了“大集体”的时候，大年三十晚上，很多人拿一个自己家的白馍送到生产队的牲口屋交给饲养员，让饲养员给牲口过年改善生活。

大年初一起五更，男主人先起床放三声开门炮，而且越早越好。起床后到厨房烧锅，把三十晚上主妇已放到锅里的白蒸馍和现成的菜馏热，再把已经包好的饺子在后锅[①]煮好，饭做好后，叫起全家老小起床，全家在一个洗脸盆里洗脸，

① 后锅：土坯砌筑的柴灶，灶膛上面是大铁锅，为利用余热，后面支一小铁锅称为后锅，最后砌筑烟囱。

一起面向挂在堂屋后墙的家神轴子磕头拜年，然后晚辈依次向长辈磕头拜年。拜年的时候，长辈给晚辈发压岁钱。

吃过饭，家族中不同的家庭互相拜年。见面第一句问候：“您起得早！”然后按族中的辈分，晚辈向长辈说：“给您拜年！”二十世纪六十年代之前，村人说拜年是一定要行礼的，晚辈向长辈拜年行磕头礼，平辈之间作揖。后来，磕头作揖渐渐废除，人们只要说：“给您拜年！”长辈马上就说：“礼到啦！”晚辈就不要跪下磕头了。

我的曾祖父有三位姐姐，每年正月初四，我的三位表爷来到我家走亲戚，到我家后第一件事就是给他们的舅舅磕头拜年。这个习惯一直持续到我曾祖父去世。

在豫东乡村，春节期间流行着一个谚语：“腊八祭灶，年下来到。闺女慌花，小子慌炮，老婆慌个黑手巾，老头慌个黑毡帽。”过年办年货，最重要的是给老人置办一身新衣服，给小男孩买几挂鞭炮，给小女孩掐几朵戴在头上的艳丽的纸花。过年这一天，族中亲友来到家里，给穿着新衣服的长辈拜年。如果老人穿着邋遢会大煞风景，也显得家里的日子窘迫，更让亲友觉得晚辈缺少对老人的孝心。家中调皮的男孩子在庭院中放爆竹，院中一地花花绿绿爆竹纸屑，加上头戴鲜艳花朵的小女孩欢乐的笑声，厅堂内外充满了过年的喜庆气氛。

大年初一仅仅是过年活动的一部分，大年初二开始，㧟油果篮子走亲戚是过大年习俗中的重要组成部分。大年初二走的亲戚有两种：一种是小孩子走姥姥家，小孩子跟着父母到姥姥家给姥姥拜年；还有一种是当年的新客，也就是上一年内刚结婚的小两口第一年春节到老丈人家拜年。新婚小两口第一年春节到老丈人家拜年很隆重，大多要请两位场面上的亲友当陪客一起去。除此之外，备的礼品也比走一般亲戚的重，多用礼盒装着四色礼，请陪客抬着去。不仅客人走亲戚的阵容和携带的礼品贵重，老丈人还要请亲族中的兄弟做陪客，请正式的局丈[①]做一桌排场的席面招待新女婿。第一年给老丈人拜年的新女婿尊称新客。午饭后，新客走到村头，早已等在这里和新客平辈的嫂子和兄弟一拥而上，给新客涂一脸锅底灰，称为打花脸，以示热闹喜庆。

大年初三开始，亲戚、朋友开始挑着油果篮子互访，交流感情，共话桑麻，探讨来年生计。随着大年初一逐渐远去，过年的味道慢慢淡了下去……

随着社会经济状况的发展变化，几十年来，年俗也发生了很大的变化。电视的普及，中央电视台春节联欢晚会成了大年三十晚上的重头戏。因为乡村间道路和交通工具的发展进步，春节期间走亲戚时的出行方式也由步行逐渐发展成了使用自行车、摩托车、小汽车出行。亲戚间互相拜年时谈论的话题也日渐广阔和文明。社会的发展和进步完全超出了人们的想象。

① 局丈：乡间职业厨师。

简单而纯真的理想——破五

小时候过年，可以穿新衣服，吃好吃的，放炮仗，挣压岁钱。小孩子对过年的期盼多源于此。可是，过年还有很多规矩让欢天喜地过大年的小孩子很不爽。在豫东乡下，过年的时候不能摔盆打碗。要是不小心把碗碟打碎了一个，嘴里念叨半天碎碎平安，可心里还是挺别扭。看到家里炸了很多油条、糖糕，这些好东西平时很少见，忍不住说一句做恁多好吃的，话刚出口就知道犯了忌讳。最难办的是，正月初五之前不能扔东西，就连垃圾也不能扔。因为，怕把一年的福气给扔掉了。

正月初五是送污秽迎财神的节日，这一天被称为破五。中国有古训：“不破不立。”过了破五，过年的规矩就可以不讲了，大人小孩都轻松了很多。放开手脚，放飞对未来生活的理想，开始新的生活。

破五的早晨，一挂鞭炮从大门里放到大门外，燃放的爆竹驱除了往日的污秽、不祥，把贫穷、疾病、愚昧赶出了家门，把以前的污秽、垃圾扔掉，把集聚的废水泼出去，把一切不愉快抛弃，敞开大门，迎来财神，迎来幸福和快乐，迎来富足、健康、文明的一年。

破五节日的中午循例是吃一顿饺子，满怀对即将到来一年的希望，让财神爷走进家门，快快乐乐，享受一顿农家最丰盛的美餐，接下来，开启一年新的生活。

破五对贫困的乡村而言是标志性的节日。对乡间的农人，破五意味着大年这个短暂的狂欢就要结束，象征着往日的烦恼已经被抛弃，预示着未来一年富足、快乐的新生活即将到来。

破五是底层劳动者的节日，它寄托着农人对幸福美好生活的殷切希望。旧年远去，过去一年的灾难、疾病、困难和一切痛苦、不愉快都随着大年前的污秽一起被彻底清除抛弃。随着新春到来，在正月初五这一天满怀希望和喜悦迎接财神爷进门，过了破五，新的一年辛勤的劳作就开始了。

破五之前的大年期间，所有的工作都放下了，家中老人的纺车停止了转动，妇女的针线活束之高阁，孩童的书本放进了书包，男人的农具都入了仓房，远赴他乡为生活奔波的游子回到了充满温情和爱意的妻子儿女的身边，一家人享受着团聚的快乐。平常熙熙攘攘的大街上这时候仍然流动着欢乐的人流，集市上没有商品的交易，只有相互间温暖幸福的祝福。临街的门店锁上了大门，大门上贴上了火红的春联……仿佛整个世界都停止了摆动，汇入了过大年的欢乐中。

破五到了，抛弃了已往的烦恼，迎来了象征财富的财神爷。在豫东乡村农人的心中，迎财神不是坐等财神爷上门，要劳动，要创造，要付出，要用勤劳智慧的双手开启迈向未来一年的大门，才能迎得财神爷的到来。

正月初六的早晨，鞭炮声此起彼伏，过年的禁忌解除了，生活恢复正常了。从这一天起，老奶奶又坐在苫片子上摇动了纺车，妻子取出了活篮子为栉风沐雨的外头人[①]缝制鞋袜衣衫，学童还未开学，稚嫩的读书声又飘散出农家小院，对田地里禾苗牵肠挂肚的农人一大早已扛着铁锨下地查看墒情。集市上临街的门店在鞭炮声中开启了大门准备迎接顾客的到来，走街串巷的货郎已经备好了正月十五灯节必备的小蜡烛、灯笼等应时商品，街巷里传来他们“咚！咚咚咚”摇拨浪鼓的声音。远行的人已开始收拾行装，即将奔赴他乡开启追逐梦想的旅程。

破五是一个辞旧迎新的节日，抛弃了污秽、不祥，迎来了财神爷，充满希望的新的一年开始了！

① 外头人：男人。

人类共同的生日——人日

春节过后，豫东乡村节日接二连三。刚刚过完破五，到了大年初七，就到了人的生日。

豫东民间传说，盘古开天辟地后，地上并无多少生物。大地上只有女娲娘娘一个人寂寞地生活在那里。为了增加生活的乐趣，女娲娘娘陆续用黄土造出了鸡、狗、猪、羊、牛、马等动物后，于第七天仿照自己的模样用黄土造出了人。从此，拥有智慧、无所不能的人类诞生了，大地上从此充满了勃勃生机。正月初七就成了人类的生日，也就是人日。

豫东乡村里流行“七不出门，八不回家”的习俗。所谓“七不出门”，意思是正月初七是人类生日，在外的游子应在大年前回家过年，过了正月初七人日才能远走他乡办事。人日这天不仅不能出远门，也不能走亲串友，一家人全都要在家团聚。在正月初七人日这天的晚上吃面条，吃过这碗面条，把人心从过年的欢乐气氛中收回来，从第二天起，就可以开始一年的农事活动了。

女娲造人这个带有母系民族特色的传说，对乡人影响极深。豫东乡间有童谣：“腊八祭灶，年下来到。闺女慌花，小子慌炮，老婆慌个黑手巾，老头慌个黑毡帽。”这段童谣里“闺女慌花”里面的花就是被村人称为“花花”的初七人日小女孩带的花胜。

每年正月初七，小女孩子带花花是人日这天的习俗。年前赶年集备办年货时，给小女孩买用细铁丝、染色的灯草、彩纸和染色的棉花扎制的花花是每家必办的年货之一。

一个两米长的木棍顶端用细绳捆绑着一团麦秸，成朵的花花下面固定着的细铁丝插在那坨麦秸上，花花绿绿很显眼。在拥挤的年集上，卖花花的人肩上扛着上面插满花花的木棍，顶端插着的花花高出赶集的人流一米高，离得很远的赶年集的人看到那花花绿绿的花花，就会慢慢挤到卖花花的人跟前，给家中的小女孩子挑选几朵中意的花花。年幼的小女孩也会因为人日这天头上插满了花花而平添了一份快乐。爱美的女孩等不到初七，在春节这一天就把父母置办的花花戴在帽子或头巾上，从春节走亲访友一直戴着直到正月十五，多彩的花花为新年增添了更多喜庆的气氛。

人日是母系氏族社会遗留下来的痕迹，也是汉民族源于生殖崇拜的节日。豫东平原陈蔡交界之间乡村里的人日，因女娲娘娘创世造人而有其特别的风俗。直到现在，这个节日还存在于豫东乡村人的生活中。

巧手扎出走马灯——灯节

豫东乡村的正月十五是一个隆重的节日。没过正月十五就好像大年还没有结束，过了正月十五，各行各业该干啥干啥，一切回归本位。

正月初一大年过后，从初二开始，挑着油果篮子走亲戚是最重要的事。村里街上，村外道路上，走亲戚的人熙熙攘攘，仿佛所有的人都从家里出来了。初八之后，走亲戚的人渐渐稀少。到了初十，亲戚差不多都走过一遍了。接下来，就要赶集买灯笼，买蜡烛，买焰火，准备灯节。

家境差些又有小孩子的家庭，往往自己动手扎灯笼。连扎灯笼买纸的钱也想节省下来的家庭怕小孩子哭闹，就做蜡碗子。取一个大白菜根，用大菜刀将顶面削平，再用小刀挖去中间部分，形成一个碗状就做好了。到了正月十五晚上，点燃放在白菜根挖成的小碗里的蜡烛，小孩子端在手里，走在打灯笼的孩子群中，平添了许多趣味。

位于豫东平原的乡村里，因出天花脸上留下麻子的人，常被乡亲们在名字前冠以麻字。村人认为脸上有麻子的人比一般人聪明。此地乡间流行有一句谚语："一个麻子一个点。"这句话中的"点"是点子或方法的意思，这句谚语是说脸上有麻子的人，大脑中解决问题的办法多。陈蔡交界处的桥陈村中有个叫麻尚德的人心灵手巧，人送绰号“百事通”。他会扎五花八门各种款式的灯笼。每到灯节，他扎的灯笼总有新鲜花样。有一年灯节，他扎了一只走马灯悬挂在大门口，天黑后，引来一群手里挑着灯笼的小孩子在他家大门外叽叽喳喳观灯，一直到半夜还没有散去，原来麻尚德在走马灯上画了一男一女两个人，这二个人在旋转的灯笼上追逐，不过这对男女不是在谈恋爱，而是孙悟空手持金箍棒追打白骨精，小伙伴都想看到孙悟空追上白骨精后的打斗场面，眼看街上行人渐稀，夜渐渐深了，孙悟空还一手持金箍棒一手指着白骨精追赶，麻尚德从屋里出来，手里拿着一簸箩他自己展的麻糖，一边给小孩子们分麻糖一边说：“别等了，他俩跑得一样快，追不上的。”

每年过了正月初十，找麻尚德扎灯笼的人络绎不绝，拿来扎灯笼的材料堆满了他家的院子。麻尚德乐于助人，每有人带着扎灯笼的材料找他帮忙扎灯笼，他来者不拒，都很热情地答应下来，在正月十五天黑之前他一定会拿出一个出乎别人意料的新款灯笼。

正月十五天刚擦黑儿，村里家家户户门前挂起了各式各样的灯笼。灯笼上有戏剧人物，也有梅兰竹菊，更多的是《水浒传》、《红楼梦》、《西游记》里的人物。小孩子们连平常很喜欢的饺子也不在乎了，还没吃晚饭，就急急忙忙点上自己的灯笼、蜡碗子里的蜡烛走到了大街上，为流动的灯海添上一星光明，汇入打着灯笼的快乐的孩子群中。

正月十五第一天打灯笼，正月十六碰灯笼，正月十七轰隆灯笼。小孩子打的灯笼不能留到来年再打出来。这是村里多年沿袭下来的风俗。到了正月十六，小孩子比赛谁的灯笼更坚固，更耐碰撞。手中的灯笼相互碰撞时或灯笼散架，或蜡烛的火苗引燃了灯笼。跳跃的火苗引来一波又一波欢笑声，熊熊火苗预示着未来一年的日子更加幸福快乐。到了正月十七，所有的灯笼都要付之一炬。

流光溢彩的灯节过后，新的一年开始了！

巧用炉灰驱害虫——二月二

在豫东平原的乡村中，人们感觉过罢大年后，年的气氛还很浓郁。一直到过罢正月十五灯节，走亲访友联络感情的交流活动渐渐消退，红烛炮仗红春联也逐步褪去鲜艳的色彩，人们才陆续开始一年的营生，大年渐行渐远。大年后农历二月初二，豫东乡村春天里第一个节日到了。

二月二这一天清晨，做早饭的女人在自家小院里用三块半截砖支上鏊子，为一家人摊煎饼，煎发面泡子[①]。煎饼和发面泡子是二月二节日特定的食物。豫东农家二月二早饭吃的煎饼和山东卷大葱的煎饼不一样，会在小麦面粉中加入鸡蛋、调味品，清水搅和成稀面糊，涂一层薄薄的稀面糊在鏊子上，很快一张煎饼就摊好了，豫东农家二月二早饭吃的煎饼和山东卷大葱的煎饼不一样，在鏊子上摊出的煎饼软糯可口。发面泡子则是用发酵的面剂子做成不规则四边形，在鏊子上煎成。这两种小吃是二月二节日的特色食品。

男主人在二月二的早晨早早起床，从平常做饭的柴火灶

① 发面泡子：一种用小麦面粉发酵后，在鏊子上油煎成的一厘米厚的不规则四边形面食。

膛里掏出里面积攒的草木灰，把这些草木灰盛入荆条篮子[①]里。男人们挓着盛满草木灰的篮子，沿着庭院的围墙根和房屋的墙根把草木灰均匀地撒一圈。然后，在盛放粮食的房间，沿粮食踅子根部周围也均匀地撒一圈草木灰。初春之际，广袤的黄淮平原大地回春，这个时节正是毒虫苏醒，疫气渐炽之时。草木灰具有杀虫消毒的效果。撒在庭院围墙根、房屋墙根和粮食踅子根部的草木灰可以有效杀灭生活、居住环境内和粮食踅子周围的毒虫和细菌。二月二撒草木灰这个习俗是村人们在初春天气渐暖之际进行的一次传统的防疫活动，也是历代村里人生产生活经验的科学积淀。

二月二对农人而言是新春之始，一年的农事活动就要开始了，当此时节，万物复苏，雨水渐渐丰沛，播雨的神龙开始活动了。村里人认为雨水是游动在天上的龙播撒的，雨水渐丰有利于农事，乡村中有民谚："二月二，龙抬头。"为了方便神龙活动，给寄托着农人希望的大地带来贵如油的春雨，二月二这一天，妇女不能动剪刀和针线以免碰到龙鳞，如果锐器伤到龙的眼睛，伤到撒云播雨的神龙，这一年就会天大旱，粮食歉收。

龙抬头的日子里，为村人剃头的李呆师傅吃过早饭准时出现在生产队牲口屋前的小场院里，李呆师傅应时而动，在二月二这一天开工。为了讨吉利，男人们在二月二这一天要

① 荆条篮子：用荆条手工编织的船形篮子，上部横向有一弧形木制把手，称为篮系子，使用时用胳膊挓在里面。这是二十世纪八十年代前村中常用农具。

剃龙头，乡村里人们认为在二月二这一天剃龙头会给自己带来一年好运。

每年的农历二月二到三月三之间，位于豫东平原的淮阳太昊陵举办传统庙会。这个庙会影响达到太昊陵周边方圆两百里范围的乡村。庙会期间，乡间当年的新婚妇女为祈求早生贵子，由公婆带着到太昊陵拴毛孩子。淮阳的泥泥狗是女娲娘娘造人在民间的遗风，在太昊陵庙会上买上一个泥娃娃，带着泥娃娃在人祖爷墓前焚上一炷高香，再默默许下心愿，最后在泥娃娃身上拴上红线，带着希望逛完庙会回到家，待来年得一大胖小子，虔诚的公婆为感念人祖爷和女娲娘娘的恩德，就挑着盛放经卷和香烛祭品的挑子，边唱边舞，来到太昊陵还愿，这就是流行于豫东平原的担经挑习俗。

近些年，周口市文化部门组织艺术家以这一民间风俗为素材，经艺术加工创作了舞蹈担经挑，每天在太昊陵前的广场上演出，这个舞蹈成了一张文化名片。桥陈村里一帮有文化的妇女，把太昊陵前广场上的担经挑舞蹈改编成了健身操，她们自发组织起来，每天傍晚在村里文化广场跳起了富有地方文化特色的担经挑广场舞。古老的担经挑习俗化茧为蝶，进化成了具有地方特色的文化活动。

春天里的思念——清明

唐德宗建中初年，皇帝李适想找一个负责为他起草诏书的秘书，宰相推荐了两个人，皇帝都没有批准，宰相再一次请示皇帝李适，唐德宗李适说："让韩翃给我当秘书吧！"当时，在册的有两个韩翃，一个任江淮刺史，一个赋闲在家，宰相不知道皇帝说的是哪个韩翃，唐德宗李适在宰相请示的奏折上批到："写出'春城无处不飞花'诗句的那个韩翃。"于是，诗人韩翃因为写出让唐德宗李适欣赏的诗句而被任命为驾部郎中知制诰。

唐德宗李适读到的那首诗名字叫"寒食"，全诗是"春城无处不飞花，寒食东风御柳斜。日暮汉宫传蜡烛，轻烟散入五侯家。"从这首诗中可以知道，那时候寒食节不仅是一个民间的节日，皇室和贵族也过寒食节。

韩翃这首诗写的正是传统节日寒食节，传说是为了纪念晋国大夫介子推的节日。晋国公子重耳流亡期间介子推始终追随他，重耳因为没有食物而饿晕倒时，介子推曾经割下自己腿上的肉煮成肉羹给重耳吃，重耳因而获救。晋公子重耳回到晋国成为国君之后，介子推功成身退带着老母亲一起退隐于绵山中，开始了简朴自足的山居生活。晋文公重耳在奖励辅助他成为国君的功臣时想起了介子推，可是却找不到他，有人给晋文公重耳出主意说放火烧山介子推就会从绵山出来，然而晋文公的山火没有改变介子推归隐山林的决心，具有坚强意志的介子推在大火中和老母亲一起抱着一棵柳树而死。晋文公重耳为纪念介子推，用这棵柳树做成木屐穿在脚上，走路时念念不忘介子推辅佐自己成为国君立下的大功，口中念道“足下！足下！”，以示纪念，并在全国上下禁止在介子推殉难的那一天不生火煮饭，只吃冷食。后来民间相沿成习，这一天就是寒食节。

唐朝诗人卢象有一首诗《寒食》讲述了寒食节的来历及寒食节与介子推的关系。“子推言避世，山火遂焚身。四海同寒食，千秋为一人。深冤何用道，峻迹古无邻。魂魄山河气，风雷御宇神。光烟榆柳灭，怨曲龙蛇新。可叹文公霸，平生负此臣。”

寒食节一般在二十四节气的冬至后105日，这一天往往在二十四节气的清明前一二日，作为纪念性节日的寒食节和二十四节气中的清明节相差一两天，后来，民间逐渐把清明节和寒食节合在一起，在二十四节气的清明节这一天一块过了。

清明节这一天，豫东平原的乡村中每一户人家都在大门口插上一束柳枝，传说插柳枝就是为了纪念晋大夫介子推。清明时节，刚刚吐出翠绿嫩芽的柳枝，寄托着村里人对介子推忠诚、孝敬父母、不慕名利、富有牺牲精神、淡泊处事、崇尚自由、信念坚定等优秀品格的仰慕和崇敬。

清明节这一天，村里人在纪念介子推的同时也给故去的亲人扫墓。春和景明，翠柳含烟，村人们来到埋葬故去亲人的墓前，为逝去亲人的坟墓添上被雨水冲刷下去的覆土，清除坟墓上的杂草，清理干净后再摆上祭品，焚香烧纸祭奠逝去的亲人。乡村中流传着一条谚语："早清明，晚拾来衣儿。"意思是清明节祭祀亲人一定要在清明节这一天或这一天之前，农历十月初一寒衣节为故去亲人送寒衣一定要在寒衣节这一天或这一天之后。在豫东乡村，为故去的亲人扫墓是清明节最重要的风俗。

唐朝诗人韩翃的诗句："日暮汉宫传蜡烛，轻烟散入五侯家。"说明在唐德宗时期，皇宫中的寒食节还遵循着禁火的习俗。到了 20 世纪六七十年代，晋文公重耳颁布的寒食节禁火冷食的法令早已经消失在历史的长河中，豫东平原的乡村中，寒食节和清明节已经演化合并成了一个清明节，乡村中也没有禁火冷食的习俗了。

在豫东乡间，脱离农耕生活的富裕阶层还有清明节踏青的风俗。豫东农村的农人们在初春时节更注重繁忙的农事活动，杜牧《清明》诗中描写的于烟雨朦胧中踏青游春，饮酒赋诗的浪漫风俗是文人士大夫的雅尚，豫东乡村的农人鲜少参与这样的活动。

天气渐暖防疫驱秽——端午

20世纪六七十年代的豫东乡村里，村里人有点手脚肩背疼痛或头痛脑热的小毛病一般不到公社医院去看病，而是用艾灸这一祖传秘方自己治疗。把农历五月初五端午节的正晌午[①]在沟边路旁收割的青艾晒成干艾后，再经捶打除杂，提取出具有药效的艾绒，把艾绒用细麻坯子[②]缠绕成圆柱状，就成了用于艾灸的艾柱。点燃艾柱一端，吹灭明火，让艾柱熰着，切一个生姜片，上面用缝衣针刺几个眼后，按照祖上传下的秘方放在相应的穴位上，熰着的艾柱放在姜片上方熏两袋烟功夫，一般的疼痛、伤风经三五次艾灸就会痊愈。

为啥要用端午节正晌午收割的艾做艾灸呢？

原来村里人认为端午节这一天是一年中阳气最盛的一天，正晌午又是端午这一天阳气最盛的时辰。艾灸多治寒症，正午所采的艾入药阳气最盛，疗效最佳。

艾在豫东平原乡村端午节是必不可少的主角。豫东农家不仅在这一天采来鲜艾加工后入药为一年所用，还有插艾束

① 正晌午：一日中的午时，也就是11点到13点之间。还有一种叫法"正晌午头"指12点。

② 麻坯子：新鲜苎麻在池塘中沤一段时间，剥下外皮后洗去表皮的发酵部分，剩下的纤维叫麻坯子，麻坯子可以打緉、搓绳、纺经子。

于门首，悬艾虎于厅堂以驱邪秽的习俗。

清末豫东乡村出了一位女诗人高芳云[①]，她有诗集《形短集》传世。其中，《端阳前一日浣衣（二首）》中有诗句："忽见小姑拈艾至，才知明日是端阳"和"小鬟不解人心事，笑立砧边索五丝"。记录了豫东地区乡村端午节门首插艾束，厅堂悬艾虎祛虫除秽及小女孩手腕带五彩丝线辟邪的风俗。

豫东平原夏季农作物以小麦为主，秋季多种植玉米、大豆、红薯、芝麻和谷子，并不种植稻子。20世纪六七十年代，端午节的早晨，每家煮大蒜和鸡蛋，炸菜角和糖糕作为过端午节的早饭。做粽子需要大米，那时候大米在豫东农村是很金贵的粮食，村里人极少见到，小孩子听到过粽子的传说，并没有见过粽子，更不要说吃粽子了。

据《民国商水县志·卷五·地理志》记载："五月五日为端阳节，食角黍[②]及糖糕之类，饮菖蒲雄黄酒。悬艾虎，

---

① 高芳云，字梅阁，晚年自号荆布老人。生于清乾隆癸卯年（1783），诗、书、画、篆刻均有涉猎，有诗集《形短集》传世。文中引用的《端阳前一日浣衣（二首）》：

一

轻罗脱去易村妆，努力桐阴学浣裳。
忽见小姑拈艾至，才知明日是端阳。

二

老母同胞久别离，一朝三岁数归期。
小鬟不解人心事，笑立砧边索五丝。

高芳云是位于豫东平原的周口市项城市高寺镇人，高寺镇与桥陈村相距30千米，乡间节日风俗相近。

② 角黍：即粽子。周处《风土记》："仲夏端午，烹鹜角黍。"

门首插艾。幼者系百索于项或以五色丝系腕，俗言续命丝。”角黍即粽子，看来清末民初，豫东地区端午节还是有吃粽子的习俗，县志里的记载与 20 世纪六七十年代豫东乡村中端午饮食习俗略有不同。

那时候，豫东乡村端午节之前几天，手摇拨浪鼓的乡间货郎担应时而动，货郎担里增加了雄黄、香料等应时的商品。到了端午节，乡间的小孩子在额头和耳轮处涂上雄黄以驱邪气，避时疫。《民国商水县志·卷五·地理志》即有“旦起，以雄黄涂小儿手足、七窍，曰避虫毒”的记载。端午节期间，巧手的母亲还会用五彩的花布和丝线为孩子缝制香布袋。在豫东乡村，还流行一种不同于黄淮平原其他村庄的在小男孩衣服胳膊处佩戴扳脚娃娃的风俗。这种扳脚娃娃和挂在胸前的香布袋一样内部填充棉花包裹的香料。村里人认为，戴扳脚娃娃的小男孩长大后身体更强壮，也更易养活成人。女孩子多在胸前用五彩丝线挂一只花花绿绿的香布袋，手膊子[①]处佩戴五彩丝线，村里人认为端午节期间女孩子戴五彩丝线可以避虫毒。

农历五月初五端午节，天气渐趋炎热，疫病和各种毒虫渐渐活跃起来。以旱作农业为主的豫东平原的农人们在这一天洒扫厅堂，门插艾束，庭悬艾虎，以雄黄为幼儿涂额，小孩子们佩戴香囊，系五彩丝线，食用煮熟的蒜瓣驱疫防病，

① 手膊子：手腕。

食菜角、糖糕、鸡、鸭蛋增加营养。这些端午习俗是千百年来北方农耕民族传统的防疫活动，经世代赓续形成了豫东平原的端午节。

现在全国各地的端午节，大多有一个重要的赛龙舟活动。《民国商水县志·卷五·地理志》记载有五月五日端阳节民间赛龙舟活动："周滨渡头①以五色纸作龙形置小船上谓之龙舟。荡漾中流，往来游歌。岸上百戏杂陈，游人如蚁，士女彩船首尾衔接。纨绔子弟，以鸭投水，名曰赏标。龙舟奋力抢夺，作为欢笑，颇近太平景象。"这是最早的豫东商水县境内端午节赛龙舟记载。县境内也只有沙颍河开阔的水面具备赛龙舟的条件。豫东乡间没有开阔的水面故而没有赛龙舟的习俗。

1988 年至 1993 年，由周滨渡头发展成的周口市川汇区恢复了沙颍河上的龙舟竞渡活动。1993 年还举办了捕鸭龙舟赛。此后又中断了这项传统体育活动。2014 年端午节，周口市在流经市区的沙颍河上恢复了一年一度的端午节龙舟竞渡活动，这项端午节的传统习俗在豫东平原得以延续发展。

长江流域及以南的广大地区现在有端午节吃粽子、赛龙舟以纪念伟大爱国主义诗人屈原的说法。记录长江流域荆楚

---

① 周滨渡头：《乾隆商水县志》记载，商水县于康熙初年置二十四地方，其中永宁集地方即现在的周口市川汇区部分区域。乾隆时期又扩大至三十一地方，其中永宁集地方和周家口地方即现在的周口市区。周滨渡头是沙颍河边的一个渡口，周口市川汇区即由周滨渡头发展而来。

地区风土的《荆楚岁时记》中有："五月五日四民并蹋百草，又有斗百草之戏。采艾以为人，悬门户上，以禳毒气"，"五月五日竞渡，俗为屈原投汨罗日，伤其死，故命舟楫以拯之……州将及士人悉临水而观之"，"以五彩丝系臂，名曰辟兵，令人不病瘟"，"夏至节日食粽"。从《荆楚岁时记》的记录看，南北朝时期，荆楚地区端午节龙舟竞渡活动是为了纪念屈原。当时端午并未吃粽子的习俗，人们在农历五月中旬二十四节气的夏至日吃粽子。门首插艾，臂系五彩丝，龙舟竞渡纪念屈原的端午习俗那时已经形成。端午节吃粽子的习俗是后来逐渐形成的。

中州传说

乾隆御封千年灵龟

当年乾隆下江南，一次途经陈州府，听地方官说廻曲河虽然断流已久，但两岸老百姓用他们勤劳的双手，把廻曲河故道拾掇得风光无限，不逊江南。老河道里菱藕丰茂，鱼虾肥美。每至夏初，水上荷花竞艳，水中锦鳞游泳，岸上杨柳依依，京汉古道车水马龙，乾隆听了地方官的介绍后，游兴大增，便带着一众官员前往廻曲河故道边的桥陈村观赏廻曲河风光，陈州知府为让他的儿子在乾隆面前出彩头，趁机让他儿子和他一起当向导陪乾隆出游。

廻曲河内有一老鼋，自打曹操运粮时就在廻曲河中修炼，历经一千多年已经成精。老鼋精听说乾隆要来，便想向乾隆皇帝讨个出身，请个封号。乾隆和众官员来到桥陈村，站在廻曲河故道中的古石桥上远眺，只见晓风轻拂岸柳，河面波光粼粼，岸芷汀兰，郁郁葱葱，河湾里荷花飘香，天空中鸥鹭翔集。乾隆观此美景，顿时龙心大悦，兴致正浓间，忽然看到河湾里一株出水荷叶上端坐着一只脸盆大小的老鼋，昂首似有所求。乾隆回首问陪他游玩的知府的公子："亭亭荷叶如何能禁得住那么大一只老鼋？"知府公子本不学无术，胸无点墨，听乾隆皇帝发问，竟一时语塞，不知如何回答。见如此窘况，跟随乾隆游历的礼部尚书，《四库全书》总纂修官大才子纪昀上前一步，坦然答道："千年之灵龟，身轻如毫毛。"乾隆恍然大悟："哦，千年灵龟！"自古天子金口玉言，话一出口即是圣旨，老鼋听到乾隆御封其为"千年灵龟"，在荷叶上连连磕头谢恩，之后从荷叶上飘然落下，沉入河中。

从此以后，廻曲河两岸的老百姓都称枯河中的老鼋为千年灵龟。村民们在日常劳动中遇到廻曲河中的老鼋都会精心保护，不会伤害乾隆御封的千年灵龟。

灵龟赶会

豫东平原桥陈村前古老的迴曲河故道里有一只修炼千年的老龟。乾隆下江南时曾御封其为千年灵龟。这只灵龟神通广大，法力非常。经乾隆御封之后，更是神勇灵通，护佑着迴曲河两岸年年风调雨顺，老百姓的生活宁静、祥和。

这只灵通的神龟久居水晶宫中，整日潜心修炼，不免感觉日子有点单调，对岸上百姓繁华的生活渐渐有些向往。

有一年元宵节，桥陈村循旧例举行灯会，村里从上蔡请来了沙河调名家王琳[①]演出《冀阳关》。由王琳主演《冀阳关》的消息传到了乾隆御封的千年灵龟的水晶宫中。

天刚擦黑儿，千年灵龟得知村里正逢灯会，而且有豫剧名角演出，决定化作人形到人间看戏。为了不惊动村里人，千年灵龟派靖卫将军火蚪精先到迴曲河面巡察一遍，看河岸是否还有闲人。靖卫将军火蚪精沿河岸游走观察后，没看到有人活动，于是就回禀千年灵龟："村里人都观灯、看戏去了，河岸空无一人。"

迴曲河边有一个埠口，是千年灵龟出行的出口。骤然间，埠口处的水面分开一条宽阔的大路来，宝马香车富丽堂皇，

---

① 王琳：沙河调是豫剧的一个分支，主要流行于沙河两岸的豫东地区。王琳，河南上蔡人，是沙河调第一坤角，也是沙河调的代表人物。

一位白发老者端坐车中，老者后面是他的家眷，女眷们衣袂飘飘，环佩玲珑。马车后面还有一群丫鬟婆子以及跟班的，衣着都很华丽。马车上岸后，赶车人脆生生一个响鞭，这辆车直奔唱戏的会场而去。

桥陈村元宵节晚上很热闹，村里一位渔夫的家就在那个埠口边。他后晌就盘算着吃过晚饭去看戏，晚饭时老伴用麻秆火为他筛了一壶酩馏子酒，渔夫多喝了几杯，酒后不能自持，就让老伴和孩子们先去看戏，自己躺在床上休息一会，待酒劲下去后，渔夫才摇摇晃晃走出家门准备去观灯看戏。千年灵龟出行的一幕被还在院落中的渔夫看得清清楚楚。他一路尾随千年灵龟的车队来到了戏台前，看着这辆马车走进看戏的人群中。

走进会场的渔夫在卖麻糖的摊子旁找到老伴和儿子。他没有带妻儿看戏，而是在卖麻糖的摊位边向老伴和众人讲起自己在家门前看到的千年灵龟马车出水的惊人一幕。渔夫一边讲述，一边把那辆华丽的马车指给众人看。

三遍锣鼓敲过，《冀阳关》开场了。王琳幕后一声响遏行云的“岑将军……”伴随着高亢的唱腔，王琳走向了前台，台下的观众中响起一片碰头好。

此时，千年灵龟赶会的消息已经在台下传播开来。看戏的人们渐渐向那辆华丽的马车围拢过去。即将达到高潮的剧情、令人期盼已久的名角表演也失去了吸引力。

马车上的千年灵龟知道已经暴露了身份，马车闯过围观的人群一路狂奔，冲向村前的廻曲河中，留下会场里围观者的一阵惊叹！

第二天早晨，早起的村民看到廻曲河面漂起了一条硕大的火蚪。因为失职造成重大事故的火蚪精被处以极刑。

廻曲河很快恢复了平静，河面上的古石桥默默注视着村庄的沧桑巨变，淡然而宁静。

豫东平原上，一代又一代勤劳智慧的桥陈村人依旧日复一日辛勤地劳作，他们与静静流淌的韦家沟、菱藕飘香的廻曲河相伴，随着岁月流逝，在豫东乡间描绘着一幅幅动人的画卷。

廻曲河岸边桥陈村中，千年灵龟赶会的故事至今流传。

太昊陵前的无“土”墓碑

北宋年间，苏辙曾任陈州教授。有一次，他的哥哥苏轼和妹妹苏小妹一起到陈州来看他，陈州的地方官和当地绅士听到苏轼和苏小妹来陈州探亲的消息纷纷前来拜访。地方官知道三人名气都很大，想让他们留下墨宝作纪念。于是，见到他们后就介绍说：“陈州有一人文圣地，就是人主爷太昊伏羲氏的陵墓，这座人文初祖的陵墓位于陈州城北一片苍松翠柏丛中，陵前有万亩浩渺龙湖，龙湖上莲叶田田，碧荷接天，陵后有太昊伏羲氏教人稼穑的蓍草园。太昊陵人文荟萃，风景绝佳。三位高才如能到太昊伏羲氏之陵一游，也不枉陈州一行。”

兄妹三人听说有人文初祖太昊伏羲氏之陵，立马来了兴致，答应次日泛舟龙湖，再前往太昊陵祭拜人文初祖太昊伏羲氏。

第二天，地方大员和士绅陪同苏轼、苏辙和苏小妹三人游览风光旖旎的龙湖之后，弃舟登岸，来到太昊陵大门前，看到很多摊位出售黑胶泥捏的泥泥狗，点画精致，朴拙自然。苏小妹来到小摊前，边看边问。这里咋恁多出售泥泥狗的摊位？陪同的士绅回答：“陈州民间传说太昊伏羲氏教人稼穑，女娲娘娘抟黄土造人的往事就发生在上古时代的陈州地面，这泥泥狗就是女娲娘娘抟黄土造人的遗风，这世上光有人不是太安静了吗？女娲娘娘造人太累了，就让后人抟黄土捏成狗狗、鸡、猪、鸭等六畜给这个世界增添生气，增添色彩，增加声音，丰富这个世界。”苏小妹听后，连说：“有趣！有趣！”

兄妹三人在地方官和士绅陪同下来到人主爷太昊伏羲氏的陵墓前，设案焚香，敬献供果，大礼毕。士绅说：“陈州百姓感念人主爷教人稼穑，从蒙昧走向开化，给民众带来文明的丰功伟绩，每年二月初二到三月初三在这里办庙会，举行祭拜太昊伏羲氏的大典，多年来陈州民众想在太昊伏羲氏的陵墓前立碑，或因德行不彰，或因文气不显，没有人敢题字。如今三位大贤聚于此人文圣地，众望所归，为赞颂人主爷恩德，请赐墨宝。”

苏轼、苏辙略一沉吟，只见苏小妹上前一步称：“取笔墨纸砚来。”就在人主爷陵前，苏小妹挥毫写下“人主之墓”几个大字，陪同的士绅一看苏小妹搁笔欲走，忙问：“女先生且慢，这墓字下面还缺一‘土’字哩。”苏小妹玉臂挥洒，一指地面说：“地上皆土，无须再写！”

至今，陈州太昊陵人主爷的墓碑“人主之墓”四个大字中的“墓”字下面还是没有土字。

牛问仁智破陈年旧案

清朝乾隆年间，来自山西的进士牛问仁被朝廷任命为商水知县，接到任命，必须马上启程上任，否则就有抗旨的嫌疑。牛问仁立即带着自己的好友并且聘为师爷的马有爵坐船沿京杭大运河南下前往商水县赴任。一路上，牛问仁和马有爵一边欣赏运河沿岸风光，一边共同谋划着上任后的打算。

在京接到任命后，牛问仁曾找到顺治、乾隆两朝编修的商水县志了解商水县的县情，县志上说商水民风淳朴，人民善良，重礼轻财，只是地势低洼，经常发水，土地瘠薄，民众很穷[①]。

牛问仁觉得不论属地自然条件多差，只要民风淳朴，民众开化知礼就是好地方。到任后，自己一定不负皇恩，与治下百姓同甘共苦，做一任好官。

从京师朝阳门码头沿运河顺流而下，一路顺风顺水。转至淮河后，船向西行变成了逆水行舟，到达沙颍河边的周家

① 《顺治商水县志》中介绍商水风俗“俗有古风，野无游民，尚质崇厚，喜勤敦朴。婚不计财，治丧有礼”。《乾隆商水县志·山川》中介绍商水县的自然条件是“势坡洼者十之七，高阜者十之三。一经淫雨，便成泽国。地瘠民贫，固其宜也”。

口时，不知不觉走了二十多天。船靠周家埠口渡[1]那天，一轮夕阳已近西边的地平线。马有爵离舟登岸后一打听，周家口就是商水县治下，这里离商水县衙门还有十八里地。二人连日在船上久坐，一下船有如释重负之感，他们看到离码头不远有一处挂着“驿亭[2]”二字的院落，牛问仁连日困在狭窄局促的船上二十多天，此刻不想再住到驿亭里。他准备雇两顶轿子，坐轿子到商水县衙，可是在渡口转了一袋烟功夫也没找到轿子。于是决定步行赶一赶路，顺便活动一下筋骨，当晚赶到县衙。

没想到太阳一落，天黑得很快，二人刚走四五里路，天已经完全黑下来了。四野茫茫，道路生疏，二人怕走错道路，于是决定找店家住下来，明天再到县衙。正行进间，看到前方隐隐约约有灯火闪烁，于是往灯火方向赶去。走近灯火处一看，原来是一座坐东朝西的乡间小店，西边的大门面临着商水县城通往周家埠口渡的大路。二人来到小店门前，看到大门前挂着一个迎风摇曳的布幌子，布幌子上绣着“郭家小店”几个字。马有爵轻叩柴扉，许久，一个中年人打开柴门把他们让进院内问道：“二位先生是外地人吧？我是这店里的掌柜兼伙计，姓郭。您二位打尖还是住店？”马有爵答道：“天黑啦，住店，先弄点吃的过来。”郭掌柜说：“我这小

① 周家埠口渡：沙颍河岸边的水陆码头，即周滨渡头的民间口语叫法，周口市川汇区即由此发展而来。

② 驿亭：供途经官员住宿的官办招待所。

店有一间二十人的大通铺干店[1]，还有一间雅间，被褥干净，火炉茶具一应俱全，晚上还有木盆烫脚哩。厨房随时可以给你们炒小菜，筛酩馏子酒，手擀面片，烙烙馍，这些饭都是客人喜欢吃的。”牛问仁听郭掌柜说得天花乱坠，觉得正好了解一下这里的风土人情，就说道：“我们就住雅间吧，你先给我们弄四个小菜，筛壶酩馏子酒，最后下两碗面片就行。”

这个小院四面围合，东屋是一明两暗的三间干店，三间北屋，靠西一间就是供客人住的雅间，东边两间掌柜一家自住，南面靠东一间是厨房，紧挨厨房西边是停放客人车马的车、马棚。

郭掌柜带他们来到雅间安顿下来，就忙着做饭去了。

马有爵用瓢[2]从门口边的水缸里舀了一铜盆水，二人洗罢脸，坐在靠北墙的八仙桌两侧的椅子上歇息。不一会儿，掌柜用托盘端上来四个小菜摆在八仙桌上：一碟灰培豆腐，一碟咸牛肉，一碟凉拌胡萝卜丝，一碟酸辣大白菜。接着把一个粗陶酒壶、两只景德镇细瓷酒杯和两副筷子摆在八仙桌的两边。郭掌柜满脸堆笑向二人介绍说：“听口音你们是外地人，这些菜都是我们当地特色菜，你们看这灰培豆腐只有在我们商水地界才吃得到。筛壶里的酩馏子酒在灶火用麻秆

---

① 干店：主要是针对赶考书生、脚夫、赶车的等贫民提供的住宿场所。可以提供客人歇息及牲口照料。客人要自带干粮、被褥等生活用品，干店免费提供开水、干粮加热、干粮加工等服务，价钱十分低廉。

② 瓢：葫芦对称锯开去除葫芦瓤，晒干后形成的舀水工具。

火筛过了，这酪馏子酒也是我们商水乡下才有，筛着喝是俺们这地方的习惯。你们慢慢喝，有事言一声，我到灶火擀面片去。”二人听着郭掌柜的介绍，觉得很新奇，掌柜介绍的灰培豆腐和用麻秆火筛着喝的酪馏子酒，这两位山西人从来没有听说过。马有爵满满沔上两杯温温的酪馏子酒，二人满怀好奇对酌起来。不一会儿，郭掌柜又端上来两碗手擀酸汤面片。牛问仁和马有爵喝过酪馏子酒，吃过酸汤面片，浑身舒畅，一身疲乏烟消云散，来了精神头。于是，牛问仁让郭掌柜收拾一下八仙桌，他和马有爵二人踱步到院子里，信步小院，牛问仁发现北屋后面还有一片菜地，菜地东北墙角一棵大槐树长得蓊蓊郁郁，枝繁叶茂。二人溜达一袋烟功夫，回到客房郭掌柜已经把桌子收拾利亮[①]。

二人进屋后，郭掌柜打来两木盆热水，二人烫过脚，脱衣躺下休息。牛问仁躺在床上翻来覆去睡不着，他喝了几杯酪馏子酒，不觉有点口渴。身边的马有爵已经鼾声如雷。牛问仁用打火镰子和打火石打着火，把火煤子吹成明火点上豆油灯，他走到门口的铜盆架前，想洗洗手再找暖壶倒水喝。灯影摇曳间，他发现铜盆架后面的粉墙上隐隐约约仿佛有字迹，可是又看不清晰。他习惯性地想看看墙上到底写的啥，于是用手端着豆油灯凑近盆架后这面墙仔细端详起来。原来这墙是用石灰水二次粉刷过的，字被后来的粉刷层覆盖了，

① 利亮：干净、妥当的意思。

在铜盆中加入热水洗手的时候热水的哈汽交替反复湿润这面墙，粉刷层后面的字迹在灯影里若隐若现，被细心的牛问仁看到了。牛问仁用手撩起铜盆中的水洒向墙面，墙上的字迹愈发清晰。这时候，马有爵也被他一番折腾弄醒了，二人面对着潮湿的墙面细细辨认字迹，七拼八凑终于弄清了墙面上的字迹，原来是一首打油诗："伤天害理划不着，包袱里面是木梳。若是世上有人知，牛问人来马有角。"二人读罢诗句斟酌一会后，觉得这打油诗后面一定有隐情，决定先不动声色，明日到县衙后再慢慢查访。

第二天，牛问仁和马有爵早晨起床后不动声色，并未向郭掌柜谈起昨天晚上发现的字迹。在郭家小店吃过早饭，与郭掌柜结过账，最后道声谢就踏上了前往县衙的大道。

牛问仁的前任知县韩玉曾是病逝于任上的，牛问仁到衙门后，暂时署理阖县事务的县丞鲁直璠准备给他举行一个欢迎仪式，牛问仁谢绝了。他让鲁直璠简单介绍了衙门里的情况，他赶紧处理完近日陈州府知会的急务，然后与马有爵一起和鲁直璠谈起了在郭家小店遇到的情况，鲁直璠听到那首打油诗，马上联想到发生在三年前的一件事。鲁直璠告诉二人，当时前任知县韩玉曾大人刚来本县上任，有一个江苏男子前来报案称他与其父从常州来此地卖木梳，在周家埠口渡附近租了一间房存放带来的木梳，他和父亲分别往周边各处贩卖，他父亲多年跑商水一带乡村，这次已经过了约定时间五日还没有回到周家埠口渡的存货点。报案的年轻人也没有提供他父亲卖木梳的路线，案件无从查起，就放下来了。年轻人自己在乡间寻找了二十多天也没有结果，他们是江苏常州人，后来年轻人就自己回江苏了。

牛问仁说：“人命关天，一个大活人凭空消失了。这件事还是要查一查，看看与那首打油诗有没有关系。”鲁直璠是沈丘人，对这一带的风俗习惯非常熟悉，又是本地口音，于是牛问仁就派他到郭家小店周边村庄微服查访，寻访破案的线索。

三天后，扮作游方郎中的鲁直璠回来了。鲁直璠在商水和周家埠口渡之间十八里范围内的村庄里打听到了三年前卖木梳的商贩失踪的消息，很多村庄里人都说前几年确实有一位卖木梳的江苏常州人每年来这里卖木梳，不过最近三年这位客商没有来卖木梳，现在是一位江苏常州的年轻人在卖木梳，同时还打听他父亲的消息。年轻人告诉村里人原来那位卖木梳的商贩是他的父亲，三年前在这一带卖木梳时失踪了。鲁直璠打听到只有郭家小店北面几个村庄里人记得原来那位卖木梳的商贩已经三年没有来村里卖木梳了。

牛问仁、马有爵听完鲁直璠打听到的消息，三人反复推测、斟酌这些消息。从周家埠口渡到商水县城中间十八里地只有一个郭家小店可以住宿，三年前原来那位卖木梳的商贩到过郭家小店北面几个村庄卖木梳后就失踪了，郭家小店南面村庄里人都说已经四年没有看到原来那位卖木梳的商贩，他们都是四年前看到过原来那位经常来卖木梳的客商。最近四年只见到一位年轻人边卖木梳边打听自己父亲的消息。牛问仁联想到自己和马有爵在郭家小店墙壁上发现的被覆盖的打油诗，买木梳的人在郭家小店失踪的可能性就大了。

三人商量的结果是，立即拿问郭掌柜，看他如何解释打油诗的事情。

当天晚上，郭掌柜被衙役带到了县衙，见到牛问仁、马有爵，郭掌柜一脸惊讶。大堂上，牛问仁笑着对跪在堂下的郭掌柜说："郭掌柜这几日生意兴隆呀！我们是熟人啦，我再详细给你介绍一下，我叫牛问仁，是新上任的知县，这位叫马有爵，是我聘请的师爷。"郭掌柜愈发惊异。牛问仁突然像换了个人，严肃地说："郭掌柜作的好诗还记得吗？"牛问仁接着双目直视着郭掌柜背了起来："伤天害理划不着，包袱里面是木梳。若是世上有人知，牛问人来马有角。"

郭掌柜脸色越来越难看，等牛问仁背完，郭掌柜哭丧着脸连连磕头，同时还结结巴巴地说："我……我……我杀人，我……我很后悔……知县大老爷能掐会算真是神仙下凡呀。"

牛问仁厉声下令："详详细细地把你杀人的过程、目的交代一遍！"

原来，三年前经常在这一带卖木梳的客人离开周家埠口渡从北往南游走了几个村庄，天黑后住进了郭家小店，当晚没有其他客人，后来的雅间那时候也是干店，郭掌柜让客人住在小房间里，看到客人背着沉重的包袱，郭掌柜以为里面有贵重的东西，当晚店里没有其他客人，于是郭掌柜就动了谋财害命的心思。等卖木梳的客商睡下，他就用枕头把卖木梳的口、鼻捂上，活活地闷死，并连夜把人埋在后院菜地边上的大槐树旁边。回到屋里打开包袱一看，哪有贵重东西，包袱里面都是木梳。郭掌柜又气又后悔，情急之下，在墙上写下了那首打油诗。写过后，他反复多次擦拭还是去不掉那首打油诗留下的痕迹。于是，当晚他就决定第二天这个小房间不再接待客人，如果有人想住，就以改造成雅间的名义拒绝。装修时趁机粉刷墙壁，覆盖自己的涂鸦。牛问仁让马有爵将郭掌柜的口供记录下来，并让郭掌柜在口供后面画押。

次日，牛问仁让衙役押解着郭掌柜来到郭家小店后面的菜地，在大槐树下挖出了卖木梳人的尸骨，进一步印证了这个案子的真相。回到县衙，牛问仁即刻把郭掌柜打入大牢，向陈州府衙门具结呈送此案卷宗以待秋决。

牛问仁赴任途中智破三年前的杀人案，为遇害的江苏客商申了冤。这个故事一直在商水民间流传。